GAYLE FORMAN

Lovesong

Gayle Forman

Lovesong

Roman

Aus dem Amerikanischen
von Bettina Spangler

blanvalet

Die Originalausgabe erschien 2011 unter dem Titel
»Where she went« bei Dutton Books, a member of the
Penguin Group (USA), Inc., New York, NY

MIX
Papier aus verantwortungsvollen Quellen
FSC® C014496
www.fsc.org

Verlagsgruppe Random House FSC-DEU-0100
Das für dieses Buch verwendete
FSC®-zertifizierte Papier *Super Snowbright*
liefert Hellefoss AS, Hokksund, Norwegen.

1. Auflage

Satz: Uhl + Massopust, Aalen
Druck und Bindung: GGP Media GmbH, Pößneck
Printed in Germany
ISBN 978-3-7645-0402-1

www.blanvalet.de

Für meine Eltern
Dafür, dass sie mir stets Mut machen

Es könnte sein, dass ich in schweren Stunden,
um Schmerzen loszuwerden, leicht zu leben,
oder von Not zernagt und überwunden
bereit wär, deine Liebe dranzugeben,
und diese Nacht um Brot zu Markte brächte.
Es könnte sein. Aber ich glaube es nicht.

Edna St. Vincent Millay

1

Jeden Morgen wache ich auf und sage mir: *Nur ein weiterer Tag, nichts als ein Zeitraum von vierundzwanzig Stunden, den ich bewältigen muss.* Ich weiß nicht mehr, wann genau ich damit angefangen habe, mir jeden Tag aufs Neue dieses Mantra aufzusagen – geschweige denn, warum ich es tue. Es klingt wie einer der zwölf Schritte der Anonymen Alkoholiker; dabei bin ich nicht einmal Mitglied bei irgendwelchen Anonymen überhaupt, obwohl man das erwarten könnte, wenn man so liest, was die für einen Mist über mich schreiben. Ich führe ein Leben, für das eine Menge Leute eine Niere opfern und verkaufen würden, nur um für kurze Zeit die Rollen mit mir zu tauschen. Aber immer noch muss ich mir ständig ins Gedächtnis rufen, dass ein Tag etwas ist, das vorübergeht, muss mir selbst klarmachen, dass ich den Tag gestern überlebt habe und dass ich deshalb auch den heutigen Tag packen werde.

Heute Morgen, nachdem ich mir selbst den täglichen Tritt in den Hintern verpasst habe, werfe ich einen Blick auf die minimalistische Digitalanzeige des Weckers, der auf dem Nachtschränkchen meines Hotelzimmers steht. Elf Uhr siebenundvierzig steht da – auf jeden Fall noch zu früh für mich. Blöd nur, dass von der Rezeption schon zwei Weckrufe gekommen sind, gefolgt von einem höflichen, aber bestimmten Anruf von unserem Manager Aldous. Heute mag ja ein Tag sein wie jeder andere, aber er ist vollgepackt mit Terminen.

Ich sollte längst im Studio sein, um die letzten Gitarrenriffs für eine exklusive Download-Version der ersten Single aufzunehmen, die aus unserem eben erschienenen Album ausgekoppelt werden soll. Wieder so ein blöder Marketinggag. Derselbe Song, nur mit zusätzlichen Gitarrenakkorden und ein paar Stimmeffekten, soll den Leuten ein paar Kröten extra aus der Tasche ziehen. »Heutzutage muss man den letzten Dollar aus allem herausholen«, erinnern uns die Anzugträger vom Label immer wieder.

Nach den Aufnahmen bin ich dann noch zum Mittagessen auf ein Interview mit einer Reporterin von *Shuffle* verabredet. Und diese beiden Termine sind absolut bezeichnend für mein neues Leben: Ich mache Musik, und das mit Leidenschaft, und ich rede darüber, wie ich Musik mache, was ich nicht so gern tue. Doch leider geht das eine nicht ohne das andere. Als Aldous zum zweiten Mal anruft, schleudere ich endlich die Bettdecke zur Seite und schnappe mir das Pillenfläschchen auf dem Nachttisch. Irgendein Mittelchen gegen die Angst, soll ich nehmen, wenn ich wieder mal nervös werde.

Und inzwischen ist es schon fast Normalität, dass ich nervös bin. Ich hab mich jedenfalls daran gewöhnt. Aber seit wir unsere Tour mit drei Vorstellungen im Madison Square Garden gestartet haben, fühle ich mich irgendwie anders. So, als würde ich in irgendwas Gewaltiges, äußerst Schmerzhaftes hineingezogen werden. So was Strudeliges.

Gibt es das Wort überhaupt?, frage ich mich.

Du sprichst doch nur mit dir selbst, also wen juckt's?, kontere ich und werfe mir ein paar von den Pillen ein. Ich ziehe meine Boxershorts an und schaue vor die Tür meines Hotelzimmers, wo schon eine Kanne Kaffee auf mich wartet. Irgendein Hotelangestellter hat sie dort abgestellt, und er hat ohne Zweifel Anweisungen erhalten, mich keinesfalls zu stören.

Ich leere meine Kaffeetasse, ziehe mich an und nehme den Lastenaufzug nach unten, wo ich durch einen Seiteneingang das Gebäude verlasse – der Guest Relations Manager hat freundlicherweise dafür gesorgt, dass ich einen speziellen Schlüssel erhalte, damit ich nicht an den ganzen Szeneleuten in der Lobby vorbeimuss. Draußen auf dem Bürgersteig klatscht mir zur Begrüßung die dampfige New Yorker Luft ins Gesicht. Es ist irgendwie ganz schön schwül und drückend, aber ich steh auf hohe Luftfeuchtigkeit. Lässt mich an Oregon denken, wo ständig Regen fällt und selbst an heißen Sommertagen weiße Cumuluswolken hoch aufgetürmt am Himmel stehen. Deren Schatten erinnern einen stets daran, dass die Hitze des Sommers vergänglich ist und der Regen nie weit.

In Los Angeles, wo ich jetzt lebe, regnet es so gut wie nie. Und die Hitze dort ist unerbittlich. Allerdings handelt es sich um eine recht trockene Hitze. Die Leute dort nutzen diese Trockenheit ständig als Vorwand für ihre vielen Exzesse in dieser heißen, smoggeplagten Stadt. »Hat zwar weit über vierzig Grad heute«, so sagen sie immer, »aber wenigstens ist es eine trockene Hitze.«

In New York jedenfalls ist die Hitze schwül; als ich endlich bei dem Studio ankomme, das zehn Blocks entfernt auf einem gottverlassenen Abschnitt der West 50 liegt, ist mein Haar, das ich unter einer Mütze versteckt habe, klatschnass. Ich hole eine Zigarette aus der Tasche, und als ich sie anzünden will, merke ich, dass meine Hand zittert. Schon seit ungefähr einem Jahr oder so plagt mich dieses leichte Zittern. Nachdem man ausgiebige Untersuchungen an mir vorgenommen hatte, meinten die Ärzte nur, es seien einfach die Nerven, und empfahlen mir, es mit Yoga zu versuchen.

Beim Studio wartet Aldous bereits draußen unter dem Vordach auf mich. Er wirft einen Blick auf mich, auf meine Zigarette, wieder auf mein Gesicht. So wie er mich anglotzt, weiß ich genau, dass er gerade überlegt, ob er heute der gute oder der böse Bulle sein will. Dass er sich für den guten Bullen entscheidet, sagt mir, dass ich wirklich grauenvoll aussehen muss.

»Guten Morgen, Sonnenschein«, sagt er bemüht heiter.

»Echt? Was war denn jemals gut an einem Morgen?« Ich gebe mir alle Mühe, es wie einen Witz klingen zu lassen.

»Eigentlich haben wir ja schon Nachmittag. Wir sind spät dran.«

Ich drücke die Kippe aus. Aldous legt mir seine riesige Pranke auf die Schulter, aber überraschenderweise berührt er mich absolut sanft. »Wir brauchen nur eine neue Gitarrenspur auf ›Sugar‹. Nur damit der Song das gewisse Etwas kriegt und die Fans ihn gleich noch mal kaufen.« Er lacht und schüttelt den Kopf, verwundert darüber, was aus dem guten alten Business geworden ist. »Danach hast du dieses Mittagessen mit *Shuffle*, und hinterher, so gegen fünf, das Fotoshooting für diese Fashion-Rocks-Sache in der *Times* mit dem Rest der Band. Dann noch auf ein paar Drinks mit Labelsponsoren, und anschließend geht's für mich ab zum Flughafen. Morgen hast du ein kurzes Meeting mit den PR-Fritzen und dem Merchandising. Lächle einfach, und sag nicht viel. Hinterher bist du auf dich allein gestellt, bis es dann nach London geht.«

Allein? Das Gegenteil von im Schoß der Familie weilen, wenn alle zusammen sind?, frage ich. Aber nicht laut, nur so zu mir selbst. In letzter Zeit führe ich sowieso die meisten Gespräche mit mir selbst. Wenn ich mir allerdings überlege, was für Quatsch mir so in den Sinn kommt, dann ist es vermutlich besser so.

Dieses Mal aber werde ich so richtig allein sein. Aldous und der Rest der Band brechen schon heute Abend nach England auf. Ich sollte eigentlich ursprünglich denselben Flug nehmen, aber dann stellte ich fest, dass heute Freitag der Dreizehnte ist, also nur über meine Leiche! Ich habe so schon Bammel genug vor dieser verdammten Tour, deshalb will ich es nicht noch schlimmer machen, indem ich am offiziell anerkannten Unglückstag aufbreche. Unser Reisebüro hat mir also einen Flug einen Tag später gebucht. Wir drehen ein Video in London und geben eine Reihe von Interviews, bevor wir unsere Europatournee starten. Ist also nicht so, als würde ich einen Auftritt verpassen; nur eine unbedeutende Vorbesprechung mit dem Regisseur des Videos. Ich habe eh keine Lust, mir einen Vortrag über seine künstlerische Vision anzuhören. Wenn wir mit dem Dreh beginnen, mache ich einfach, was er sagt.

Ich folge Aldous hinein ins Tonstudio und betrete den schallgeschützten Aufnahmeraum, der abgesehen von mir und ein paar Gitarren leer ist. Auf der anderen Seite der Glaswand sitzen der Producer Stim und die Tontechniker. Aldous gesellt sich zu ihnen. »Okay, Adam«, sagt Stim ins Mikro, »nur noch eine Aufnahme von der Bridge und dem Refrain. Damit die Hookline noch ein bisschen eingängiger klingt. Mit der Stimme spielen wir dann beim Mischen noch ein wenig.«

»Hookline. Eingängig. Verstanden.« Ich setze die Kopfhörer auf und schnappe mir meine Gitarre, um sie zu stimmen und mich ein bisschen einzuspielen. Ich bemühe mich, zu ignorieren, dass das, was Aldous vor wenigen Minuten gesagt hat – nämlich dass ich allein sein werde –, jetzt schon zutrifft. Ich befinde mich ganz allein in einem schallisolierten Aufnahmeraum. *Denk bloß nicht darüber nach*, ermahne ich mich selbst. *So nimmt man in einem technisch top ausgestatteten Tonstudio eben auf.* Das einzige Problem ist, dass ich mich vor ein paar Abenden im Madison Square Garden ganz genauso gefühlt habe. Dort oben auf der Bühne, vor achtzehntausend Fans, an der Seite der Leute, die vor langer Zeit so was wie ein Teil meiner Familie waren, fühlte ich mich ebenso allein, wie jetzt hier in dieser Kabine.

Aber mal ehrlich, es könnte schlimmer sein. Ich fange an, zu spielen, die Finger werden lockerer, und dann springe ich von meinem Hocker auf und hämmere und heble an der Gitarre rum, dresche auf sie ein, bis sie kreischt und heult, so wie ich mir das vorstelle. Na ja, zumindest fast so, wie ich es beabsichtigt habe. In diesem Raum befinden sich wahrscheinlich Gitarren im Wert von hunderttausend Dollar, aber keine von denen klingt so gut wie meine gute alte Les Paul Junior – die Gitarre, mit der ich eine Ewigkeit gespielt habe, mit der ich unser erstes Album aufgenommen habe, die Gitarre, die ich in einem Anflug von völliger Verneblung oder Überheblichkeit oder was auch immer für eine Wohltätigkeitsauktion gespendet habe. Keins von den funkelnden, sündteuren Nachfolgemodellen klang jemals wieder so gut oder lag so gut in der Hand wie sie. Aber wenn ich ganz laut aufdrehe, dann vergesse ich das sogar manchmal für ein paar Sekunden.

Wir sind schnell fertig, und Stim und die Tontechniker

schütteln mir die Hand und wünschen mir viel Glück für die Tour, während Aldous mich behutsam zur Tür rausbugsiert und in eine Limousine setzt, die uns blitzschnell die Ninth Avenue runter nach SoHo bringt, in irgendein Hotelrestaurant, das die PR-Leute vom Label für das Interview ausgesucht haben. Kommt mir fast so vor, als würden die denken, dass ich nicht so leicht was ausplaudere oder irgendwas Unpassendes sage, wenn ich mich in einer luxuriösen Umgebung befinde, noch dazu in der Öffentlichkeit. Ich erinnere mich an die guten alten Zeiten, als die Interviewer noch für Fanzines oder Blogs schrieben und eigentlich nichts weiter als Fans waren, die sich in erster Linie über unsere *Musik* unterhalten wollten – und zwar mit uns allen. Meistens waren das ganz normale Gespräche, zu denen jeder seinen Senf beitrug und alle durcheinanderredeten. Damals hab ich mir nie Gedanken darüber gemacht, was ich sage. Heute jedoch befragen die Journalisten mich und die Band getrennt voneinander, fast als wären sie Cops, die mich und meine Komplizen in separaten Zellen festhalten und darauf hoffen, dass wir uns verplappern und uns gegenseitig anschwärzen.

Bevor wir reingehen, brauche ich unbedingt noch eine Zigarette. Deshalb stehen Aldous und ich draußen vor dem Hotel in der grellen Mittagssonne. Eine Menschentraube bildet sich um uns. Die Leute mustern mich, tun aber selbstverständlich so, als würden sie mich gar nicht registrieren. Und genau darin unterscheidet sich New York vom Rest der Welt. Natürlich sind die Leute hier genauso celebritygeil wie anderswo, aber die New Yorker – oder zumindest diejenigen, die sich für weltmännisch halten und gern in Gegenden wie SoHo abhängen –, tun gern so, als wäre ihnen scheißegal, was sie da sehen, wenn sie dich durch ihre dreihundert Dollar teuren Sonnenbrillen abchecken. Und genauso abschätzig reagieren sie, wenn irgendwelche Ortsfremden gegen diese Regel verstoßen und auf einen zurennen und einen um ein Autogramm bitten, wie gerade eben diese Mädchen in ihren Michigan-College-Sweatshirts. Die drei Snobs, die ganz in unserer Nähe herumstehen, gucken genervt und beobachten die Mädchen. Sie verdrehen die Augen und werfen mir einen mitleidigen Blick zu. Als wären diese *Mädchen* das Problem.

»Wir brauchen eine bessere Tarnung für dich, *Wilde Man*«, meint Aldous, nachdem die Mädchen aufgeregt kichernd davongehuscht sind. Er ist der Einzige, der mich noch so nennen darf. Früher war das mein Spitzname, eine Anspielung auf meinen Nachnamen, Wilde. Aber irgendwann habe ich dann mal ein Hotelzimmer demoliert, und danach wurde ich vor allem in der Regenbogenpresse als »Wilde Man« bekannt.

Und ganz wie gerufen taucht plötzlich ein Fotograf auf. Man kann wirklich nicht länger als drei Minuten vor einem Sternehotel stehen, ohne dass einer von denen aufkreuzt. »Adam! Ist Bryn da drin?« Ein Foto von Bryn und mir wäre natürlich um einiges mehr wert als nur ein Foto von mir allein. Doch als das erste Blitzlicht aufflackert, schiebt Aldous dem Kerl eine Hand vor die Linse und mir eine vors Gesicht.

Während er mich nach drinnen bugsiert, hält er mich am Arm fest. »Die Journalistin heißt Vanessa LeGrande. Sie ist keine von diesen grauhaarigen Gestalten, die du so sehr hasst. Sie ist jung. Nicht jünger als du, aber so Anfang zwanzig, schätze ich. Bevor man sie für *Shuffle* angeheuert hat, schrieb sie für ein Blog.«

»Für welches Blog denn?«, hake ich nach. Normalerweise

gibt Aldous mir keine detaillierten Infos über meine Interviewer. Es sei denn, er hat einen guten Grund dafür.

»Äh, bin mir nicht ganz sicher. Ich glaub, das war *Gabber.*«

»Oh, Al, das ist doch diese unsäglich beschissene Seite für billigen Klatsch und Tratsch.«

»Aber *Shuffle* ist keine billige Klatschseite. Und wir reden hier von einer Exklusivstory auf der Startseite.«

»Na gut. Meinetwegen«, sage ich und marschiere durch die Tür ins Restaurant. Die Inneneinrichtung besteht aus niedrigen Edelstahl-Glastischen und Ledersofas, genau wie in den unzähligen anderen Läden, in denen ich so verkehre. Diese Restaurants präsentieren sich alle mit einem ungeheuren Anspruch, aber im Grunde genommen sind sie nichts weiter als vollkommen überteuerte und überstylte Versionen der McDonald's-Läden.

»Da hinten sitzt sie, an dem Ecktisch, die Blonde mit den Strähnen«, raunt Aldous mir ins Ohr. »Sie ist echt ganz niedlich. Nicht dass es dir an niedlichen Mädchen mangeln würde. Verdammt, sag Bryn bloß nicht, dass ich das gesagt habe. Okay, vergiss es. Ich warte hier an der Bar.«

Aldous will während des Interviews in meiner Nähe bleiben? Normalerweise ist das ja tatsächlich der Job eines PR-Managers, aber ich habe mich bisher immer strikt geweigert, mich von ihm überwachen zu lassen. Ich muss echt den Eindruck erwecken, als sei ich irgendwie aus dem Lot. »Willst du babysitten, oder was?«, erkundige ich mich.

»Nö. Ich dachte nur, du könntest vielleicht Beistand brauchen.«

Vanessa LeGrande ist tatsächlich ganz süß. Hm, wahrscheinlich wäre der Ausdruck *scharf* passender. Aber ist ja auch egal. So wie sie sich über die Lippen leckt und ihr Haar zurückwirft, ist mir sofort klar, dass ihr das auch durchaus bewusst ist. Und irgendwie ruiniert das alles. Eine Schlangentätowierung windet sich um ihr Handgelenk, und ich würde unser erstes Platinalbum darauf verwetten, dass sie auch eins von diesen Arschgeweihen trägt. Und tatsächlich, als sie in ihrer Tasche nach dem digitalen Aufnahmegerät sucht, lugt hinten aus dem Bund ihrer tiefsitzenden Jeans ein kleiner tätowierter Pfeil, der nach unten zeigt. *Echt klasse.*

»Hey, Adam.« Vanessa sieht mich verschwörerisch an, so als wären wir alte Kumpel. »Ich muss gestehen, dass ich ein Riesenfan von dir bin. Dank *Collateral Damage* hab ich eine schreckliche Trennung während meines Abschlussjahrs am College überlebt. Vielen Dank dafür.« Sie lächelt mich an.

»Äh, ja, gern geschehen.«

»Und nun möchte ich dir im Gegenzug etwas Gutes tun, indem ich das ultimativste Porträt aller Zeiten über Shooting Star schreibe. Am besten also gleich Butter bei die Fische. Können wir loslegen?«

Butter bei die Fische? Verstehen die Leute eigentlich selbst noch den Müll, den sie den ganzen Tag so verzapfen? Vanessa mag sich ja alle Mühe geben, möglichst cool und frech rüberzukommen; vielleicht hat sie ja vor, mich mit ihrer offenen, ungezwungenen Art für sich zu gewinnen. Womöglich will sie mir aber auch beweisen, dass sie ein ganz normaler Mensch ist. Aber was immer sie auch plant, mich kriegt sie damit nicht. Deshalb antworte ich auch nur mit einem knappen »Klar«.

Sie blättert durch die Seiten eines Moleskine-Notizbuches. »Ich weiß, dass wir eigentlich über *BloodSuckerSunshine* reden sollten …«, setzt sie an.

Bei diesen Worten runzle ich unwillkürlich die Stirn. Denn genau darum geht es doch, genau darüber wollen wir hier sprechen. Deshalb bin ich ja hier. Nicht, um mich mit ihr anzufreunden. Nicht, um ihr meine intimsten Geheimnisse zu verraten. Nein, es ist Teil meines Jobs, die Alben von Shooting Star zu promoten, sonst nichts.

Vanessa legt nun richtig los. »Bei mir läuft das Album seit Wochen auf Repeat, und das, obwohl ich einen sehr eigenwilligen Musikgeschmack habe und nur schwer zu begeistern bin.« Sie lacht. In der Ferne höre ich, wie Aldous sich räuspert. Ich werfe ihm einen Blick zu. Er trägt ein breites, aufgesetztes Grinsen im Gesicht und reckt mir den Daumen hoch entgegen. Er wirkt einfach lächerlich. Ich wende mich wieder Vanessa zu und zwinge mich, ihr Lächeln zu erwidern. »Aber jetzt, nachdem euer zweites Album auf einem Major Label raus ist und ihr definitiv einen härteren Sound entwickelt habt – darin sind wir uns wohl einig –, möchte ich gern einen Rückblick wagen. Ich möchte eure Entwicklung von der Emocore-Band hin zu den Helden des Agit-Rock, die ihr jetzt seid, nachzeichnen.«

Die Helden des Agit-Rock? Diese ganze selbstverliebte, verfickte Dekonstruktivistenkacke hat mich am Anfang echt total fertiggemacht. Wenn man mich fragt, so schreibe ich ganz einfach Songs: Akkorde und Rhythmen und Texte, Refrains und Bridges und Hooklines. Doch als wir dann bekannter wurden, begannen die Leute, unsere Songs zu analysieren, sie auseinanderzunehmen wie einen Frosch im Biologieunterricht, bis am Ende nichts mehr übrig war als Innereien – winzige Bruchstücke, die vom großen Ganzen nichts mehr erahnen ließen.

Ich verdrehe unmerklich die Augen, aber Vanessa ist sowieso viel zu sehr in ihre Notizen vertieft. »Ich hab mir ein paar Bootlegs von eurem ganz frühen Material angehört. Alles ziemlich poppig, fast schon schmalzig im Vergleich. Und ich hab alles über euch gelesen, was jemals geschrieben wurde, jeden Post in jedem verdammten Blog, jeden Artikel in jedem einzelnen Fanzine. Und alle reden sie von diesem ›schwarzen Loch‹ in Bezug auf Shooting Star, aber keiner vermag es auch nur annähernd zu erklären. Ihr hattet eure kleineren Veröffentlichungen auf Indie-Labels; das lief ganz gut, aber ihr seid zielsicher auf was Größeres zugesteuert. Und dann kam der plötzliche Einbruch. Es gab Gerüchte, ihr hättet euch getrennt. Doch dann kamt ihr mit *Collateral Damage* raus. Zack bumm.« Vanessa macht mit der Faust eine Geste, so als würde etwas explodieren.

Eine dramatische Geste, die zugegeben nicht ganz unberechtigt ist. *Collateral Damage* kam vor zwei Jahren raus, und schon einen Monat nach Veröffentlichung hatte die Single »Animate« die nationalen Charts gestürmt und wurde ein Riesenerfolg. Wir rissen sogar Witze darüber, dass man ja keine Stunde Radio hören könne, ohne davon belästigt zu werden. Und dann schoss auch noch »Bridge« in die Charts, und kurz danach schaffte das komplette Album es unter die besten Alben bei iTunes, woraufhin man es in jedem Wal-Mart im ganzen Land kaufen konnte. Tja, und dann vertrieb es doch tatsächlich Beyoncé von Platz eins der Billboard Charts. Eine Zeit lang schien es so, als hätte sich wirklich jeder zwischen zwölf und vierundzwanzig das Album auf seinen iPod geladen. Und innerhalb weniger Monate schaffte unsere Band es aus der Versenkung bis auf das Cover des Magazins

Time, wir wurden dort sogar als »Nirvana des neuen Millenniums« angepriesen.

Aber das ist ja alles nichts Neues. Es ist bereits über alles berichtet worden, wieder und wieder, bis zum Erbrechen haben sie darüber geschrieben, auch bei *Shuffle*. Ich habe echt keinen blassen Dunst, worauf Vanessa hinauswill. Ein Ober tritt an unseren Tisch, um unsere Bestellung aufzunehmen. Vanessa bestellt einen Salat. Und ich ein Bier.

»Weißt du, die meisten scheinen den neuen, härteren Sound auf die Tatsache zurückzuführen, dass *Collateral Damage* von Gus Allen produziert wurde.«

»Klar«, sage ich. »Gus ist ein echter Rocker.«

Vanessa nimmt einen Schluck Wasser. Ich höre, wie ihr Zungenpiercing gegen das Glas klickt. »Aber Gus hat die Texte nicht geschrieben, und die sind ja die Grundlage für das ganze rockige Geschrammel. Du hast sie geschrieben. Diese ganze geballte Power und all die Gefühle. Mir kommt es fast so vor, als wäre *Collateral Damage* das wütendste Album der Dekade.«

»Na ja, vor allem, wenn man sich überlegt, dass wir eigentlich vorhatten, das fröhlichste Album überhaupt zu schreiben.«

Vanessa blickt zu mir auf und kräuselt die Stirn. »Ich hab das als Kompliment gemeint. Das Album hatte eine unglaubliche Wirkung auf eine ganze Menge Leute, mich eingeschlossen. Und genau das ist der Punkt. Alle sind sich einig darin, dass in eurer ›Schwarzes-Loch-Phase‹ irgendwas passiert sein muss. Irgendwann kommt es ja doch raus. Warum reden wir also nicht einfach darüber? Dann behalten wir die Kontrolle über den Informationsfluss. Also, auf wen bezieht sich der ›Kollateralschaden‹?«, fragt sie und zeichnet mit den

Fingern Gänsefüßchen in die Luft. »Was ist mit euch passiert? Oder besser gesagt mit dir?«

Der Kellner serviert Vanessas Salat. Ich bestelle noch ein zweites Bier und gehe nicht auf ihre Frage ein. Ich sage keinen Ton, halte einfach nur den Blick gesenkt. Denn in einem Punkt hat Vanessa tatsächlich recht. Wir kontrollieren den Informationsfluss. In der Anfangszeit hat man uns diese Frage immer wieder gestellt, aber wir gaben nie konkrete Antworten. Immer wieder spricht man uns darauf an, dass es eine Weile gedauert habe, bis wir unseren Sound gefunden, bis wir unsere Songs geschrieben hatten. Mittlerweile aber sind wir groß genug, dass unsere PR-Leute eine Liste an Fragen an die Presse rausgeben können, die absolut tabu sind: die Beziehung zwischen Liz und Sarah, die zwischen Bryn und mir, Mikes frühere Drogenabhängigkeit – und eben das »schwarze Loch« von Shooting Star. Vanessa allerdings scheint dieses Infoblatt nie bekommen zu haben. Ich werfe einen hilfesuchenden Blick rüber zu Aldous, doch der ist in ein angeregtes Gespräch mit dem Barkeeper vertieft. So viel also zum Thema Beistand.

»Der Titel bezieht sich auf den Krieg«, erkläre ich. »Das haben wir ja bereits in früheren Interviews erklärt.«

»Stimmt«, sagt sie und verdreht die Augen. »Weil eure Texte ja *so was von* politisch sind.«

Vanessa sieht mich aus ihren riesigen babyblauen Augen an. Die typische Journalistenmasche: Sorge für einen Moment betretenen Schweigens, und warte dann darauf, dass das Opfer es mit hemmungslosem Gebrabbel zu füllen sucht. Aber bei mir kommt sie damit nicht durch. Ich kann mein Maul halten, wenn ich will.

Plötzlich wird Vanessas Blick ganz hart und eisig. Mit einem Schlag legt sie ihre freche, kokette Maske ab und wirkt auf einmal knallhart und ehrgeizig. Sie sieht hungrig aus, aber irgendwie ist mir das viel lieber, denn wenigstens ist sie jetzt ganz sie selbst. »Was ist geschehen, Adam? Ich *weiß*, dass da irgendeine Geschichte dahintersteckt, und zwar *die* Geschichte von Shooting Star, und ich werde diejenige sein, die als Erste darüber berichtet. Was war der Auslöser dafür, dass aus eurer Indie-Pop-Band ein richtiges Rock-Phänomen wurde?«

Ich spüre, wie sich mir eine eiskalte Faust hart in den Magen rammt. »Das Leben kam uns dazwischen. Und dann brauchten wir eine Weile, bis wir das neue Material fertig hatten ...«

»*Du* hast eine Weile gebraucht«, unterbricht Vanessa mich. »Du hast doch die Songs für die beiden letzten Alben geschrieben.«

Ich zucke nur müde mit der Schulter.

»Komm schon, Adam! *Collateral Damage* ist *dein* Album. Es ist ein Meisterwerk. Du solltest stolz darauf sein. Und ich weiß, dass die Geschichte, die dahintersteckt, die hinter dem Erfolg deiner Band steckt, auch und vor allem deine Geschichte ist. Ein so krasser Entwicklungssprung vom kleinen, unbekannten Indie-Quartett zum Emo-Punk-Powerhouse in Starbesetzung – das ist alles allein dir zu verdanken. Immerhin hast du bei der Grammy-Verleihung als Einziger von euch den Preis für den besten Song entgegengenommen. Was war das denn für ein Gefühl?«

Total beschissen. »Falls du es vergessen haben solltest: Alle in der Band haben den Preis für die beste Newcomerband gewonnen. Und das ist schon über ein Jahr her.«

Sie nickt. »Sieh mal, ich will doch hier keinen bloßstellen oder in alten Wunden rumstochern. Ich will ja nur verstehen, wie es zu dem Wandel kam. In eurem Sound. Euren Texten. Wie die einzelnen Bandmitglieder zueinanderstehen.« Sie wirft mir einen wissenden Blick zu. »Und alles deutet darauf hin, dass du der Katalysator für alles warst.«

»Es gab keinen bestimmten Auslöser. Wir haben einfach ein bisschen an unserem Sound rumgetüftelt. Das passiert doch andauernd. Das ist so, als ob Dylan plötzlich einen auf Elektronik macht. Oder wenn Liz Phair auf einmal nur noch kommerzielle Scheiße produziert. Aber komischerweise flippen die Leute immer gleich aus, wenn irgendwas nicht so läuft, wie sie es erwartet haben.«

»Ich weiß ganz einfach, dass da mehr dahintersteckt«, beharrt Vanessa und rückt näher an den Tisch heran, und zwar so fest, dass sie mir die Tischkante in die Magengrube rammt und ich nicht anders kann, als ihn zurückzuschieben.

»Nun, offensichtlich hast du deine Story schon. Also lass dich nicht abhalten; eine gute Story ist immer besser als die Wahrheit.«

Kurz funkelt sie mich wütend an, und ich befürchte schon, ich hätte sie verärgert, doch dann hebt sie die Hände, so als würde sie kapitulieren. Ihre Nägel sind total abgekaut. »Willst du denn meine Theorie gar nicht hören?«, meint sie nun gedehnt.

Nicht unbedingt. »Na, dann rück mal raus mit der Sprache.«

»Ich hab mit ein paar Leuten gesprochen, mit denen du an der Highschool warst.«

Ich merke, wie mein Körper zu Eis gefriert, alles an mir wird bleischwer. Es kostet mich höchste Konzentration, das

Glas an die Lippen zu heben und so zu tun, als würde ich einen Schluck trinken.

»Ich wusste gar nicht, dass du mit Mia Hall auf derselben Schule warst«, sagt sie jetzt unumwunden. »Kennst du sie? Die Cellistin? Sie sorgt für wahre Begeisterungsstürme. Oder wie auch immer man das in der Welt der klassischen Musik nennen mag. Vielleicht Trommelwirbel.«

Das Glas in meiner Hand bebt. Ich muss die andere Hand zu Hilfe nehmen, um es wieder auf den Tisch zurückzustellen, ohne mir den Inhalt überzukippen. *Alle Leute, die darüber Bescheid wissen, was damals wirklich passiert ist, schweigen wie ein Grab*, sag ich mir. *Gerüchte, selbst die, an denen tatsächlich was dran ist, sind wie Flammen: Wenn man ihnen den Sauerstoff nimmt, flackern sie kurz und gehen dann aus.*

»Der Musikunterricht an unserer Schule war ziemlich gut. War wohl so was wie eine Brutstätte für Profimusiker«, erkläre ich.

»Ich verstehe«, sagt Vanessa und nickt verständnisvoll. »Es geht das Gerücht um, dass du und Mia damals an der Highschool ein Paar gewesen wärt. Und das ist schon komisch, weil ich noch nie was darüber gelesen hab, und dabei ist das doch eigentlich ziemlich interessant.«

Ganz kurz sehe ich Mias Gesicht deutlich vor mir. Siebzehn Jahre alt, die dunklen Augen voller Liebe, Gefühl, Angst, Musik, Sex, Magie, Schmerz. Ihre eiskalten Hände. Meine eigenen frostigen Finger, die sich immer noch an das Glas mit eiskaltem Bier klammern.

»Es wäre sicher bemerkenswert, wenn es denn wahr wäre«, sage ich und bemühe mich, überzeugend zu klingen. Ich nehme noch einen Schluck und bestelle ein weiteres Bier beim Ober.

Das ist jetzt schon mein drittes, die Nachspeise meines flüssigen Dreigängemenüs.

»Es ist also nicht wahr?« Sie klingt nicht überzeugt.

»Reines Wunschdenken«, erwidere ich. »Wir kannten uns in der Schule nur ganz flüchtig.«

»Nun ja, ich konnte auch niemanden ausfindig machen, der einen von euch beiden kennt, der dies hätte bestätigen können. Doch dann bekam ich ein altes Jahrbuch in die Finger, und darin stieß ich auf ein ganz süßes Bild von euch beiden. Auf dem seht ihr aus wie ein richtiges Paar. Blöd nur, dass unter dem Foto keine Namen stehen, nur eine seltsame Bildunterschrift. Wenn man also nicht weiß, wie Mia aussieht, dann fällt es einem gar nicht auf.«

Das haben wir Kim Schein zu verdanken, Mias bester Freundin, Königin des Jahrbuchs, Paparazza. Wir hatten nicht gewollt, dass sie dieses Bild veröffentlichen, aber Kim hat es trotzdem reingeschmuggelt, indem sie einfach unsere Namen weggelassen hat. Stattdessen hat sie uns einfach dämliche Spitznamen verpasst.

»Der Coole und die Streberin«, meint Vanessa. »Das waren wohl eure Decknamen, wie?«

»Du benutzt also alte Schuljahrbücher als Informationsquelle, ja? Und was sonst noch so? Wikipedia vielleicht?«

»Na, du bist auch nicht gerade die zuverlässigste Quelle. Sagtest du nicht, ihr hättet euch nur ›ganz flüchtig‹ gekannt?«

»Sieh mal, kann sein, dass wir mal für ein paar Wochen zusammen waren, damals, als dieses Foto geschossen wurde. Aber ich war mit so einigen Mädchen zusammen während meiner Highschoolzeit.« Ich schenk ihr mein überzeugendstes Playboy-Grinsen.

»Du hast sie also seit damals nicht wiedergesehen?«

»Nicht, seitdem sie aufs College geht«, bestätige ich. Der Part entspricht zumindest voll und ganz der Wahrheit.

»Und wie kommt es dann, dass alle deine Bandkollegen meinten, dazu wollten sie nichts sagen, als ich sie in ihren Interviews darauf ansprach?«, fragt sie nun und sieht mir fest in die Augen.

Weil wir, wenn auch sonst so einiges schiefgegangen ist zwischen uns, immer noch loyal den anderen gegenüber sind. Zumindest was diesen Punkt anbelangt. Ich aber zwinge mich, mit fester Stimme zu sagen: »Weil es da nichts zu erzählen gibt. Für Leute wie dich ist es natürlich ein gefundenes Fressen, wenn zwei bekannte Musiker auf derselben Highschool und dann auch noch ein Paar waren.«

»Leute wie ich?«, hakt Vanessa nach.

Aasgeier. Blutsauger. Seelendiebe. »Na, Klatschreporter halt«, sage ich. »Die stehen doch total auf Märchen.«

»Nun, wer tut das nicht?«, erwidert Vanessa kühl. »Obwohl das Leben dieses Mädchens wohl alles andere als märchenhaft zu nennen ist. Immerhin hat sie ihre komplette Familie bei einem Autounfall verloren.«

Vanessa schüttelt sich, so wie man sich schüttelt, wenn man über das Unglück anderer Menschen spricht, das aber Gott sei Dank nichts mit einem selbst zu tun hat, das einen nicht wirklich berührt, und das einem auch in Zukunft nicht nahegehen wird. Ich habe noch nie im Leben eine Frau geschlagen, aber für einen kurzen Moment bin ich drauf und dran, dieser Vanessa die Fresse zu polieren. Dann kann sie wenigstens ansatzweise den Schmerz erahnen, den sie da so unbeschwert beschreibt. Doch ich reiße mich zusammen, während sie völlig unbekümmert weiterspricht. »Wo wir schon von Märchen reden, stimmt es, dass ihr – also Bryn Shraeder und du – ein Baby bekommt? Man liest im Moment ja ständig Gerüchte darüber in den Klatschspalten der Boulevardblätter.«

»Nein«, gebe ich zurück. »Nicht, dass ich wüsste.« Ich bin mir absolut sicher, dass Vanessa genau weiß, dass das Thema Bryn tabu ist, aber wenn ein Gespräch über Bryns angebliche Schwangerschaft sie ablenkt, dann lass ich mich gern darauf ein.

»*Nicht, dass du wüsstest?* Ihr seid aber schon noch zusammen, oder?«

Gütiger Gott, diese Gier in ihren Augen. Dieser Mist – von wegen, sie würde das ultimative Porträt schreiben! Und auch wenn man ihr journalistisches Geschick nachsagt, so ist sie doch nicht viel anders als all die anderen Schmierfinken und Paparazzi. Sie alle wollen die Ersten sein, wenn es darum geht, eine Topstory zu veröffentlichen. Einerseits, wenn es ums Kinderkriegen geht: *Bekommen Adam und Bryn Zwillinge?* Aber auch, wenn es um Skandale geht: *Bryn und ihr Wilde Man: »Es ist aus!«* Keine dieser Geschichten ist wahr, aber es gibt Zeiten, da liest man Skandalnachrichten und Klatschmeldungen wie diese auf den Titelseiten der Schundblätter.

Ich denke an das Haus in L.A., in dem Bryn und ich zusammen wohnen. Oder besser gesagt, das wir uns teilen. Denn ich kann mich nicht erinnern, wann wir beide das letzte Mal länger als eine Woche gemeinsam dort verbracht hätten. Sie dreht im Jahr ungefähr zwei bis drei Filme, und erst kürzlich ist sie mit ihrer eigenen Produktionsfirma an den Start gegangen. Sie ist also entweder bei Filmdrehs oder promotet ihre

Filme, oder sie ist auf der Suche nach Locations für Produktionen, und ich bin entweder im Studio oder auf Tour. Unsere Terminpläne decken sich also äußerst selten.

»Jep, Bryn und ich sind nach wie vor zusammen«, erkläre ich Vanessa. »Und sie ist nicht schwanger. Sie steht bloß auf diese weiten Hippie-Oberteile, und deshalb nimmt immer gleich jeder an, sie könnte schwanger sein und einen Babybauch darunter verstecken. Aber dem ist nicht so.«

Um die Wahrheit zu sagen, ich frage mich manchmal insgeheim, ob Bryn diese Oberteile vielleicht sogar mit einer bestimmten Absicht trägt: nicht nur, um der Boulevardpresse einen Gefallen zu tun, sondern auch, um das Schicksal herauszufordern. Denn sie will *ernsthaft* ein Kind. Bryn ist nämlich, obwohl sie offiziell immer behauptet, erst vierundzwanzig zu sein, in Wirklichkeit schon achtundzwanzig, und jetzt behauptet sie ständig, ihre biologische Uhr würde ticken und so. Aber ich bin ja erst einundzwanzig, und wir sind erst seit einem Jahr ein Paar. Mir egal, dass Bryn mich immer damit aufzieht, meine Seele sei schon uralt, und ich hätte schon so viel hinter mir wie andere in ihrem ganzen Leben nicht. Selbst wenn ich einundvierzig wäre und Bryn und ich schon seit zwanzig Jahren zusammenlebten, würde ich mit ihr kein Kind haben wollen.

»Wird sie dich auf der Tour begleiten?«

Als sie die Tour nur erwähnt, schnürt sich mir die Kehle zusammen. Die Tour dauert genau siebenundsechzig Nächte. *Siebenundsechzig.* Im Geiste taste ich nach meiner Pillendose, und allein das Wissen, dass sie da ist, beruhigt mich. Aber so blöd, vor Vanessas Augen eine einzuwerfen, bin ich nicht.

»Hä?«, frage ich.

»Wird Bryn dich irgendwann während der Tour besuchen kommen?«

Ich stelle mir vor, wie Bryn mit auf Tour geht, ihren Stylisten, den Pilatestrainer und ihre neueste Rohkostdiät im Gepäck. »Schon möglich.«

»Lebst du eigentlich gern in Los Angeles?«, erkundigt Vanessa sich nun. »Du scheinst mir nicht der typische Südkalifornier zu sein.«

»Trockene Hitze da«, erwidere ich.

»Wie bitte?«

»Nichts. Nur ein Insiderjoke.«

»Ach so, ja.« Vanessa beäugt mich misstrauisch. Ich lese ja mittlerweile keines der Interviews mehr, aber früher, als ich das noch tat, fielen häufig Ausdrücke wie *unnahbar*. Und *arrogant*. Nehmen mich die Leute denn allen Ernstes so wahr?

Zum Glück ist die Stunde gleich vorbei. Sie klappt ihr Notizbuch zu und verlangt die Rechnung. Ich begegne Aldous' Blick, aus dem Erleichterung spricht, und signalisiere ihm, dass wir am Ende angelangt sind.

»War schön, dich kennenzulernen, Adam«, sagt sie.

»Ja, klar, die Freude ist ganz meinerseits«, schwindle ich.

»Ich muss schon sagen, du bist mir echt ein Rätsel.« Als sie lächelt, erstrahlen ihre Zähne in einem unnatürlichen Weiß. »Aber ich mag Rätsel. Genau wie deine Songtexte, diese ganzen rätselhaften Bilder auf *Collateral Damage*. Und die Texte auf der neuen Platte erst, die sind ja so was von kryptisch. Dir ist schon klar, dass manche Kritiker bezweifeln, dass *Blood-SuckerSunshine* der Intensität von *Collateral Damage* das Wasser reichen kann …?«

Ich weiß genau, was jetzt kommt. Wäre ja nicht das erste Mal, dass ich das höre. Das ist so typisch für Journalisten. Dass sie erst die Meinung anderer Kritiker anführen, nur um einem dann hintenrum die eigene Meinung kundzutun. Und ich weiß genau, was ihre Frage eigentlich bedeutet, auch wenn sie es nicht so direkt ausspricht: *Wie fühlt es sich an, zu wissen, dass man das Einzige, das man jemals an Bedeutungsvollem geschaffen hat, dem allerschlimmsten Verlust in seinem Leben zu verdanken hat?*

Und plötzlich wird mir das alles zu viel. Bryn und die Babysache. Dass Vanessa dieses Highschool-Jahrbuch hat. Die Vorstellung, dass den Leuten nichts mehr heilig ist. Alles wird gnadenlos zerfleddert. Und die Tatsache, dass mein Leben allen zu gehören scheint, bloß nicht mir. Siebenundsechzig Nächte. *Siebenundsechzig, siebenundsechzig.* Ich stoße beim Aufstehen gegen den Tisch, sodass sich das Wasser und das Bier über ihren Schoß ergießen.

»Was soll …«

»Das Interview ist hiermit beendet«, fauche ich.

»Ich weiß. Weshalb spielst du dich denn jetzt so auf?«

»Weil du ein elender Aasgeier bist! Das hat doch alles nichts mehr mit Musik zu tun. Du nimmst hier mein Privatleben auseinander, sonst nichts.«

Vanessas Blick flackert, während sie nach ihrem Aufnahmegerät tastet. Und noch ehe es ihr gelingt, es wieder anzustellen, packe ich das Gerät und knall es mit vollem Karacho auf den Tisch, sodass es sich in tausend Einzelteile zerlegt. Und um auf Nummer sicher zu gehen, verfrachte ich diese auch noch in ein Glas mit Wasser. Meine Hand zittert, und mein Herz rast, unverkennbare Anzeichen für eine nahende Panikattacke. Und zwar die Sorte, bei der ich immer das Gefühl habe, dass ich gleich tot umfallen werde.

»Was machst du denn da?«, kreischt Vanessa hysterisch. »Ich hab doch bloß dieses eine Aufnahmegerät.«

»Umso besser.«

»Und wie soll ich jetzt bitte meinen Artikel schreiben?«

»*Das* nennst du einen Artikel?«

»Klar. Es gibt tatsächlich Leute, die müssen arbeiten, um über die Runden zu kommen, du eingebildetes, launisches Arschloch ...«

»Adam!« Plötzlich steht Aldous neben mir und blättert dreihundert Dollar auf den Tisch. »Das ist für ein neues Diktiergerät«, sagt er, an Vanessa gewandt. Dann zerrt er mich aus dem Restaurant, verfrachtet mich in ein Taxi und steigt selbst ein. Dem Fahrer wirft er einen Hundertdollarschein hin, als der sich beschweren will, weil ich mir eine Zigarette angezündet habe. Und dann greift Aldous in meine Tasche, holt die Pillendose raus, schüttelt eine Tablette auf seine Handfläche und sagt: »Mund auf« – wie eine gluckende Mutter.

Er wartet ab, bis wir uns ein paar Blocks von meinem Hotel entfernt befinden und ich zwei Zigaretten hintereinander durchgezogen und noch eine von den Pillen eingeworfen habe. »Was war da drin denn los?«

Ich erklär es ihm. Ihre Fragen in Sachen »schwarzes Loch«. Bryn. Mia.

»Mach dir nichts draus. Wir können jederzeit bei *Shuffle* anrufen und denen drohen, dass wir ihnen die Exklusivrechte nehmen, wenn sie nicht eine andere Journalistin an die Story setzen. Mag sein, dass das ein paar Tage die Runde in der

Klatschpresse macht oder dass was bei *Gabber* stehen wird, aber ist ja keine große Sache. Das wird sich bald wieder legen.«

All das bringt Aldous absolut ruhig hervor, so in der Art »Hey, it's only Rock 'n' Roll«, doch an seinen Augen kann ich ablesen, dass er beunruhigt ist.

»Ich schaff das nicht, Aldous.«

»Mach dir keine Gedanken. Dazu hast du keinen Grund. Ist doch nur ein dämlicher Artikel. Das lässt sich regeln.«

»Es ist doch nicht nur das. Ich schaff das nicht mehr. Nichts von alledem.«

Aldous, der, wie ich vermute, keine Nacht mehr durchgeschlafen hat, seit er mit Aerosmith auf Tour war, lässt für ein paar Sekunden die Maske fallen und sieht auf einmal unendlich erschöpft aus. Doch dann ist er sofort wieder ganz der resolute Manager. »Du leidest am Prä-Tour-Burnout-Syndrom. Ist völlig normal, passiert selbst den erfahrensten Profis«, versichert er mir. »Wenn du erst mal auf Tour bist und auf der Bühne stehst, die Begeisterung, das Adrenalin, die Musik und so zu spüren kriegst, dann überkommt dich garantiert ein Energieflash. Klar wirst du hinterher total alle sein, aber total alle und glücklich. Und wenn erst mal der November kommt und das alles hier vorbei ist, kannst du dich immer noch irgendwo auf einer Insel ausruhen, irgendwo, wo dich keiner kennt, wo keiner sich für Shooting Star interessiert. Geschweige denn für den wilden Adam Wilde.«

November? Jetzt haben wir August. Das sind noch ganze drei Monate. Und die Tour, das macht insgesamt siebenundsechzig Nächte. Siebenundsechzig. Wie ein Mantra wiederhole ich das in Gedanken, allerdings bewirkt es den gegenteiligen Effekt, den ein Mantra üblicherweise hat. Es weckt in mir den Wunsch, meine Fäuste in meinem Haar zu vergraben und es mir zu raufen.

Und wie erkläre ich das Aldous, wie erkläre ich irgendwem, dass die Musik, das Adrenalin, *die Begeisterung*, dass all diese Dinge, die das Unerträgliche ein wenig erträglicher machen, dass all das weg ist? Alles, was übrig ist, ist dieser Strudel, der mich zu verschlingen droht. Und ich stecke bereits mittendrin.

Mein ganzer Körper bebt. Ich drehe langsam durch. Ein Tag mag ja nicht recht viel mehr sein als vierundzwanzig Stunden, aber auch nur eine Einzige davon zu überstehen, erscheint mir bisweilen ebenso unmöglich, wie den Mount Everest zu bezwingen.

2

Nadel und Faden, Fleisch und Knochen,
Speichel und Sehnen, das Herz gebrochen,
Narben glitzernd wie Diamanten,
Leuchtende Sterne, die mein Gefängnis erhellen.

»Stitch«, *Collateral Damage,* Song Nummer 7

Aldous verabschiedet sich vor meinem Hotel von mir. »Hör zu, Mann. Ich denke, alles, was du brauchst, ist ein bisschen Ruhe. Also, pass auf: Ich sag für heute die restlichen Termine ab und blas auch alle Meetings morgen ab. Du fliegst erst um sieben nach London; also brauchst du nicht vor fünf am Flughafen aufzukreuzen.« Er wirft einen kurzen Blick auf sein Handy. »Damit bleiben dir mehr als vierundzwanzig Stunden, in denen du tun und lassen kannst, was du willst. Ich versprech dir, du wirst dich wie ein neuer Mensch fühlen. Tu einfach, wonach dir ist.«

Aldous betrachtet mich eindringlich mit einem Ausdruck berechnender Fürsorge. Er ist mein Freund, aber er ist auch für mich verantwortlich. »Ich werde meinen Flug umbuchen«, verkündet er. »Ich fliege mit dir gemeinsam.«

Es ist mir schon fast peinlich, wie dankbar ich ihm bin. Zusammen mit der Band First Class zu fliegen ist ja nicht so schlimm. Normalerweise beschäftigt sich jeder für sich in seiner eigenen kleinen Luxusecke, aber wenigstens bin ich nicht allein, wenn ich mit ihnen zusammen fliege. Wenn ich jedoch ganz allein fliege – wer weiß, neben wem ich dann sitzen muss? Ich hab schon mal neben einem japanischen Geschäftsmann gesessen, der mich während eines zehnstündigen Fluges pausenlos zutextete. Eigentlich hätte ich mir am liebsten einen neuen Platz geben lassen, aber ich wollte mich auch nicht wie der allerletzte arrogante Rockstar-Arsch aufführen, der einen anderen Sitzplatz verlangt. Deshalb blieb ich sitzen und nickte zustimmend, obwohl ich nur die Hälfte von dem verstand, was er so von sich gab. Noch viel schlimmer aber ist es, wenn ich auf diesen elend langen Flügen ganz allein bin.

Ich weiß, dass Aldous in London unendlich viel zu erledigen hat. Ehrlich gesagt stellt die Tatsache, dass er das morgige Meeting mit dem Rest der Band und dem Regisseur des Videos abblasen will, eine mittlere Katastrophe dar. Aber was soll's. Darauf lässt sich jetzt keine Rücksicht mehr nehmen. Außerdem gibt sowieso niemand Aldous die Schuld; auf mich werden sie sauer sein.

Es ist also ein ganz schön großes Opfer, dass Aldous meinetwegen einen Tag länger in New York bleibt. Dennoch nehme ich sein Angebot an und spiele seine Großzügigkeit herunter, indem ich ein simples »Okay« von mir gebe.

»Cool. Dann mach du mal deinen Kopf frei. Ich werd dich in Frieden lassen, nicht einmal anrufen werd ich. Willst du, dass ich dich dann hier abhole, oder treffen wir uns am Flughafen?« Der Rest der Band ist in der Innenstadt untergebracht. Seit der letzten Tour haben wir es uns angewöhnt, in separaten Hotels zu schlafen, und Aldous bleibt abwechselnd im selben Hotel wie ich und dann wieder im selben Hotel wie die anderen, so wie dieses Mal.

»Am Flughafen. Treffen wir uns in der Abfluglounge«, erkläre ich.

»Na gut. Dann bestell ich dir für vier einen Wagen. Und bis dahin ruhst du dich aus.« Er schüttelt mir halb die Hand, halb umarmt er mich, dann verschwindet er im Taxi und düst ab zu seinem nächsten Geschäftstermin. Vielleicht um die Wogen wieder zu glätten, die ich heute aufgepeitscht habe.

Ich biege um die Ecke und gehe durch den Lieferanteneingang hoch in mein Hotelzimmer. Dort dusche ich und überlege mir, ob ich mich noch mal aufs Ohr hauen soll. Allerdings habe ich in letzter Zeit sogar dann Probleme mit dem Einschlafen, wenn ich mich an einem Medizinschränkchen voller Psychopharmaka bediene. Von den Fenstern des siebzehnten Stocks aus sehe ich, wie die Nachmittagssonne die Stadt in ein warmes Licht taucht, sodass New York schon fast gemütlich wirkt, während die Hotelsuite für mich einfach nur überheizt und einengend ist. Ich ziehe mir eine frische schwarze Hose an und mein schwarzes Glücks-T-Shirt. Eigentlich hätte ich mir das T-Shirt gern für den Tourstart morgen aufgehoben, aber irgendwie habe ich das Gefühl, dass ich jetzt schon ein bisschen Glück gebrauchen kann. Also muss es eben ausnahmsweise eine Doppelschicht einlegen.

Ich schalte mein iPhone ein. Neunundfünfzig neue E-Mails und siebzehn neue Nachrichten warten auf der Mailbox, darunter einige vom zweifellos total wütenden Pressesprecher des Labels und ein paar von Bryn, die sich erkundigt, wie es im Studio war und wie das Interview lief. Ich könnte sie zurückrufen, aber was soll das bringen? Wenn ich ihr von Vanessa Le-

Grande erzähle, macht sie sich bestimmt Sorgen, ich könnte meine »öffentliche Maske« vor einer Journalistin fallen gelassen haben. Sie versucht ständig, mir diese schlechte Gewohnheit auszutreiben. Jedes Mal, wenn ich mich vor der Presse bloßstelle, erklärt sie mir, dass ich damit nur ihre Gier nach mehr Information schüre. »Zeig ihnen ein langweiliges Bild von dir in der Öffentlichkeit, Adam, dann hören sie irgendwann automatisch auf, so viel über dich zu schreiben«, erklärt sie mir wieder und wieder. Das Problem ist nur, dass Bryn sich vermutlich auch vergessen würde, wenn sie wüsste, welche Frage mich in diesem Fall die Contenance verlieren ließ.

Ich denke über das nach, was Aldous gesagt hat von wegen, ich solle mir den Kopf freimachen, stelle das Telefon aus und werfe es achtlos auf den Nachttisch. Dann schnappe ich mir meine Mütze, meine Sonnenbrille und die Brieftasche, und schon bin ich zur Tür raus. Ich biege in die Columbus ein und mache mich auf den Weg in den Central Park. Ein Feuerwehrwagen rast mit heulenden Sirenen an mir vorüber. *Scratch your head or you'll be dead.* Ich kann mich nicht mal mehr erinnern, wo ich diesen Kinderreim aufgeschnappt habe oder woher ich weiß, dass man sich am Kopf kratzt, wenn man eine Sirene hört, weil sonst die nächste Sirene einem selbst gelten wird. Aber ich erinnere mich genau daran, wie ich es das erste Mal tat, und inzwischen mache ich das ganz automatisch. An einem Ort wie Manhattan allerdings, wo ständig irgendwelche Sirenen heulen, kann es einen ganz schön überfordern, wenn man sich da konsequent dran halten will.

Es ist früh am Abend, die sengende Hitze hat sich mittlerweile etwas gelegt. Irgendwie scheint es so, als fühlten sich plötzlich alle sicher genug, das Haus zu verlassen, denn die

Straßen sind nun voller Leute: Sie breiten ihre Picknickdecken aus, joggen mit Kinderwagen die Gehwege entlang oder gleiten mit Paddelbooten über den Seerosenteich.

So gern ich es auch sehe, wie jeder macht, wonach ihm der Sinn steht, so fühle ich mich dadurch doch auch wieder daran erinnert, wie sehr mir selbst das fehlt. Ich weiß nicht, wie andere Menschen, die im Blickpunkt der Öffentlichkeit stehen, das meistern. Manchmal stelle ich mir Brad Pitt vor, wie er mit seiner Horde Kinder durch den Central Park zieht und sie einfach so auf der Schaukel spielen lässt, und obwohl er ganz offensichtlich von Paparazzi verfolgt wird, macht er den Eindruck, als erlebe er einen ganz gewöhnlichen Tag mit seiner Familie. Vielleicht aber auch nicht. Solche Bilder können täuschen.

Während ich über all das nachdenke und an glücklichen Menschen vorbeischlendere, die den Sommerabend genießen, fühle ich mich plötzlich wie eine wandelnde Zielscheibe, obwohl ich mir die Mütze tief in die Stirn gezogen habe und eine Sonnenbrille trage und Bryn nicht bei mir ist. Wenn ich mit Bryn zusammen bin, dann ist es so gut wie unmöglich, dem Radar der Leute zu entkommen. Panik ergreift mich, nicht so sehr, weil ich befürchte, ich könnte fotografiert oder von einer Meute von Autogrammjägern überfallen werden – obwohl ich darauf, ehrlich gesagt, im Augenblick überhaupt keine Lust hätte –, sondern weil ich Angst habe, man könnte sich über mich lustig machen, weil ich die einzige Person im ganzen Park bin, die völlig allein ist, selbst wenn das überhaupt nicht stimmt. Trotzdem habe ich das Gefühl, gleich könnte jemand mit dem Finger auf mich zeigen und mich verspotten.

Himmel, so weit ist es also schon gekommen? Das ist es also, was ich bin? Ein wandelnder Widerspruch? Ich bin von Leuten umringt und fühle mich trotz allem allein. Ich sehne mich nach ein klein wenig Normalität, und kaum bekomme ich, was ich will, weiß ich nichts damit anzufangen, so als wüsste ich nicht mehr, wie es ist, ein normaler Mensch zu sein.

Ich spaziere in Richtung Bramble, wo ich garantiert nur Leuten über den Weg laufe, die selbst nicht gesehen werden wollen. Ich kaufe mir einen Hotdog und schlinge ihn mit wenigen Bissen hinunter. Erst in dem Moment wird mir klar, dass ich den ganzen Tag noch nichts gegessen habe, weshalb ich wieder an das Mittagessen und an das Debakel mit Vanessa LeGrande denken muss.

Was war bloß los mit mir? Na ja, Reporter haben mich schon des Öfteren auf die Palme gebracht, aber das waren doch reine Anfängerfehler, denke ich im Stillen.

Ich bin einfach nur total alle, rechtfertige ich mich. *Völlig überfordert.* Ich denke an die Tour, und schon scheint es mir, als würde sich der moosbedeckte Boden neben mir auftun und zu flirren beginnen.

Siebenundsechzig Nächte. Ich versuche, mich zur Vernunft zu bringen. *Siebenundsechzig Nächte, das ist doch gar nichts.* Ich versuche, die Zahl zu dividieren, sie in ihre Einzelteile zu zerlegen, nur um irgendetwas zu tun, um sie kleiner wirken zu lassen, doch die Zahl siebenundsechzig lässt sich durch nichts exakt teilen. Also probiere ich es anders. Vierzehn Länder, neununddreißig Städte, mehrere Hundert Stunden im Tourbus. Aber auch die Mathematik kann gegen das Flirren nichts bewirken; immer schneller bewegt es sich, und mir wird langsam schwindelig. Ich stütze mich an einem Baumstamm ab und lasse die Hand über die Rinde gleiten, die mich unwillkürlich an Oregon erinnert, sodass das Loch im Boden sich, zumindest für den Moment, wieder schließt.

Unwillkürlich muss ich auch daran denken, wie ich in jüngeren Jahren von unzähligen Künstlern las, die irgendwann nicht mehr konnten – Morrison, Joplin, Cobain, Hendrix. Ich fand diese Typen einfach erbärmlich. *Endlich kriegen sie, wonach sie sich immer gesehnt haben, und was machen sie daraus? Sie nehmen Drogen bis zur Besinnungslosigkeit. Oder sie schießen sich die Köpfe weg. Was für ein Haufen Arschlöcher.*

Na ja, und jetzt schau dich selbst an. Du bist zwar kein Junkie, aber recht viel besser bist du auch nicht.

Ich würde mich ja ändern, wenn ich könnte, doch bis jetzt hat es nicht sonderlich viel gebracht, mir selbst zu sagen, ich solle den Mund halten und die Sache endlich genießen. Wenn die Leute um mich herum wüssten, wie ich mich fühle, würden sie mich auslachen. Nein, das ist nicht wahr. Bryn würde niemals über mich lachen. Sie wäre vielmehr verblüfft angesichts meiner Unfähigkeit, stolz auf das zu sein, was ich dank harter Arbeit erreicht habe.

Aber hab ich denn tatsächlich so hart gearbeitet? Irgendwie gehen meine Familie, Bryn, der Rest der Band – zumindest war das früher so – davon aus, dass ich das alles in gewisser Weise verdient habe, dass meine Berühmtheit und der Reichtum nur der gerechte Lohn sind. Ich selbst habe nie so recht daran geglaubt. Das Karma funktioniert nicht wie eine Bank. Man kann nicht einfach einzahlen und später wieder abheben. Aber inzwischen regt sich in mir tatsächlich immer mehr der Verdacht, dass ich mit alldem für irgendwas entschädigt werde – nur dass das nichts Gutes bedeutet.

Ich greife nach meinen Zigaretten, doch die Packung ist leer. Ich stehe auf und klopfe mir den Staub von den Jeans, dann mache ich mich auf den Weg raus aus dem Park. Die Sonne beginnt sich im Westen langsam zu senken, ein grell leuchtender Ball, der sich nach und nach gen Hudson neigt und eine Collage aus pfirsich- und pflaumenfarbenen Streifen am Himmel zurücklässt. Der Anblick ist wirklich wunderschön, und für einen kurzen Augenblick zwinge ich mich dazu, diese Schönheit zu genießen.

Ich schlendere auf der Siebten Straße südwärts, gehe kurz in ein Deli, um mir Zigaretten zu holen, und wandere dann weiter stadteinwärts. Ich werde ins Hotel zurückkehren, den Zimmerservice bestellen, und vielleicht schlafe ich ausnahmsweise sogar mal früh ein. Draußen vor der Carnegie Hall halten Taxis an, um die Leute zu den abendlichen Vorstellungen zu bringen. Eine alte Dame mit Perlen und hochhackigen Schuhen klettert unbeholfen aus einem Taxi, während ihr buckliger Begleiter im Smoking sie am Ellbogen festhält. Ich beobachte, wie die beiden zusammen davonstaksen, und plötzlich spüre ich, wie etwas in meiner Brust sich zusammenkrampft. *Sieh dir den Sonnenuntergang an*, ermahne ich mich selbst. *Schau dir irgendwas Schönes an.* Aber als ich den Blick wieder zum Himmel richte, sind die Streifen dunkler geworden und leuchten nun in den Farben eines Blutergusses.

Eingebildetes, launisches Arschloch. Das waren die Worte, die die Journalistin mir ins Gesicht geschleudert hatte. Sie war zwar eine fiese Schnepfe, aber in dem Punkt hatte sie absolut recht.

Als ich den Blick wieder auf den Boden richte, sehe ich plötzlich *ihre* Augen vor mir. Nicht so, wie ich sie früher immer sah – an jeder Ecke, hinter meinen eigenen geschlossenen Augenlidern, an jedem einzelnen verdammten Morgen. Nicht so, wie ich sie mir vorstellte, hinter den Augen jedes Mädchens, mit dem ich schlief. Nein, dieses Mal sind es wirklich ihre Augen. Ein Foto von ihr, ganz in Schwarz gekleidet, das Cello im Arm, als wäre es ein müdes Kind, das seinen Kopf an ihrer Schulter birgt. Ihr Haar hat sie zu dem typischen Knoten hochgesteckt, das übliche Requisit klassischer Musikerinnen. So hat sie ihr Haar bei Liederabenden und bei Kammermusikkonzerten immer getragen, aber um die Frisur nicht so streng wirken zu lassen, ließ sie meist ein paar Strähnen herunterhängen. Das Foto ist völlig ohne Schnörkel. Ich sehe mir das Plakat genauer an. *Die Reihe »Junge Musiker« präsentiert Mia Hall.*

Vor ein paar Monaten brach Liz den Bann, der auf allem gelegen hatte, was mit Mia zu tun hatte, und schickte mir per Post einen Ausschnitt aus dem Magazin *All About Us*. *Ich dachte mir, das solltest du sehen*, stand auf einem Post-it. In dem Artikel mit dem Titel »Zwanzig unter zwanzig« ging es um aufstrebende »Wunderkinder«. Eine ganze Seite war Mia gewidmet, einschließlich eines Fotos, das ich kaum anzusehen wagte. Nachdem ich ein paar Mal tief durchgeatmet hatte, schaffte ich es gerade so, den Artikel zu überfliegen. In dem Text bezeichnete man sie als die »unbestrittene Erbin von Yo-Yo Ma«. Trotz allem musste ich darüber lächeln. Mia meinte immer, dass Leute, die keine Ahnung vom Cellospielen haben, über Cellisten nichts anderes zu sagen wüssten, als dass sie der nächste Yo-Yo Ma wären, weil er der einzige Cellist sei, den sie kannten. »Und was ist mit Jacqueline du Pré?«, fragte sie dann jedes Mal. Ihr persönliches Vorbild, eine talentierte und temperamentvolle Cellistin, die im Alter von achtundzwanzig Jahren an Multipler Sklerose erkrankt und etwa fünfzehn Jahre später gestorben war.

Der Artikel in *All About Us* bezeichnete Mias Spielweise als »überirdisch« und machte sich dann daran, en détail über den Unfall zu berichten, bei dem vor mehr als drei Jahren ihre Eltern und ihr kleiner Bruder ums Leben gekommen waren. Das hatte mich dann doch überrascht. Mia war eigentlich nicht der Typ Mensch, der über so etwas sprach, nur um Sympathiepunkte zu gewinnen. Doch als ich es endlich schaffte, den Artikel noch einmal gründlich zu lesen, war mir klar geworden, dass das Ganze nur ein frischer Aufguss von alten Zeitungsberichten war, dass jedoch kein Wort von Mia selbst stammte.

Ein paar Tage lang hatte ich den Artikel immer wieder hervorgeholt, um ihn noch einmal zu überfliegen. Dieses Ding in meiner Brieftasche mit mir herumzutragen fühlte sich fast ein bisschen so an, als hätte ich ein Fläschchen Plutonium bei mir. Und es stand außer Zweifel, dass es tatsächlich zu einer atomaren Explosion kommen würde, falls Bryn den Artikel über Mia bei mir fand. Deshalb warf ich ihn nach ein paar Tagen in den Müll und zwang mich dazu, ihn schnellstmöglich zu vergessen.

Jetzt versuche ich mich krampfhaft an die Details zu erinnern, überlege, ob darin irgendwas darüber stand, dass Mia Juilliard verlassen oder Liederabende in der Carnegie Hall gegeben hätte.

Noch einmal hebe ich den Blick. Ihre Augen sind immer noch da, starren mich unverändert an. Und plötzlich weiß ich mit absoluter Gewissheit, dass sie heute Abend spielt. Noch bevor ich das Datum auf dem Plakat überprüft habe und es schwarz auf weiß sehe, dass das Konzert für den dreizehnten August angesetzt ist, ist mir das klar.

Und ehe ich weiß, wie mir geschieht, noch ehe ich mich selbst zur Vernunft bringen, mir selbst verklickern kann, dass das absolut keine gute Idee ist, marschiere ich schon auf die Kasse zu. *Ich will sie nicht sehen*, rede ich mir ein. *Ich werde sie nicht sehen. Ich will sie ja nur* hören. Auf einem Hinweisschild beim Kartenschalter lese ich, dass die heutige Vorstellung ausverkauft ist. Klar könnte ich denen sagen, wer ich bin, oder beim Hotelconcierge oder bei Aldous anrufen und noch ein Ticket ergattern, doch stattdessen überlasse ich das Ganze dem Schicksal. Ganz der unbedeutende, schlecht gekleidete junge Mann, der ich bin, gehe ich rein und frage, ob es noch Restkarten gibt.

»Oh, Sie haben Glück, wir geben gerade die letzten Karten frei. Ich hätte da einen Platz im ersten Rang hinten an der Seite. Nicht der ideale Sitzplatz von der Sicht her, aber was Besseres haben wir nicht«, erklärt mir das Mädchen hinter der Glasscheibe.

»Ich bin ja nicht wegen der Aussicht da«, erwidere ich.

»Das denke ich mir auch immer«, meint das Mädchen lachend. »Aber irgendwie sind die Leute in dem Punkt eigen. Das macht dann fünfundzwanzig Dollar.«

Ich reiche ihr meine Kreditkarte, und kurz darauf betrete ich auch schon den kühlen, düsteren Konzertsaal. Ich lasse mich auf meinem Platz nieder und schließe die Augen, um mich an das letzte Mal zu erinnern, dass ich mir in einem solch noblen Saal ein Cellokonzert angehört hab. Das war vor fünf Jahren gewesen, unser erstes Date. Genau wie an jenem

Abend werde ich jetzt von einer überwältigenden Vorfreude erfasst, obwohl ich genau weiß, dass ich sie heute nicht wie damals küssen werde. Geschweige denn, dass ich sie berühren werde. Oder sie aus der Nähe sehen.

Heute Abend werde ich ihr einfach nur zuhören. Und allein das wird mir genügen.

3

Am vierten Tag wachte Mia aus dem Koma auf, aber erst am sechsten Tag erzählten wir ihr alles. Es war sowieso nicht von Bedeutung, denn sie schien schon alles zu wissen. Wir saßen um ihr Bett in der Intensivstation des Krankenhauses versammelt. Ihr schweigsamer Großvater hatte den Kürzeren gezogen, schätze ich, denn es war nun an ihm, ihr die schreckliche Nachricht zu übermitteln, dass ihre Eltern Kat und Denny nach dem Unfall, dessentwegen sie hier lag, sofort tot gewesen waren. Und dass ihr kleiner Bruder Teddy in der Notaufnahme des Regionalkrankenhauses gestorben war, in das man ihn und Mia gebracht hatte, ehe man Mia dann nach Portland verlegte. Keiner kannte die Ursache für den Unfall. Ob Mia sich wohl daran erinnern würde?

Mia lag einfach nur so da, blinzelte mit den Augen und hielt meine Hand fest umklammert. Sie vergrub ihre Fingernägel so tief darin, dass es den Anschein machte, sie wolle mich nie wieder loslassen. Sie schüttelte den Kopf und sagte mit leiser Stimme: »Nein, nein, nein«, wieder und wieder, allerdings ohne auch nur eine Träne zu vergießen, und ich war mir nicht ganz sicher, ob sie damit auf die Frage ihres Großvaters reagierte oder ob sie so die ganze Situation verleugnete. *Nein!*

Doch dann betrat ihre Sozialarbeiterin den Raum und übernahm nüchtern und mit sicherer Hand die Regie. Sie klärte Mia über die Operationen auf, die sie bisher über sich hatte ergehen lassen müssen – »Alles Routine. Dein Zustand hat sich schon deutlich gebessert« –; dann sprach sie über die Eingriffe, die in den folgenden Monaten noch auf sie zukommen würden: eine Operation, um den Knochen ihres rechten Beins mit Metallstäben zu stabilisieren. Dann noch eine Operation, ungefähr eine Woche später, um am Oberschenkel ihres unverletzten Beins Hautgewebe zu entnehmen. Eine weitere, um diese Haut auf das kaputte Bein zu verpflanzen. Diese beiden Eingriffe würden allerdings ein paar »scheußliche Narben« hinterlassen. Doch die Verletzungen in ihrem Gesicht würden nach einem chirurgischen Eingriff sehr wahrscheinlich nach einem Jahr spurlos verschwunden sein. »Wenn du erst einmal die wichtigsten Operationen überstanden hast, und sofern es keine Komplikationen gibt – wie Infektionen aufgrund der Milzentfernung, eine Lungenentzündung oder andere Probleme mit der Lunge –, dann bist du raus aus dem Krankenhaus und kannst in die Reha gehen«, erklärte die Sozialarbeiterin. »Physiotherapie, Beschäftigungstherapie, Sprachtherapie – alles, was du brauchst. In ein paar Tagen werden wir sehen, wie weit du bist.« Von dieser ganzen Litanei war mir ganz schwindelig, doch Mia schien sich jedes ihrer Worte genau anzuhören, schien den Details der bevorstehenden Operationen mehr Aufmerksamkeit zu schenken als den fürchterlichen Nachrichten im Hinblick auf ihre Familie.

Später an diesem Nachmittag nahm die Betreuerin uns alle zur Seite. Wir – Mias Großeltern und ich – waren besorgt gewesen angesichts Mias Reaktion, beziehungsweise darüber, dass sie so gar keine Reaktion gezeigt hatte. Wir hatten erwartet, dass sie schreien, sich die Haare raufen würde, irgendeine Art Ausbruch, der den schrecklichen Nachrichten gerecht wurde, der unserem *eigenen* Schmerz entsprach. Ihr unheimliches Schweigen hatte uns alle auf denselben Gedanken gebracht: ein Gehirnschaden.

»Nein, daran liegt es nicht«, versicherte uns die Sozialarbeiterin rasch. »Das Gehirn ist ein zerbrechliches Etwas, und wahrscheinlich erfahren wir erst in ein paar Wochen, welche Gehirnbereiche beschädigt wurden. Aber junge Leute sind überaus zäh, und die behandelnden Neurologen sind absolut zuversichtlich. Ihre motorischen Fähigkeiten sind grundsätzlich sehr gut. Ihr Sprachzentrum scheint so gut wie keinen Schaden genommen zu haben. Ihre rechte Seite ist etwas schwächer, und ihr Gleichgewichtssinn scheint ein wenig gestört. Wenn ihre Schädelverletzung keine schlimmeren Schäden verursacht hat, dann kann sie sich glücklich schätzen.«

Bei diesem Wort zuckten wir alle unwillkürlich zusammen. *Glücklich.* Doch die Betreuerin sah uns allen fest ins Gesicht. »Sie kann sich sogar *überaus* glücklich schätzen, denn all diese Schäden sind reversibel. Und was ihre Reaktion da drinnen anbelangt«, meinte sie mit einer Geste in Richtung Intensivstation, »so ist diese typisch für ein solch heftiges psychisches Trauma. Das Gehirn kann Informationen nur bis zu einem gewissen Grad verarbeiten, weshalb es Teile herausfiltert und diese erst nach und nach durchsickern lässt. Irgendwann wird sie das komplette Ausmaß der Katastrophe begreifen, doch dazu benötigt sie Hilfe.« Dann klärte sie uns auf über die verschiedenen Stadien der Trauer, überschüttete uns mit Infoblättern zum Thema Posttraumatisches Stresssyndrom und empfahl uns einen krankenhausinternen Trauerbegleiter für Mia. »Vielleicht wäre das für Sie alle gar keine schlechte Idee«, meinte sie.

Wir hatten nicht auf sie gehört. Mias Großeltern wollten mit Therapeuten nichts zu tun haben. Und was mich betraf, so machte ich mir um *Mias* Genesung Sorgen, nicht um meine eigene.

Die nächste Runde an Operationen schloss fast nahtlos an, was ich ziemlich grausam fand. Mia war gerade erst dem Tod von der Schippe gesprungen, musste dann erfahren, dass ihre Familie ums Leben gekommen war, und schon kam sie wieder unters Messer. Hätten sie dem armen Mädchen nicht wenigstens eine kurze Auszeit gewähren können? Doch die Sozialarbeiterin hatte uns erklärt, dass, je eher man sich um Mias Bein kümmerte, umso früher auch der Heilungsprozess in Gang kommen würde. Also wurde ihr Oberschenkelknochen mit Nägeln durchbohrt; Hautgewebe wurde entnommen. Und so schnell, dass es mir fast den Atem verschlug, wurde sie wieder aus dem Krankenhaus entlassen und in eine Reha-Klinik geschickt, die eher wie eine nette kleine Wohnanlage aussah mit all den flachen Pfaden, die sich durch das Gelände zogen und an deren Rändern schon die ersten Frühlingsblumen zu sprießen begannen, als Mia dort eingeliefert wurde.

Sie war nicht ganz eine Woche dort gewesen, eine grauenvolle Woche, während der sie entschlossen die Zähne zusammengebissen hatte, als der Brief eintraf.

Juilliard. Früher hatte diese Schule für mich so viele verschiedene Dinge bedeutet. Eine ausgemachte Sache. Ein Grund, stolz zu sein. Eine Rivalin. Und dann hatte ich sie völlig vergessen. Ich glaube, so ging es uns allen. Aber außerhalb der Reha-Klinik ging das Leben weiter seinen Gang, und irgendwo dort draußen in der Welt existierte immer noch diese andere Mia – die Mia, die noch beide Elternteile hatte, einen Bruder und einen voll funktionstüchtigen Körper. Und in dieser anderen Welt hatten ein paar Juroren Mia ein paar Monate zuvor spielen hören und sich weiter mit ihrer Bewerbung für das Konservatorium befasst, und sie hatte tatsächlich die diversen Hürden genommen, bis man schließlich zu dem endgültigen Urteil gekommen war, das nun schwarz auf weiß vor uns lag. Mias Großmutter war zu aufgeregt gewesen, um den Umschlag zu öffnen, weshalb sie auf ihren Mann und mich gewartet hatte, ehe sie ihn mit einem Perlmutt-Brieföffner aufschlitzte.

Mia hatte es geschafft. Aber hatten daran denn jemals irgendwelche Zweifel bestanden?

Wir alle waren der Ansicht, diese Bestätigung würde ihr guttun, ein kleiner Lichtblick am sonst so düsteren Horizont.

»Und ich habe bereits mit dem Dekan des Zulassungsbüros gesprochen, und der meint, du könntest auch ein Jahr später anfangen, sogar zwei, wenn es denn sein müsste«, hatte Mias Großmutter erklärt, als sie Mia die Neuigkeit überbracht und ihr von dem großzügigen Stipendium erzählt hatte, das mit der Zulassung einherging. Juilliard hatte diesen Aufschub sogar von sich aus vorgeschlagen, da man sichergehen wollte, dass Mia den hohen Ansprüchen der Schule gerecht werden konnte, sollte ihr Entschluss positiv ausfallen.

»Nein«, hatte Mia mit derselben unbewegten Stimme gesagt, mit der sie seit dem Unfall sprach, dort in dem deprimierenden Aufenthaltsraum des Reha-Zentrums. Niemand von uns hätte genau sagen können, ob ihr neuer Gesprächston auf das emotionale Trauma zurückzuführen war oder ob es an Mias aktuellem Gefühlshaushalt lag, Ausdruck ihres völlig umgekrempelten Denkapparats. Obwohl uns ihre Betreuerin und auch ihre Therapeutin anhand zahlreicher Auswertungen wieder und wieder versicherten, dass sie gewaltige Fortschritte machte, waren wir immer noch in Sorge. Im Flüsterton unterhielten wir uns über diese Dinge, wenn wir sie abends allein ließen und ich mich nicht dazu durchringen konnte, bei ihr zu bleiben.

»Nun triff mal keine voreiligen Entschlüsse«, hatte ihre Großmutter erwidert. »In einem Jahr oder in zwei wird die Welt schon wieder ganz anders aussehen. Und dann kannst du ja immer noch auf diese Schule.«

Mias Großmutter war davon ausgegangen, dass Mia nicht auf die Juilliard wollte. Mir aber war sofort klar gewesen, was sie mit diesem entschlossenen *Nein* gemeint hatte. Denn ich kannte Mia nur zu gut. Sie wollte keinen Aufschub.

Mia und ihre Großmutter stritten sich eine Weile darüber. Bis September waren es nur fünf Monate. Viel zu bald schon. Und irgendwo hatte sie wohl recht. Mias Bein steckte immer noch in einer von diesen Beinschienen, und sie hatte gerade erst wieder angefangen, eigenständig zu gehen. Allein konnte sie kein Konservenglas öffnen, weil ihre rechte Hand zu schwach war, und manchmal fielen ihr die Bezeichnungen der einfachsten Dinge nicht ein, wie zum Beispiel das Wort für Schere. Doch all das, so die Therapeuten, sei völlig normal und werde sich wahrscheinlich legen – doch das brauche eben seine Zeit. Aber fünf Monate? Das war ganz und gar nicht lang genug.

An jenem Nachmittag verlangte Mia nach ihrem Cello. Ihre Großmutter hatte die Stirn gerunzelt, weil sie befürchtete, Mias überstürztes Handeln könne ihrer Genesung im

Wege stehen. Ich aber war von meinem Stuhl aufgesprungen, hatte mich ohne Umschweife in mein Auto gesetzt und war bis Sonnenuntergang mit dem Cello zurückgekehrt.

Und ab diesem Zeitpunkt war das Cello ihre Therapie gewesen: in physischer, emotionaler und mentaler Hinsicht. Die Ärzte staunten nur noch, wie kräftig Mias Oberkörper inzwischen war – ihre frühere Musiklehrerin Professor Christie hatte das ihren »Cellokörper« genannt: breite Schultern, muskulöse Oberarme –, und dank ihres Spiels erlangte sie bald ihre frühere Kraft wieder, sodass ihr rechter Arm keine Schwäche mehr zeigte und auch ihr verletztes Bein sich stabilisierte. Es half gegen die Schwindelanfälle. Während sie spielte, schloss Mia die Augen, und das, so behauptete sie, sowie die Tatsache, dass sie beide Beine fest auf den Boden stemme, stärke ihren Gleichgewichtssinn. Doch durch ihr Spiel verriet Mia zugleich die Probleme, die sie in der alltäglichen Konversation zu verbergen suchte. Wenn sie eine Cola wollte, sich aber nicht mehr an das Wort erinnerte, dann überspielte sie dies, indem sie einfach nach Orangensaft fragte. Doch mit ihrem Cello war sie ehrlich und gestand, dass sie sich zwar an eine Bach-Suite erinnern könne, an der sie vor wenigen Monaten gearbeitet habe, nicht aber an eine einfache Etüde, die sie als Kind gelernt hatte. Als Professor Christie, die einmal die Woche vorbeikam, um mit ihr zu üben, sie ihr zeigte, beherrschte sie sie allerdings sofort wieder. So erhielten die Sprachtherapeuten und Neurologen wertvolle Hinweise darauf, wie unberechenbar ihr Gehirn war, und sie passten ihre Therapien entsprechend an.

Das Wichtigste aber war, dass das Cello ihre Stimmung besserte. Denn auf diese Weise hatte sie jeden Tag etwas zu tun. Sie hörte auf, in diesem seltsamen monotonen Tonfall zu sprechen, und redete endlich wieder wie die alte Mia, zumindest dann, wenn sie über Musik sprach. Ihre Therapeuten änderten ihren Reha-Plan und gewährten ihr mehr Zeit für ihre Übungen. »Wir können zwar nicht genau sagen, inwiefern sich Musik positiv auf das Gehirn auswirkt«, erklärte mir einer der Neurologen eines Nachmittags, während er zuhörte, wie sie einer Gruppe von Patienten im Aufenthaltsraum etwas vorspielte, »doch wir sind überzeugt, dass dem so ist. Man braucht sich Mia nur anzusehen.«

Nach vier Wochen wurde sie aus der Reha-Klinik entlassen, zwei Wochen vor dem ursprünglich geplanten Termin. Sie konnte nun mithilfe einer Krücke gehen, allein ein Glas Erdnussbutter öffnen, und sie spielte Beethoven wie ein wahrer Meister.

Dieser Artikel, diese *Zwanzig-unter-zwanzig*-Geschichte in der *All About Us*, die Liz mir geschickt hatte ... Ich erinnere mich noch an ein ganz bestimmtes Detail. Da war die nicht nur angedeutete, sondern ganz offen zur Sprache gebrachte Verbindung zwischen Mias »Tragödie« und ihrer »überirdischen« Spielweise angesprochen worden. Und ich erinnere mich nur zu gut, wie wütend mich das damals machte. Denn da schwang auch eine gewisse Beleidigung mit – so, als läge die einzige Möglichkeit, ihr Talent zu erklären, darin, es einer übernatürlichen Macht zuzuschreiben. Was dachten die sich eigentlich? Glaubten die etwa, dass Mias tote Familie sich in ihrem Körper eingenistet hatte und über Mias Finger himmlische Chöre erklingen ließ?

Der entscheidende Punkt aber war, dass *tatsächlich* etwas

Überirdisches geschehen war. Und ich wusste es nur zu gut, denn ich war dabei gewesen, war Zeuge all dessen geworden: Ich hatte mit eigenen Augen gesehen, wie Mia sich von einer überaus talentierten Cellistin in etwas völlig anderes verwandelt hatte. In einem Zeitraum von nur fünf Monaten ging eine magische, kaum zu begreifende Verwandlung mit ihr vor. Man konnte tatsächlich sagen, dass alles mit dieser »Tragödie« zusammenhing. Allerdings war es Mia selbst, die für diese plötzliche Verwandlung die Hauptverantwortung trug. So war es schon immer gewesen.

Am ersten Dienstag im September brach sie auf nach Juilliard. Ich fuhr sie zum Flughafen. Zum Abschied gab sie mir einen Kuss. Und sie erklärte mir, dass sie mich mehr liebe als das Leben selbst. Dann machte sie sich auf den Weg zu ihrem Flugzeug.

Sie kehrte nie wieder zurück.

4

Der Bogen ist alt, das Rosshaar verklebt.
In Reparatur geschickt, wie ich und wie du.
Warum sehen sie deiner Hinrichtung zu?
Das Publikum belohnt dich mit stehenden Ovationen.

»Dust«, *Collateral Damage*, Song Nummer 9

Als nach dem Konzert die Lichter wieder angehen, fühle ich mich ausgelaugt, schwermütig, so als hätte man mir heimlich alles Blut abgezapft und es durch Teer ersetzt. Nachdem der Jubel sich gelegt hat, erheben die Leute um mich herum sich nach und nach von ihren Sitzplätzen und sprechen über das Konzert, über die Schönheit von Bach, die Schwermut von Elgar, den Mut – der sich überdies bezahlt gemacht hat –, zwischendurch auch ein zeitgenössisches Stück von John Cage einzuflechten. In erster Linie aber spricht man über Dvořák, und ich kann gut verstehen, warum das so ist.

Immer wenn Mia früher Cello spielte, stand die Konzentration ihr auf den Körper geschrieben: Eine Falte legte sich dann über ihre Stirn. Ihre Lippen waren oft nur noch zwei schmale Linien und dermaßen angespannt, dass jegliche Farbe aus ihnen wich, als würden ihre Hände all ihr Blut für sich in Anspruch nehmen.

Ein bisschen war es auch so bei den frühen Stücken an

diesem Abend. Doch als sie bei Dvořák angelangt war, dem letzten Stück ihres Vortrags, da wurde sie von etwas ergriffen. Ich könnte nicht sagen, ob sie einfach einen Lauf bekam oder ob dieses Stück so was wie ihre persönliche Visitenkarte darstellte, doch statt sich über ihr Cello zu beugen, schien ihr Körper sich nun auszuweiten, aufzublühen, und wie eine Kletterpflanze schien die Musik sich um sie zu ranken und den weiten Raum um sie herum auszufüllen. Ihre Bogenstriche waren plötzlich großzügig und glücklich und gewagt, und der Klang, der das Auditorium nun erfüllte, schien diese reinen Gefühle in eine bestimmte Bahn zu lenken, fast so, als würden sich die Gedanken des Komponisten spiralförmig im Raum ausbreiten. Und der Ausdruck auf ihrem Gesicht – die Augen nach oben gerichtet, während ein leises Lächeln ihre Lippen umspielte. Ich weiß nicht, wie ich es am besten beschreiben kann, ohne dass es gleich wie ein Zitat aus einem dieser klischeetriefenden Artikel klingt, die man in Zeitschriften immer so liest, aber doch: Sie schien so eins mit der Musik. Vielleicht aber auch einfach nur glücklich. Ich schätze, mir war schon immer klar gewesen, dass sie zu einer Kunst auf solch hohem Niveau fähig war, doch dass ich nun Zeuge dessen werden durfte, haute mich schier um. Mich und alle anderen Anwesenden in diesem Auditorium, wie ich aus dem donnernden Applaus schloss, den man ihr entgegenbrachte.

Volle Beleuchtung im Saal; grell wird das Licht von den hellen Holzsitzen und der geometrischen Wandvertäfelung reflektiert, sodass der Boden vor meinen Augen zu schwimmen beginnt. Ich lasse mich auf den nächsten Sitz sinken und versuche, nicht über das Dvořák-Stück nachzudenken – und auch nicht über alles andere: Wie sie sich zwischen den Stücken die Hand am Rock abwischte, wie sie im Takt mit einem unsichtbaren Orchester den Kopf wippen ließ, all diese unscheinbaren Gesten, die mir nur allzu vertraut sind.

Ich greife nach der Sitzlehne vor mir, um mich abzustützen, und stehe wieder auf. Ich versichere mich, dass meine Beine auch funktionieren und der Boden sich nicht dreht, ehe ich mich dazu zwinge, einen Fuß vor den anderen zu setzen und in Richtung Ausgang zu gehen. Ich bin total erledigt, ausgelaugt. Alles, was ich jetzt noch tun will, ist ins Hotel zurückfahren, um ein paar von den Ambien hinunterzuspülen, von den Lunesta oder den Xanax oder von irgendetwas, was mein Medizinschränkchen so hergibt – und damit diesem Tag ein Ende zu setzen. Ich will einschlafen und wieder aufwachen, wenn das alles hier vorbei ist.

»Entschuldigen Sie, Mr Wilde.«

Normalerweise nehme ich mich in Acht vor geschlossenen Räumen, aber wenn es einen Ort in der ganzen Stadt gibt, an dem ich erwarten würde, garantiert anonym bleiben zu können, dann ist das die Carnegie Hall während eines klassischen Konzerts. Während des Konzerts und die Pause hindurch hat mich niemand auch nur eines Blickes gewürdigt, abgesehen von ein paar älteren Damen, die, wie ich vermute, in erster Linie Anstoß an meinen Jeans nahmen. Der Typ vor mir aber ist ungefähr in meinem Alter; er ist Platzanweiser, die einzige Person in einem Radius von fünfzehn Metern, die unter fünfunddreißig ist, die einzige Person in dieser Location, von der man annehmen könnte, dass sie ein Shooting-Star-Album besitzt.

Ich greife in meine Tasche, um einen Kugelschreiber rauszuholen, obwohl ich weiß, dass ich sowieso keinen bei mir habe. Der Platzanweiser sieht betreten aus, schüttelt gleichzeitig abwehrend den Kopf und seine Hände. »Nein, nein, Mr Wilde. Ich will doch kein Autogramm.« Er senkt verschwörerisch die Stimme. »Es verstößt eigentlich gegen die Regeln, um ehrlich zu sein … Das könnte mich meinen Job kosten.«

»Oh«, sage ich und bin ernüchtert und verwirrt zugleich. Eine Sekunde lang denke ich darüber nach, ob ich jetzt einen Anschiss kriegen werde, weil ich nicht angemessen gekleidet bin.

Doch dann fährt der Platzanweiser fort: »Miss Hall möchte, dass Sie zu ihr in den Backstage-Bereich kommen.«

Nach dem Ende der Show herrscht ein ziemlicher Lärmpegel; für einen Augenblick meine ich mich verhört zu haben. Doch noch ehe ich ihn bitten kann, seinen Satz zu wiederholen, führt er mich auch schon am Ellbogen auf eine Treppe zu und runter in die Lobby und von dort durch eine schmale Tür gleich neben der Bühne, durch ein Labyrinth von Gängen, deren Wände mit gerahmten Notenblättern tapeziert sind. Und ich lasse mich tatsächlich zu ihr führen. Fast ist es wie damals, als ich zehn war und ins Büro des Schuldirektors musste, weil ich während des Unterrichts eine Wasserbombe hatte platzen lassen. Damals war mir nichts anderes übrig geblieben, als Mrs Linden durch die Flure zu folgen und darüber nachzudenken, was mich hinter der Tür des Direktors erwarten würde. Jetzt überkommt mich dasselbe Gefühl wie damals. Dass ich wegen irgendwas Ärger bekommen werde, dass Aldous mir gar nicht wirklich freigegeben hat heute Abend und dass mich nun ein mächtiger Anschiss erwartet, weil ich ein Fotoshooting verpasst oder weil ich einen

Journalisten verärgert habe oder einfach, weil ich ein asozialer Eigenbrötler bin, der kurz davor ist, die Band kaputtzumachen.

Das alles sickert nicht zu mir durch, ich weigere mich, es zu begreifen, ich glaube es nicht und denke auch nicht weiter darüber nach. Bis der Platzanweiser schließlich eine Tür öffnet und mich in einen winzigen Raum führt. Die Tür schließt sich hinter mir, und plötzlich steht sie vor mir. In echt. Ein Mensch aus Fleisch und Blut, kein Gespenst.

Seltsamerweise will ich sie nicht sofort packen und küssen oder sie anbrüllen. Alles, was ich will, ist, ihre Wange zu berühren, die von der Vorstellung an diesem Abend immer noch leicht gerötet ist. Ich will die wenigen Schritte, die uns noch trennen – nicht Meilen, nicht Kontinente, nicht Jahre –, schnell hinter mich bringen und ihr mit meinen schwieligen Fingern das Gesicht streicheln. Ich will sie berühren, nur um sicher zu sein, dass es auch wirklich *sie* ist und nicht wieder einer von diesen Träumen. Träume, die mich ständig überkamen, nachdem sie gegangen war, und in denen ich sie so deutlich vor mir sah, dass ich sie schon an mich ziehen und küssen wollte, nur um dann aufzuwachen und festzustellen, dass Mia für mich unerreichbar war.

Doch ich kann sie nicht berühren. Denn das ist ein Privileg, das man mir genommen hat. Wenn auch gegen meinen Willen. Da wir gerade von Willen sprechen: Ich muss mich bewusst dazu zwingen, meinen Arm still zu halten, damit das Zittern ihn nicht in einen Presslufthammer verwandelt.

Der Boden unter meinen Füßen beginnt sich zu drehen, ein weiterer Strudel droht mich zu verschlingen, und am liebsten würde ich mir wieder eine von den Pillen einwerfen, aber ich kann jetzt unmöglich eine rausholen. Deshalb atme ich ein paarmal tief durch, um eine Panikattacke zu verhindern. Ich bewege meine Kiefer in dem verzweifelten Versuch, ein paar Worte hervorzubringen, doch leider vergebens. Ich fühle mich, als befände ich mich allein auf einer Bühne, keine Band, kein Equipment, und ich könnte mich an keinen unserer Songs erinnern, während ich vor einem Millionenpublikum stünde. Und es kommt mir vor, als wären Stunden vergangen, während ich jetzt vor Mia Hall stehe, sprachlos wie ein Neugeborenes.

Beim ersten Mal, als wir uns an der Highschool trafen, war ich derjenige, der den ersten Satz zu ihr sagte. Damals fragte ich Mia, was das für ein Stück sei, das sie gerade auf ihrem Cello gespielt habe. Eine einfache Frage, mit der alles begann.

Dieses Mal ist es Mia, die die erste Frage stellt: »Bist du es wirklich?« Und ihre Stimme – sie klingt immer noch wie damals. Keine Ahnung, weshalb ich erwartet habe, sie würde anders klingen. Wahrscheinlich, weil inzwischen alles anders ist.

Ihre Stimme bringt mich zurück auf den Boden der Tatsachen. Zurück in die Realität der vergangenen drei Jahre. Da sind so viele Dinge, die gesagt und gefragt werden müssten. *Wo warst du? Denkst du hin und wieder an mich? Du hast mein Leben zerstört. Geht es dir gut?* Aber selbstverständlich bringe ich keinen dieser Sätze und keine dieser Fragen über die Lippen.

Ich fühle langsam, wie heftig mein Herz pocht, und bemerke das Pfeifen in den Ohren. Ich werde jeden Moment den Kopf verlieren. Doch seltsamerweise, gerade als die Panik ihren Höhepunkt zu erreichen droht, übernimmt irgendein Überlebensinstinkt die Kontrolle, ebenjener Instinkt, der mir auch hilft, mich auf eine Bühne vor Tausende von wildfremden Menschen zu stellen. Während ich mich in mich selbst zurückziehe und in den Hintergrund trete, um dieser anderen Person in mir die Führung zu überlassen, überkommt mich eine plötzliche Ruhe. »Ja, ich bin es, aus Fleisch und Blut«, erwidere ich. So als wäre es das Normalste der Welt, dass ich bei einem ihrer Konzerte bin und dass sie mich in ihr Allerheiligstes gebeten hat. »Gutes Konzert übrigens«, füge ich noch hinzu, weil man das eben so sagt. Zufällig stimmt es aber auch.

»Danke«, meint sie. Dann fährt sie kopfschüttelnd fort: »Ich kann einfach nicht glauben, dass du wirklich *hier* bist.«

Ich denke an die einstweilige Verfügung, die sie die vergangenen drei Jahre gegen mich verhängt hatte und gegen die ich heute Abend das erste Mal verstoße. *Aber du hast mich doch zu dir gerufen*, würde ich am liebsten protestieren. »Tja, ich schätze, die lassen inzwischen jeden Penner in die Carnegie Hall rein«, witzle ich. Aber vor lauter Nervosität kommt der Witz wohl nicht ganz so locker rüber und erhält einen bitteren Beigeschmack.

Sie wischt sich die Hände an ihrer Kleidung ab. Ihr schwarzes Abendkleid hat sie bereits gegen einen langen, fließenden Rock und ein ärmelloses Top eingetauscht. Sie schüttelt den Kopf und sieht mir mit verschwörerischer Miene direkt ins Gesicht. »Nicht ganz. Punks haben keinen Zutritt. Hast du denn das Hinweisschild draußen nicht gesehen? Ich bin echt verblüfft, dass sie dich nicht festgenommen haben, als du die Lobby betreten hast.«

Mir ist klar, dass sie an meinen schlechten Witz anzuknüpfen versucht, und irgendwie bin ich ihr dafür dankbar, dankbar auch dafür, dass sie mir eine Kostprobe ihres früheren

Sinns für Humor gewährt. Doch ein anderer Teil von mir, der finstere Teil meiner Persönlichkeit, will sie an all die Kammerkonzerte, Streichquartette und Konzertabende erinnern, die ich duldsam über mich ergehen ließ. Wegen ihr. Mit ihr. »Woher wusstest du, dass ich hier bin?«

»Du machst wohl Scherze? Adam Wilde in der Zankel Hall. Während der Pause hatte die Crew im Backstagebereich kein anderes Thema. Offensichtlich arbeiten eine ganze Menge Fans von Shooting Star in der Carnegie Hall.«

»Ich dachte, ich bin inkognito hier«, sage ich. Und blicke dabei auf ihre Füße. Dieses Gespräch überlebe ich nur, wenn ich mit Mias Sandalen rede. Ihre Zehennägel sind zartrosa lackiert.

»Du? Unmöglich«, erwidert sie. »Also, wie geht es dir?«

Wie es mir geht? Meinst du das ernst? Ich zwinge mich, sie anzusehen, und blicke Mia zum ersten Mal direkt in die Augen. Sie ist immer noch wunderschön. Nicht so offensichtlich wie Vanessa LeGrande oder Bryn Shraeder. Sondern eher auf eine zurückhaltende, unaufdringliche Art und Weise, die mich immer schon umgehauen hat. Ihr langes dunkles Haar trägt sie jetzt offen; feucht fließt es ihr über die nackten Schultern, die wie damals milchweiß sind und übersät von Sommersprossen, die ich immer so gern geküsst habe. Die Narbe an ihrer linken Schulter, die damals noch grellrot und wulstig war, ist inzwischen zu einem silbrigen Rosa verblasst. So, als wäre das der letzte Schrei in Sachen Tätowierungen. Irgendwie hübsch.

Mias Augen suchen die meinen, und einen kurzen Moment lang befürchte ich, meine Fassade könnte zu bröckeln beginnen. Ich wende den Blick ab.

»Ach, na ja, ganz gut. Ziemlich im Stress«, antworte ich.

»Klar, logisch. Im Stress. Bist du auf Tour?«

»Jep. Morgen geht's nach London.«

»Oh, ich fliege morgen nach Japan.«

Entgegengesetzte Richtungen, denke ich und bin überrascht, als Mia genau diese Worte tatsächlich laut ausspricht. »Entgegengesetzte Richtungen.« Die Worte stehen unheilvoll zwischen uns. Plötzlich merke ich, wie der Strudel sich wieder zu drehen beginnt. Wenn ich nicht sofort von hier verschwinde, wird er uns beide verschlingen. »Na ja, ich sollte jetzt besser gehen«, höre ich diese Person, die vorgibt, Adam Wilde zu sein, mit absolut ruhiger Stimme aus der Ferne sagen.

Ich habe den Eindruck, es lege sich ein Schatten auf ihr Gesicht. Allerdings könnte ich es nicht mit Sicherheit sagen, denn jeder einzelne Millimeter meines Körpers ist nun in Wallung. Dafür aber könnte ich schwören, dass sich mein Inneres gleich hier und jetzt nach außen kehren wird. Doch während ich selbst völlig außer Kontrolle gerate, funktioniert dieser andere Adam immer noch einwandfrei. Nun hält er Mia gerade die Hand hin, obwohl der Gedanke daran, Mia Hall ganz förmlich die Hand zu schütteln, so ziemlich das Traurigste ist, was mir jemals in den Sinn hätte kommen können.

Mia sieht runter auf meine ausgestreckte Hand, öffnet den Mund, um etwas zu sagen, stößt dann aber nur ein Seufzen aus. Ihr Gesicht wirkt plötzlich wie versteinert, als sie schließlich ihrerseits die Hand ausstreckt und meine ergreift.

Das Zittern in meiner Hand ist für mich bereits so zur Normalität geworden, dass es mir meist schon gar nicht mehr auffällt. Doch sobald meine Finger sich um Mias schließen, bemerke ich, dass das Zittern sich legt und sie auf einmal völlig ruhig sind, so als würde ein nervtötendes Feedback plötzlich unterbrochen, weil jemand den Verstärker ausgesteckt hat. Ich könnte ewig so verweilen.

Nur dass das hier ein ganz normaler Händedruck ist, nichts weiter. Und nach ein paar Sekunden schon ziehe ich die Hand wieder zurück. Scheinbar hat sich mein nervöses Zittern zum Teil auf Mia übertragen, denn nun sieht es so aus, als würde ihre Hand beben. Aber beschwören könnte ich das nicht, denn ein reißender Strom ergreift mich in diesem Moment und nimmt mich mit sich fort.

Das Nächste, woran ich mich erinnere, ist das Klicken der Tür zu ihrem Umkleideraum, die hinter mir ins Schloss fällt. Wieder einmal werde ich von einer Stromschnelle erfasst und fortgerissen, während Mia am sicheren Ufer zurückbleibt.

5

Ja, ja, ich weiß, total geschmacklos – genau genommen ziemlich krass –, die Tatsache, dass ich sitzengelassen wurde, mit dem Unfall zu vergleichen, der Mias ganze Familie ausgelöscht hat, aber ich kann nicht anders. Denn für mich fühlte sich die Zeit nach der Trennung durchaus ganz ähnlich an. Während der ersten Woche erwachte ich jeden Tag in einem Nebel aus Zweifeln und Leugnen. *Das ist doch nicht wirklich passiert, oder? Ach du Scheiße, doch, es ist wahr.* Und dann war ich jedes Mal völlig geknickt. Wie eine Faust traf es mich in die Magengrube. Es dauerte ein paar Wochen, bis ich es endgültig begriffen hatte. Doch anders als nach dem Unfall – als ich für andere da sein, präsent sein, eine Hilfe, eine Stütze sein musste –, war ich nach der Trennung absolut auf mich allein gestellt. Es gab niemanden, für den ich stark sein musste. Also kümmerte ich mich um nichts mehr, und irgendwann war dann alles vorbei.

Ich zog wieder heim, zurück ins Haus meiner Eltern. Ich packte einfach nur wahllos ein paar Sachen aus meinem Zimmer im House of Rock und haute ab. Ich ließ alles zurück. Die Schule. Die Band. Mein Leben. Es war ein spontaner, stummer Abgang, den ich da machte. Und dann lag ich nur noch zusammengekauert in dem Bett meiner Kindheit. Ich hatte Angst, dass die Leute die Tür eintreten und von mir verlangen könnten, zu erklären, was mit mir los sei. Aber so ist das nun mal mit dem Tod. Wenn er eintritt, dann spricht sich das schnell rum. Die Leute müssen gewusst haben, dass ich mich in eine Leiche verwandelt hatte, denn es kam nicht ein Einziger, um sich den Leichnam anzusehen. Nun ja, mit Ausnahme von Liz, der Unnachgiebigen, die einmal in der Woche vorbeischaute, um eine Mix-CD mit den allerneusten Hits, auf die sie stand, vorbeizubringen, und jedes Mal legte sie die neue CD fröhlich auf den Stapel mit den unberührten CDs, die sie die Wochen davor mitgebracht hatte.

Meine Eltern schienen verblüfft, als ich plötzlich wieder zu Hause aufkreuzte. Aber wenn ich auftauchte, waren die Leute eigentlich immer verblüfft. Mein Dad hat früher als Holzfäller gearbeitet, und als dieser Industriezweig den Bach runterging, nahm er einen Job am Fließband in einem Elektronikbetrieb an. Meine Mom arbeitete damals in der Universitätskantine. Für beide war es die zweite Ehe gewesen. Der erste Schritt ins Eheleben war für beide gleichermaßen zum Desaster geworden. Sie blieben kinderlos, und die früheren Partner wurden nie wieder auch nur mit einem Wort erwähnt; selbst ich erfuhr davon erst durch einen Onkel und eine Tante, als ich schon zehn war. Meine Eltern hatten mich erst spät bekommen, und offensichtlich kam ich auch eher überraschend. Meine Mom betonte immer wieder gern, dass eigentlich so ziemlich alles überraschend war, was mich betraf – von meiner bloßen Existenz über die Tatsache, dass ich Musiker wurde, bis hin zu meiner Liebe zu Mia, meinem Collegebesuch … Überraschend dann auch, dass meine Band schlagartig so beliebt war, dass ich das College abbrach – und dass ich die Band verließ. Aber sie akzeptierten, dass ich nach Hause zurückkehrte, ohne irgendwelche Fragen zu stellen. Mom brachte mir Tabletts mit Essen und Kaffee aufs Zimmer; fast als wäre ich ein Gefangener.

Drei Monate lang lag ich in dem Bett meiner Kindheit und wünschte mir, ich läge im Koma wie Mia damals. Das konnte doch alles nicht so schwer sein! Letzten Endes zwang mich die Scham dazu, mich wieder aufzuraffen. Ich war neunzehn Jahre alt, hatte das College abgebrochen, wohnte bei meinen Eltern, hatte keinen Job, tat nichts als faulenzen – ich war ein lebendes Klischee. Meine Eltern waren angesichts all dessen völlig cool geblieben, aber dieses ewige Selbstmitleid kotzte mich inzwischen an. Und dann, kurz nach Neujahr, erkundigte ich mich bei meinem Vater, ob es bei ihm in der Firma nicht irgendwelche Jobs gab.

»Bist du dir sicher, dass du das wirklich willst?«, hatte er mich daraufhin gefragt. Natürlich war es nicht das, wovon ich immer geträumt hatte. Doch das, was ich mir wünschte, konnte ich nicht haben. Ich hatte lediglich mit der Schulter gezuckt. Mir war nicht entgangen, wie er sich mit meiner Mom über dieses Thema gestritten hatte, wobei sie versucht hatte, ihn dazu zu bringen, mir diese Schnapsidee auszutreiben. »Hast du dir für ihn denn nicht mehr erhofft?«, hörte ich sie ihm im Flüsterton vorwerfen, während ich oben an der Treppe stand und lauschte. »Möchtest du denn nicht, dass er wenigstens zurück an die Schule geht?«

»Es geht doch hier nicht um das, was ich will«, hatte er erwidert.

Also hat er in der Personalabteilung nachgefragt und mir ein Vorstellungsgespräch organisiert, und schon eine Woche später fing ich in der Abteilung für Datenerfassung zu arbeiten an. Von morgens halb sieben bis nachmittags um halb vier saß ich nun tagtäglich in einem fensterlosen Raum und tippte Zahlen ein, die keinerlei Bedeutung für mich hatten.

An meinem ersten Tag im neuen Job stand meine Mom morgens mit mir auf, um ein riesiges Frühstück für mich vorzubereiten, das ich gar nicht schaffte, und der Kaffee, den sie mir gemacht hatte, war nicht annähernd stark genug. Mit einem besorgten Ausdruck im Gesicht stand sie da in ihrem schäbigen rosa Morgenrock. Als ich schließlich aufstand, um zu gehen, blickte sie mir kopfschüttelnd hinterher.

»Was denn?«, fragte ich.

»Dass du in dieser Fabrik arbeiten willst«, meinte sie und betrachtete mich mit ernster Miene. »*Das* überrascht mich nun wirklich ganz und gar nicht. Denn *genau das* hatte ich von meinem Sohn erwartet.« Ich weiß nicht, ob der bittere Ton in ihrer Stimme mir oder ihr selbst galt.

Der Job war echt beschissen, aber was soll's. Wenigstens brauchte man dabei nicht zu denken. Wenn ich heimkam, verschlief ich den Rest des Nachmittags, und wenn ich wieder aufwachte, las ich und döste von zehn Uhr abends bis fünf Uhr morgens vor mich hin, wenn es dann wieder hieß: aufstehen und zur Arbeit gehen. Mein Zeitplan lief der Welt der Lebenden zwar absolut zuwider, doch für mich war das in Ordnung.

Ein paar Wochen zuvor, so um Weihnachten, hatte ich noch einen Funken Hoffnung in mir getragen. Denn an Weihnachten sollte Mia endlich wieder nach Hause kommen. Die Fahrkarte, die sie sich für New York gekauft hatte, beinhaltete eine Rückfahrkarte, und am neunzehnten Dezember sollte sie eigentlich zurückkommen. Obwohl mir klar war, dass es idiotisch war, ging ich davon aus, dass sie zu mir kommen, mir irgendeine Erklärung liefern – oder besser noch, dass sie sich aufrichtig bei mir entschuldigen würde. Ich malte mir aus, dass sie mir täglich eine E-Mail geschrieben hatte, dass aber leider keine einzige davon angekommen war, und dass sie einfach so vor meiner Tür stehen würde, wütend darüber, dass ich auf ihre Mails nie geantwortet hatte, so wie sie früher immer wegen der dämlichsten Dinge sauer auf mich gewesen war, zum Beispiel darüber, wie ich mich ihren Freunden gegenüber verhielt.

Doch der Dezember kam und ging, eine trostlose Serie grauer Tage, an denen von unten gedämpft Weihnachtslieder an mein Ohr drangen. Ich blieb im Bett liegen.

Erst im Februar bekam ich Besuch, jemand von einem Ostküstencollege.

»Adam, Adam, da ist Besuch für dich«, rief meine Mom aufgeregt und klopfte an meine Tür. Es war so um die Abendessenszeit, und ich war total am Boden, weil das für mich schon mitten in der Nacht war. In meiner Benommenheit dachte ich schon, es sei Mia. Ich fuhr hoch, erkannte aber gleich am gequälten Gesichtsausdruck meiner Mutter, dass sie genau wusste, dass sie keine guten Neuigkeiten brachte. »Es ist Kim!«, rief sie betont fröhlich.

Kim? Von Mias bester Freundin hatte ich seit vergangenem August, als sie auf eine Schule in Boston gewechselt war, nichts mehr gehört. Und plötzlich wurde mir klar, dass sie mich mit ihrem Stillschweigen ebenso verraten hatte wie Mia auch. Als Mia und ich noch ein Paar waren, waren Kim und ich nicht gerade die besten Kumpel gewesen. Zumindest nicht vor dem Unfall. Der allerdings hatte uns hinterher umso mehr zusammengeschweißt. Mir war nie aufgefallen, dass man Mia und Kim nur im Zweierpack bekam, die eine nicht ohne die andere kriegte. Wenn man eine verlor, verlor man sie beide. Aber wie hätte es auch anders sein sollen?

Doch nun war Kim auf einmal da. Hatte Mia sie womöglich als ihre Gesandte geschickt? Kim lächelte unsicher und hielt wegen des feuchtkalten Abends ihren Oberkörper mit den Armen umklammert. »Hey«, sagte sie. »Du bist aber schwer zu finden.«

»Ich bin doch da, wo ich immer war«, erwiderte ich und strampelte die Bettdecke weg. Als Kim meine Boxershorts sah, wandte sie sich ab, bis ich mir meine Jeans übergezogen hatte. Ich griff nach einer Packung Zigaretten. Erst vor ein paar Wochen hatte ich zu rauchen angefangen. Alle in der Fabrik rauchten, denn das gab einem wenigstens einen Grund, eine Pause zu machen. Kims Augen weiteten sich überrascht, als hätte ich eine Glock aus der Tasche gezogen. Ich legte die Zigaretten wieder hin, ohne mir eine angezündet zu haben.

»Ich hatte dich eigentlich im House of Rock vermutet, deshalb bin ich erst dorthin. Ich hab Liz und Sarah getroffen. Sie haben mich zum Abendessen eingeladen. War nett, sie wiederzusehen.« Sie hielt inne und sah sich abschätzig in meinem Zimmer um. Die zerwühlten, muffigen Decken, die geschlossenen Jalousien. »Hab ich dich geweckt?«

»Ich arbeite viel, anstrengende Schichten.«

»Ja, hat deine Mom mir schon erzählt. *Datenerfassung?*« Sie machte sich nicht die Mühe, ihre Verblüffung zu verbergen.

Mir war ganz und gar nicht nach Smalltalk und nach besserwisserischen Kommentaren. »Also, was ist los, Kim, was willst du?«

Sie zuckte mit der Schulter. »Ach, nichts. Ich bin nur kurz

in der Stadt. Wir waren an Chanukka alle in Jersey bei meinen Großeltern. Deshalb bin ich jetzt zum ersten Mal wieder hier, und ich dachte, ich schau mal vorbei und sag Hallo.«

Ich drehte mich um und starrte sie an. Sie wirkte nervös. Aber irgendwie schien sie auch besorgt. Da war ein Ausdruck in ihrem Gesicht, den ich nur allzu gut kannte. Ein Ausdruck, der besagte, dass *ich* jetzt der Patient war. Aus der Ferne durchdrang eine Sirene die abendliche Stille. Instinktiv kratzte ich mich am Kopf.

»Triffst du dich noch mit ihr?«, fragte ich jetzt.

»Wie bitte?« Kims Stimme überschlug sich vor Verwunderung.

Ich starrte sie an. Und ganz langsam wiederholte ich meine Frage. »Triffst du dich noch mit Mia?«

»J… ja, klar«, stammelte Kim. »Na ja, nicht gerade oft. Wir sind beide ziemlich mit der Schule beschäftigt, und zwischen Boston und New York liegen immerhin ganze vier Stunden. Aber ja, klar sehen wir uns gelegentlich.«

Klar. Dieser überzeugte Ton war es, der mir den Rest gab. Er weckte in mir eine mörderische Wut. Ich war wirklich froh, dass sich kein schwerer Gegenstand in meiner Reichweite befand.

»Weiß sie, dass du hier bist?«

»Nein. Ich bin hier, weil wir Freunde sind.«

»*Wir* sind Freunde?«

Der Sarkasmus in meiner Stimme ließ Kim kreidebleich werden, doch das Mädchen war schon immer viel stärker gewesen, als es den Anschein gemacht hatte. Sie gab keinen Millimeter nach und machte auch keinerlei Anstalten, zu verschwinden. »*Ja*«, flüsterte sie.

»Na dann, meine liebe *Freundin*, sag doch mal: Hat Mia, *deine* Freundin, deine allerbeste Freundin, hat sie dir vielleicht erzählt, weshalb sie mich verlassen hat? Und das ohne eine Erklärung? Hat sie dir gegenüber zufällig was darüber gesagt? Oder hat sie nie über mich geredet?«

»Adam, bitte …« Ein Flehen lag in Kims Stimme.

»Nein, *bitte*, *Kim*. Bitte erklär es mir, denn ich hab echt keinen Schimmer.«

Kim holte tief Luft und baute sich in gerader Haltung vor mir auf. Ich konnte förmlich zusehen, wie die Entschlossenheit ihre Wirbelsäule emporkroch, Wirbel für Wirbel, ein Akt, mit dem sie mir ihre Kraft und ihre Loyalität demonstrierte. »Ich bin nicht hierhergekommen, um mit dir über Mia zu reden. Ich bin einfach gekommen, um dich wiederzusehen, und ich finde nicht, dass ich das Recht habe, mit dir über Mia zu reden oder umgekehrt.«

Sie hatte den Tonfall einer Sozialarbeiterin angenommen, die unparteiische Dritte, und dafür hätte ich sie am liebsten geohrfeigt. Wie eigentlich für alles. Doch stattdessen explodierte ich regelrecht. »Und was zum Teufel willst du dann hier? Wozu soll dein Besuch dann gut sein? Wer bist du denn für mich … ohne sie? Du bedeutest mir rein gar nichts! Du bist für mich ein Niemand!«

Kim machte ein paar unsichere Schritte rückwärts, doch als sie wieder zu mir aufblickte, sah sie mich voller Mitgefühl an. Sie war kein bisschen sauer auf mich. Und dafür wollte ich sie nur umso mehr erwürgen. »Adam …«, fing sie wieder an.

»Scher dich bloß raus hier«, knurrte ich. »Ich will dich nie wiedersehen!«

Das Problem mit Kim war nur, dass sie sich wirklich nichts

zweimal sagen ließ. Ohne ein weiteres Wort drehte sie sich um und ging.

In dieser Nacht wanderte ich stundenlang in meinem Zimmer auf und ab, statt zu lesen oder zu schlafen. Und während ich so auf und ab ging und einen ausgetretenen Pfad in dem billigen Teppich meiner Eltern hinterließ, spürte ich, wie ein Fieber sich in mir auszubreiten schien. Es fühlte sich lebendig an und unvermeidlich, so wie ein schlimmer Kater bisweilen unweigerlich eine Kotzorgie zur Folge hat. Ich spürte, wie es sich seinen Weg durch meinen Körper bahnte, um Freilassung bat, bis es schließlich mit aller Gewalt nach draußen drang, sodass ich zunächst die Faust gegen die Wand rammte und sie dann, als das noch nicht die nötigen Schmerzen verursachte, auch noch in die Scheibe des Fensters drosch. Die Glasscherben schlitzten mir die Fingerknöchel auf, was einen befriedigenden Schmerz zur Folge hatte, der auch noch von einem Schwall kalter Luft begleitet wurde, der aus der frostigen Februarnacht ins Zimmer drang. Der Schock schien etwas geweckt zu haben, das tief in mir geschlummert hatte.

In jener Nacht griff ich nach fast einem Jahr das erste Mal wieder zur Gitarre. Und es war auch die Nacht, in der ich wieder anfing, Songs zu schreiben.

Innerhalb von nur zwei Wochen brachte ich zehn neue Songs zu Papier. Nach nur einem Monat formierte Shooting Star sich neu und probte die Songs. Nach zwei Monaten hatten wir bei einem Major-Label unterschrieben. Nach vier Monaten nahmen wir *Collateral Damage* auf, das insgesamt fünfzehn der Songs umfasste, die ich in der einsamen Abgeschiedenheit meines Kinderzimmers verfasst hatte. Und nach einem Jahr hatte *Collateral Damage* die Billboard-Charts erklommen, und Shooting Star tauchte auf den Covern aller großen Musikmagazine auf.

Seither kommt mir immer wieder mal der Gedanke, dass ich Kim entweder eine Entschuldigung oder ein Dankeschön schulde. Eigentlich beides. Doch als ich das erste Mal auf diesen Gedanken kam, schien es mir schon zu spät, noch irgendetwas in dieser Richtung zu unternehmen. Und, wenn ich ehrlich bin, weiß ich immer noch nicht, was ich ihr hätte sagen sollen.

6

Ich ruinier dich, du ruinierst mich,
so lautet der Deal, den wir unterschrieben.
Im Schutzanzug räum ich hinter dir auf,
kauf Gasmasken, Handschuhe, um uns zu beschützen.
Doch nun sitz ich allein in einem leeren Raum
und seh mich der unausweichlichen Verdammnis gegenüber.

»Messy«, *Collateral Damage,* Song Nummer 2

Als ich auf die Straße trete, zittern meine Hände, und mein Inneres macht den Anschein, als wolle es jeden Moment rebellieren. Ich hole meine Pillen raus, doch das Fläschchen ist leer. *Verdammt!* Offensichtlich hat Aldous mir in dem Taxi die letzte Tablette gegeben. Ob ich wohl noch welche im Hotel habe? Vor dem Flug morgen muss ich mir unbedingt Nachschub besorgen. Ich wühle in der Tasche nach meinem Handy, doch dann fällt mir ein, dass ich es im Hotel gelassen hab – ein hirnrissiger Versuch, ausnahmsweise mal nicht erreichbar zu sein.

Um mich herum drängen sich die Menschenmassen, und es scheint mir, als würden ihre Blicke ein kleines bisschen zu lange auf mir ruhen. Ich packe das jetzt nicht, wenn mich jemand erkennt. Ich packe im Moment einfach gar nichts. Ich will das nicht. Ich *will* das alles nicht.

Ich will nur raus. Und zwar raus aus meinem Leben. In letzter Zeit ertappe ich mich immer häufiger bei diesem Gedanken. Ich wünsche mir ja nicht, tot zu sein. Oder Selbstmord zu begehen. Nichts von dem üblichen Scheiß. Doch ich kann mich nicht gegen den Gedanken wehren, dass, wenn ich erst gar nicht auf die Welt gekommen wäre, ich jetzt nicht mit diesen siebenundsechzig Nächten klarkommen müsste, denn ich wäre jetzt nicht hier und hätte nicht gerade dieses Gespräch mit ihr erdulden müssen. *Du bist ja selbst schuld, dass du heute Abend da hingegangen bist,* werfe ich mir vor. *Du hättest einfach gehen sollen.*

Ich zünde mir eine Zigarette an und hoffe insgeheim, dass sie mir die Kraft gibt, zurück ins Hotel zu gehen, von wo aus ich Aldous anrufen kann, um über alles zu reden, und vielleicht kriege ich anschließend sogar ein paar Stunden Schlaf und kann diesen katastrophalen Tag endgültig hinter mich bringen, ein für alle Mal.

»Du solltest damit aufhören.«

Ihre Stimme dringt mir bis ins Mark. Doch in gewisser Weise beruhigt sie mich auch. Ich sehe auf. Vor mir steht Mia, ihr Gesicht gerötet, aber seltsamerweise lächelt sie. Sie atmet schwer, fast so, als wäre sie gerannt. Vielleicht wird sie ja auch von Fans verfolgt. Ich stelle mir vor, wie dieses alte Ehepaar mit den Perlen und dem Smoking hinter ihr hertattert.

Mir bleibt nicht einmal Zeit, um mich zu schämen, denn Mia ist wieder da, steht vor mir, so als würden wir wie eh und je dieselbe Zeit und denselben Ort teilen, an dem wir uns nur zufällig über den Weg laufen, was zwar immer wieder schön, aber doch nichts Außergewöhnliches ist, keine große Sache. Kurz kommt mir dieses Zitat aus *Casablanca* in den Sinn, wo

Bogart sagt: »Von allen Spelunken dieser Welt muss sie ausgerechnet in meine kommen!« Dann aber fällt mir wieder ein, dass ich in unserem Fall ja in *ihre* Spelunke gestolpert bin.

Langsam macht Mia die letzten paar Schritte, die uns noch trennen, auf mich zu, so als wäre ich eine scheue Katze, die sie in ihr Haus locken will. Sie beäugt die Zigarette in meiner Hand. »Seit wann rauchst du denn?«, erkundigt sie sich. Und fast scheint es so, als hätten die Jahre, die zwischen uns stehen, nie existiert und als hätte Mia plötzlich vergessen, dass sie gar nicht mehr das Recht hat, sich in meine Angelegenheiten zu mischen.

Auch wenn es in diesem Fall durchaus berechtigt wäre. Vor langer Zeit war ich noch absolut gegen Nikotin gewesen. »Ich weiß. Typisches Klischee, nicht wahr?«, gebe ich zu.

Sie sieht mich an, dann wieder die Zigarette. »Kann ich auch eine haben?«

»Du?« Als Mia ungefähr sechs war, hatte sie ein Kinderbuch über ein Mädchen gelesen, das seinen Dad dazu brachte, das Rauchen aufzugeben, und hatte daraufhin beschlossen, ihre Mom, eine Gelegenheitsraucherin, dazu zu bringen, ebenfalls aufzuhören. Es hatte Mia Monate gekostet, Kat zu bearbeiten, aber letzten Endes hatte sie sich durchsetzen können. Als ich sie kennenlernte, rauchte Kat längst nicht mehr. Mias Dad, Denny, paffte gern an einer Pfeife, aber das schien er in erster Linie in Gesellschaft zu tun. »*Du* rauchst auch?«, frage ich ungläubig.

»Nein«, erwidert Mia. »Aber ich hab gerade etwas ziemlich Krasses erlebt, und es heißt doch immer, dass Zigaretten die Nerven beruhigen.«

Ein krasses Konzert – ja, manchmal bin ich hinterher ebenfalls ganz angespannt und nervös. »Das Gefühl hab ich nach meinen Konzerten auch manchmal«, sage ich und nicke zustimmend.

Ich schüttle eine Zigarette aus der Packung; ihre Hand zittert noch immer, weshalb ich ihre Kippe nicht mit dem Feuerzeug erwische. Am liebsten würde ich jetzt ihr Handgelenk festhalten, damit sie stillhält. Doch ich lasse das lieber. Stattdessen versuche ich es so lange mit dem Feuerzeug, bis die Flamme in ihren Augen aufleuchtet und die Zigarette endlich Feuer fängt. Sie inhaliert tief und bläst den Rauch wieder aus, dann hustet sie leicht. »Ich rede nicht von dem Konzert, Adam«, sagt sie, ehe sie einen weiteren kräftigen Zug nimmt. »Ich rede von *dir*.«

Tausend kleine Nadelstiche wandern rasch über meinen Körper. *Beruhige dich*, ermahne ich mich. *Du hast sie nur nervös gemacht, weil du so aus dem Nichts dort aufgetaucht bist.* Und trotzdem, ich fühle mich geschmeichelt, dass ich ihr etwas bedeute – auch wenn es sie in erster Linie ängstigt.

Schweigend ziehen wir an unseren Zigaretten. Und dann vernehme ich plötzlich ein Gurgeln. Mia schüttelt verärgert den Kopf und blickt hinunter auf ihren Bauch. »Weißt du noch, wie aufgeregt ich vor Konzerten immer war?«

Früher war Mia vor Auftritten immer viel zu nervös gewesen, um auch nur einen Bissen hinunterzukriegen. Deshalb war sie hinterher umso hungriger. Damals gingen wir dann zu unserem Lieblingsmexikaner, oder wir hielten an einem Diner an der Autobahn, wo wir uns Fritten mit Ketchup und ein Stück Kuchen bestellten, Mias Leibspeise. »Wann hast du denn das letzte Mal was gegessen?«, frage ich.

Mia schielt zu mir und drückt die Zigarette aus, obwohl sie

sie nur zur Hälfte geraucht hat. Sie schüttelt den Kopf. »Zankel Hall? Ich hab seit Tagen nichts zu mir genommen. Die ganze Aufführung über hat mir der Magen geknurrt. Ich war mir sicher, dass selbst die Leute auf den oberen Rängen das noch hören konnten.«

»Nö. Man hat nur das Cello gehört.«

»Puh, dann bin ich ja erleichtert.«

Schweigend stehen wir eine Weile nebeneinander. Ihr Magen knurrt noch einmal. »Sind Pommes und Kuchen immer noch dein Lieblingsessen?«, frage ich jetzt. Ich stelle mir vor, wie wir in einem Laden bei uns daheim in Oregon sitzen und sie mit ihrer Gabel in der Luft herumfuchtelt und sich über ihre eigene Vorstellung ereifert.

»Nein, Kuchen nicht. Nicht in New York. Die Kuchen hier sind eine absolute Enttäuschung. Die Früchte kommen fast immer aus der Dose. Und Brombeeren scheinen die hier gar nicht zu kennen. Wie kann es sein, dass es eine Obstsorte an einem Ende des Landes gibt und am anderen Ende nicht?«

Wie kann es sein, dass man an einem Tag noch jemandes Freund ist und am anderen Tag nicht mehr? »Keine Ahnung, kann ich dir nicht sagen.«

»Aber die Fritten sind prima.« Sie schenkt mir ein hoffnungsvolles, wenn auch schiefes Lächeln.

»Ich mag Fritten«, sage ich. *Ich mag Fritten?* Ich klinge ja wie ein zurückgebliebenes Kind in einem schlechten Fernsehfilm.

Flackernd hebt sich ihr Blick. »Bist du hungrig?«, fragt sie.

Bin ich das denn jemals?

Ich folge ihr über die Siebenundfünfzigste Straße, dann die Neunte runter. Sie geht schnell – keine Spur mehr von dem leichten Hinken, mit dem sie ging, als sie mich verließ – und wirkt äußerst zielstrebig, wie alle New Yorker. Auf dem Weg weist sie hier und da auf Sehenswürdigkeiten hin wie bei einer professionellen Stadtführung. Da fällt mir ein, dass ich ja nicht einmal weiß, ob sie immer noch hier lebt oder ob sie heute Abend nur wegen der Tour da ist.

Du könntest sie einfach fragen, sage ich mir. *Ist doch eine ganz normale Frage.*

Ja, aber auch schon wieder so normal, dass es mir komisch vorkommt, dass ich sie überhaupt stellen muss.

Na, irgendetwas musst du schließlich mit ihr reden.

Und gerade, als ich allen Mut zusammennehme, ertönt in ihrer Tasche Beethovens »Neunte«. Mia unterbricht ihren New-York-Monolog, holt ihr Handy aus der Tasche, sieht auf das Display und zuckt zusammen.

»Schlechte Nachrichten?«

Sie schüttelt den Kopf und wirft mir einen so leidenden Blick zu, dass er schon fast einstudiert wirkt. »Nein. Aber ich muss leider rangehen.«

Sie meldet sich. »Hallo. Ich weiß. Beruhige dich. Ja, ich weiß. Hör mal, kannst du kurz dranbleiben?« Sie wendet sich jetzt an mich, und plötzlich klingt ihre Stimme ganz sachlich und geschäftsmäßig. »Mir ist klar, dass das schrecklich unhöflich von mir ist, aber könntest du fünf Minuten warten?«

Ich habe verstanden. Sie hat gerade einen wichtigen Auftritt hinter sich. Leute rufen sie an. Und obwohl sie mich bedauernd ansieht, fühle ich mich wie ein Groupie, das man bittet, geduldig zu warten, bis der Rockstar so weit ist. Und wie

Groupies das üblicherweise tun, gebe ich klein bei. Mia ist der Rockstar. Was bleibt mir auch anderes übrig?

»Danke«, meint sie.

Ich lasse Mia ein paar Schritte vorausgehen, damit sie ungestört ist, doch ich kriege trotzdem ein paar Worte mit, als sie das Gespräch beendet. *Ich weiß, dass es wichtig war. Ich verspreche dir, dass ich es wiedergutmache.* Sie erwähnt *mich* dabei mit keinem Wort. Wenn ich ehrlich bin, scheint sie mich inzwischen vollkommen vergessen zu haben.

Was im Grunde ja okay wäre, aber sie kriegt nicht einmal mit, für was für einen Wirbel ich hier auf der Neunten sorge, eine Straße voller Bars, vor denen die Leute rauchend herumstehen. Sie zucken zusammen, sobald sie mich erkennen, und holen schnell ihre Handys und Digitalkameras raus, um einen Schnappschuss von mir zu machen.

Ich frage mich, ob es eins der Fotos wohl in den *Gabber* oder in eins der Klatschblätter schaffen wird. Für Vanessa LeGrande würde dann sicherlich ein Traum in Erfüllung gehen. Und für Bryn wäre es der reinste Albtraum. Bryn ist ja so schon total eifersüchtig auf Mia, obwohl sie sie nie persönlich getroffen hat. Und obwohl sie ganz genau weiß, dass ich Mia schon seit Jahren nicht mehr gesehen habe, beschwert Bryn sich immer wieder aufs Neue: »Es ist schon schwer, wenn man mit einem Gespenst konkurrieren muss.« Als würde Bryn Shraeder mit irgendwem konkurrieren müssen.

»Adam? Adam Wilde?« Dieses Mal habe ich es mit einem echten Paparazzo zu tun, der mit seinem Teleobjektiv ungefähr einen halben Block weit von mir entfernt steht. »Huhu, Adam, kann ich ein Foto machen? Nur einen Schuss«, ruft er mir von Weitem zu.

Manchmal braucht man ihnen nur eine Minute lang sein Gesicht hinzuhalten, und schon ist man sie wieder los. Aber in den meisten Fällen kommt man vom Regen direkt in die Traufe.

»Hey, Adam. Wo ist denn Bryn?«

Ich setze meine Brille auf und beschleunige meinen Schritt, auch wenn es dafür längst zu spät ist. Dann bleibe ich stehen und trete auf die Ninth Avenue, die voller Taxis ist. Mia geht einfach weiter den Block runter und labert ununterbrochen in ihr Handy. Die alte Mia hat Handys gehasst, und sie hasste Leute, die damit in der Öffentlichkeit telefonieren und zudem die Gesellschaft einer Person missachten, indem sie einen Anruf von jemand anderem entgegennehmen. Die alte Mia hätte nie so etwas wie *schrecklich unhöflich* gesagt.

Ich überlege, ob ich sie einfach so laufen lassen soll. Der Gedanke, in ein Taxi zu springen und zurück ins Hotel zu fahren, bevor sie überhaupt bemerkt, dass ich nicht mehr hinter ihr bin, scheint mir irgendwie verlockend. Soll sie sich doch ausnahmsweise mal fragen, wo *ich* abgeblieben bin.

Doch leider sind die Taxis alle besetzt, und fast so, als hätte sie meine Misere riechen können, wirbelt Mia nun herum und sieht mich, sieht, wie der Fotograf auf mich zukommt und mir mit der Kamera vor der Nase herumfuchtelt wie mit einer Machete. Sie blickt zurück auf die Ninth Avenue, der Lawine an Fahrzeugen hinterher. *Geh weiter, bitte geh einfach weiter*, flehe ich sie im Stillen an. *Wenn du dich mit mir zusammen fotografieren lässt, dann nehmen die dich und dein Leben auseinander. Also geh bitte um Himmels willen weiter.*

Doch Mia kommt auf mich zu, nimmt mich am Handgelenk, und obwohl sie einen ganzen Kopf kleiner und über zwanzig Kilo leichter ist als ich, fühle ich mich plötzlich beschützt und dank ihrer Anwesenheit sogar sicherer, als ob ich einen Leibwächter hätte. Sie marschiert geradewegs auf die geschäftige Straße und hält den Verkehr auf, indem sie die Hand hebt. Ein Pfad tut sich vor uns auf, ganz wie bei den biblischen Israeliten, bei deren Auszug aus Ägypten sich das Rote Meer teilte. Sobald wir auf der anderen Straßenseite angelangt sind, schließt sich die Lücke wieder, denn die Ampel ist auf Grün gesprungen, und die ganzen Autos rasen gleichzeitig los. Der stalkende Paparazzo bleibt allein auf dem gegenüberliegenden Bürgersteig zurück. »Es ist schier unmöglich, jetzt ein Taxi zu ergattern«, meint Mia. »Sämtliche Shows auf dem Broadway sind gerade zu Ende.«

»Ich hab höchstens zwei Minuten Vorsprung vor dem Typen. Selbst wenn wir ein Taxi kriegen, verfolgt der uns bei dem Verkehr mühelos zu Fuß.«

»Mach dir keine Gedanken. Dort, wo wir hingehen, kann er uns nicht folgen.«

Sie eilt zwischen den Menschenmassen hindurch, die breite Straße runter, während sie mich vor sich herschiebt und mich von hinten abschirmt. Dann biegt sie ab in eine dunkle Seitenstraße, eine reine Wohngegend. Auf halber Strecke blockabwärts verändert sich die Umgebung plötzlich, und statt der Ziegelwohnhäuser ist nun ein eingezäuntes Gelände voller Bäume zu sehen, dessen Zufahrtstor mit einem Vorhängeschloss versehen ist, für das Mia wie durch Zauberei auf einmal den Schlüssel in der Hand hält. Mit einem lauten Klicken springt das Schloss auf. »Hinein mit dir«, weist sie mich an und zeigt auf eine Hecke, hinter der sich ein Pavillon befindet. »Versteck dich da drinnen, ich sperr schnell noch ab.«

Ich komme ihrer Aufforderung nach, und eine Minute später ist sie bei mir. Hier drinnen ist es stockfinster, nur eine Straßenlaterne spendet spärlich Licht. Mia legt einen Finger auf die Lippen und deutet mir an, in die Hocke zu gehen.

»Wo ist er denn verdammt noch mal abgeblieben?«, höre ich jemanden von der Straße her fluchen.

»Er ist da lang«, antwortet eine weibliche Stimme, eindeutig New Yorker Akzent. »Ich schwör's.«

»Und wo ist er dann?«

»Vielleicht in dem Park da?«, meint die Frau.

Jemand rüttelt am Tor, und der Lärm hallt durch die Gartenanlage. »Es ist verschlossen«, sagt der Mann. Trotz der Dunkelheit kann ich erkennen, dass Mia grinst.

»Vielleicht ist er ja drübergeklettert.«

»Quatsch, das Tor ist mindestens drei Meter hoch«, erwidert der Kerl. »Über so einen Zaun klettert man nicht einfach so drüber.«

»Glaubst du, er hat übernatürliche Kräfte?«, meint die Frau nun. »Du könntest doch rein und gucken, ob er da ist.«

»Ach, soll ich mir vielleicht meine neue Armanihose ruinieren? Nein, alles hat seine Grenzen. Außerdem sieht es nicht so aus, als ob da drinnen jemand wär. Er hat bestimmt ein Taxi genommen. Und genau das sollten wir auch tun. Zuverlässige Quellen haben mir per SMS gesteckt, dass Timberlake gerade im Breslin ist.«

Ich höre, wie sich ihre Schritte langsam entfernen, und nur zur Sicherheit verhalte ich mich noch ein Weilchen ruhig. Mia setzt dem Schweigen schließlich ein Ende.

»Glaubst du, er hat übernatürliche Kräfte?«, äfft sie die Frau perfekt nach. Dann fängt sie an zu lachen.

»Ich ruinier mir doch nicht meine neue Armanihose«, gebe ich zurück. »Alles hat seine Grenzen.«

Mia lacht noch viel lauter. Die Anspannung in meinem Körper löst sich langsam. Fast lächle ich mit ihr.

Als sie sich wieder beruhigt hat, steht sie auf, wischt sich den Dreck vom Hintern und lässt sich auf der Bank in dem Pavillon nieder. Ich geselle mich zu ihr. »Das passiert dir wohl andauernd, wie?«

Ich zucke mit den Schultern. »In New York und L.A. ist es immer ein bisschen schlimmer. Und in London. Aber es geschieht mittlerweile wirklich fast überall. Und jetzt verkaufen sogar schon meine Fans Fotos an die Klatschpresse.«

»Alle haben's auf dich abgesehen, was?«, meint sie. Das klingt schon eher nach der guten alten Mia, wie ich sie kannte, und nicht wie die klassische Cellistin mit ihrem abgehobenen Vokabular und dem gekünstelten, europäisierten Akzent à la Madonna.

»Jeder hofft nur auf Profit«, sage ich. »Man gewöhnt sich dran.«

»Ja, man kann sich an so manches gewöhnen«, gibt Mia zu.

Ich nicke in die finstere Nacht hinein. Meine Augen haben sich inzwischen an die Dunkelheit gewöhnt. Daher erkenne ich nun, dass der Garten ziemlich groß ist, eine schier endlose Rasenfläche, die von Wegen aus Ziegeln durchzogen und von Blumenbeeten gesäumt ist. Hin und wieder blitzen winzige Lichter auf. »Sind das Glühwürmchen?«, frage ich.

»Ja.«

»Mitten in der Stadt?«

»Na klar. Hat mich früher auch immer überrascht. Aber sobald sie einen Flecken Grün finden, fangen diese kleinen

Kerlchen an zu strahlen. Sie tauchen leider nur für ein paar Wochen im Jahr auf. Ich hab mich schon immer gefragt, wo sie sich die restliche Zeit rumtreiben.«

Ich denke über ihre Worte nach. »Vielleicht sind sie ja die ganze Zeit hier; nur dass sie keinen Grund zum Strahlen finden.«

»Ja, vielleicht hast du recht. Das Äquivalent einer Winterdepression in der Tierwelt sozusagen. Obwohl… wenn die kleinen Biester wissen wollen, wie ein richtig deprimierender Winter aussieht, dann sollten sie mal nach Oregon gehen.«

»Woher hast du denn den Schlüssel zu diesem Garten?«, erkundige ich mich nun. »Wohnst du etwa hier in diesem Viertel?«

Mia schüttelt erst den Kopf, dann nickt sie doch zaghaft. »Stimmt schon, man muss hier in der Gegend wohnen, um einen Schlüssel zu bekommen, aber ich wohne nicht selbst hier. Der Schlüssel gehört Ernesto Castorel. Zumindest hat er ihm mal gehört. Als er noch Gastdirigent bei den Philharmonikern war, wohnte er ganz in der Nähe. Ich hatte damals immer wieder mal Knatsch mit Mitbewohnerinnen, eigentlich andauernd. Deshalb hab ich zu der Zeit öfter bei ihm gepennt, und nachdem er weggezogen war, hab ich den Schlüssel ›versehentlich‹ an mich genommen.«

Dass mich das nun so sehr trifft, erstaunt mich doch etwas. *Du warst mit so vielen Mädchen zusammen seit der Trennung von Mia, dass du den Überblick verloren hast*, ermahne ich mich selbst. *Ist ja nicht so, als wärst du absolut keusch geblieben. Hast du wirklich erwartet, sie wäre die ganze Zeit allein gewesen?*

»Hast du ihn jemals dirigieren sehen?«, fragt sie mich jetzt. »Er hat mich irgendwie immer an dich erinnert.«

Nun, abgesehen von heute Abend hab ich mir kein klassisches Stück mehr angehört, seit du weg bist. »Ich weiß nicht, was du meinst.«

»Castorel? Oh, er ist einfach unglaublich. Er stammt aus einem Slum in Venezuela, und nur dank eines Straßenkinderprojekts, bei dem man den Kleinen hilft, indem man ihnen beibringt, zu musizieren, hat er es geschafft, schon mit sechzehn zum Dirigenten aufzusteigen. Mit vierundzwanzig war er Dirigent der Prager Philharmoniker, und mittlerweile ist er künstlerischer Leiter des Chicagoer Symphonieorchesters und leitet ebenjenes Projekt in Venezuela, das ihm seine Karriere erst ermöglicht hat. Er lebt nur für die Musik. So wie du.«

Wer behauptet denn, dass ich nur für die Musik lebe? Wer behauptet denn, dass ich überhaupt lebe? »Wow«, sage ich und kämpfe gegen die Eifersucht an, auf die ich keinerlei Anrecht habe.

Mia sieht auf und wirkt auf einmal beschämt. »Tut mir leid. Manchmal vergesse ich total, dass nicht jeder en détail über die Welt der klassischen Musik Bescheid weiß. In der Welt der Klassik ist er jedenfalls eine ziemliche Berühmtheit.«

Na und? Meine Freundin ist dafür im Rest der Welt total berühmt, denke ich im Stillen. Ob sie wohl über Bryn und mich Bescheid weiß? Aber man müsste den Kopf schon irgendwo in den Wolken haben, um noch nicht von uns beiden gehört zu haben. Oder man müsste sich absichtlich sämtlichen News über mich verweigern. Vielleicht reicht es aber auch, wenn man eine klassische Cellistin ist, die keine Klatschblätter liest. »Klingt ja großartig, der Typ«, sage ich.

Selbst Mia entgeht mein Sarkasmus offensichtlich nicht.

»Nicht so berühmt wie du natürlich«, fügt sie deshalb hinzu, und ihre Begeisterung verwandelt sich in Verlegenheit.

Ich erwidere nichts darauf. Einen Augenblick ist es totenstill, nur der kontinuierlich dahinfließende Verkehr auf der Straße ist zu hören. Und dann knurrt Mias Magen wieder und erinnert uns daran, dass wir in den Garten getrieben wurden, obwohl wir eigentlich ganz woanders hinwollten.

7

Komischerweise haben Bryn und ich uns eigentlich über Mia kennengelernt. Na ja, besser gesagt ging es um ein paar Ecken. Im Grunde war die Singer-Songwriterin Brooke Vega schuld. Shooting Star sollten ursprünglich am Tag von Mias Unfall als Vorband von Brookes früherer Band Bikini spielen. Als man mich dann nicht zu Mia auf die Intensivstation lassen wollte, war Brooke ins Krankenhaus gekommen, um das Personal dort für mich abzulenken. Leider ohne Erfolg. Und das war das letzte Mal gewesen, dass ich Brooke gesehen hatte, bis zu jener verrückten Zeit nach dem Tag, an dem *Collateral Damage* Platinstatus erreicht hatte.

Damals waren Shooting Star wegen der MTV Movie Awards in L.A. Einer unserer früheren Songs, den wir nie veröffentlicht hatten, war für den Soundtrack zu dem Film *Hello, Killer* ausgewählt worden, und der war jetzt in der Kategorie »Bester Song« nominiert. Wir gingen leer aus.

Doch das war egal. Die MTV Awards waren ja nur eine unter vielen Preisverleihungen, bei denen wir reihenweise Auszeichnungen absahnten. Erst ein paar Monate zuvor hatten wir einen Grammy als »Bester Neuer Akt« und einen weiteren für unseren Song »Animate« in der Kategorie »Song des Jahres« entgegengenommen.

Es war schon seltsam. Man möchte doch meinen, dass ein Platinalbum, ein paar Grammys und Video Music Awards das Größte für einen sind, aber je erfolgreicher wir waren, umso unheimlicher wurde mir das Ganze. Da waren Mädchen, Drogen, Arschkriecher und ein Megahype – ein Hype, der kein Ende mehr nahm. Wildfremde Menschen – nicht einfach nur Groupies, sondern selbst Leute aus der Musikindustrie – kamen auf mich zugerannt, als wären wir uralte Freunde, küssten mich auf beide Wangen, nannten mich »Darling«, steckten mir Visitenkarten zu und flüsterten mir Angebote für Filmrollen oder Werbeauftritte in Spots für japanisches Bier ins Ohr, die nicht mehr als einen Tag in Anspruch nehmen, dafür aber Millionen einbringen würden.

Ich packte das alles nicht. Gleich nach unserem Auftritt bei den Movie Awards verschwand ich aus dem Gibson-Amphitheater und begab mich in den Raucherbereich. Ich plante gerade meine Flucht, als Brooke Vega auf mich zukam. Hinter ihr sah ich ein Mädchen, das mir entfernt bekannt vorkam. Sie hatte langes schwarzes Haar und grüne Augen so groß wie Untertassen.

»Wenn das nicht Adam Wilde ist«, sagte Brooke und umarmte mich heftig. Brooke war seit Neuestem solo unterwegs und hatte gerade mit ihrem ersten Album *Kiss This* ähnlich abgeräumt wie wir, weshalb wir uns in letzter Zeit immer wieder mal bei Preisverleihungen über den Weg liefen. »Adam, darf ich dir Bryn Shraeder vorstellen? Vielleicht kennst du sie ja eh schon; die heiße Braut ist für den »Best Kiss Award« nominiert. Hast du diese gigantische Kussszene in *The Way Girls Fall* gesehen?«

Ich schüttelte den Kopf. »Nein, tut mir leid.«

»Ich hab gegen einen Vampir-meets-Werwolf-Kuss verloren. Lesben-Action sorgt heutzutage längst nicht mehr so für Furore wie früher«, warf Bryn unbewegt ein.

»Das war nicht fair!«, rief Brooke dazwischen. »Ihr hättet beide einen Preis verdient. Eine Schande ist das. Aber ich lass euch jetzt mal allein, damit ihr gemeinsam eure Wunden lecken und euch kennenlernen könnt. Ich muss wieder da raus und die nächste Nummer ansagen. Adam, wir sehen uns, hoffe ich. Du solltest öfter mal nach L.A. kommen. Ein bisschen Farbe im Gesicht würde dir nicht schaden.« Sie schlenderte davon und zwinkerte Bryn zum Abschied zu.

Schweigend standen wir eine Zeit lang nebeneinander. Ich bot Bryn eine Zigarette an. Sie schüttelte den Kopf, dann sah sie mich mit diesen unglaublich grünen Augen an. »Wir haben dich übrigens verarscht, falls du es nicht gemerkt haben solltest.«

»Klar, logo, hab ich mir schon gedacht.«

Sie zuckte mit der Schulter, und die Sache war ihr kein bisschen peinlich. »Ich hab Brooke gestanden, dass ich dich ganz interessant finde, also hat sie das in die Hand genommen. Sie und ich, wir sind uns in der Hinsicht recht ähnlich.«

»Verstehe.«

»Und, stört dich das?«

»Wieso sollte es mich stören?«

»Na ja, die meisten Kerle da draußen fänden das gar nicht komisch. Schauspieler sind in der Regel entweder total unsicher, oder sie sind schwul.«

»Ich gehör hier nicht dazu.«

Darüber musste sie schmunzeln. Dann sah sie sich meine Jacke an. »Bist du denn ein Deserteur oder so?«

»Hast du Angst, dass sie mir die Hunde auf den Hals hetzen?«

»Schon möglich, aber wir sind hier in L.A. Deshalb jagt

dich allenfalls eine Meute süßer kleiner Chihuahuas in Designerhandtaschen. Die können dir nicht viel anhaben. Darf ich dir Gesellschaft leisten?«

»Möchtest du das? Willst du denn nicht lieber im Stillen trauern, dass dir der Award für den besten Kuss entgangen ist?«

Sie sah mir direkt in die Augen, so als hätte sie den Witz verstanden, und das gefiel mir. »Ich beschränke Küsse lieber auf das Privatleben.«

Alles, was ich wollte, war, in die Limousine zu steigen, die draußen auf uns wartete, und ins Hotel zurückfahren. Doch stattdessen fuhr ich mit Bryn. Sie gab ihrem Chauffeur kurzerhand für den Rest des Abends frei, schnappte sich den Schlüssel zu ihrem riesigen SUV und fuhr mit mir von Universal City aus den Berg runter in Richtung Küste.

Wir rasten den Pacific Coast Highway entlang zu einem Strand namens Point Dunne, der nördlich der Stadt lag. Unterwegs hielten wir an, um eine Flasche Wein und Sushi zu besorgen. Als wir endlich am Strand ankamen, hatte dichter Nebel sich über das tintenschwarze Wasser gesenkt.

»Typischer sommerlicher Kälteeinbruch«, meinte Bryn und zitterte in ihrem kurzen, schulterfreien schwarz-grünen Kleidchen. »Erwischt einen jedes Jahr eiskalt.«

»Hast du denn kein Sweatshirt dabei oder so?«, erkundigte ich mich.

»Hätte nicht zu meinem Outfit gepasst.«

»Hier, nimm das.« Ich reichte ihr meine Jacke.

Überrascht zog sie die Brauen hoch. »Oh, ein echter Gentleman.«

Wir saßen am Strand und tranken den Wein direkt aus der Flasche. Sie erzählte mir von dem Film, den sie soeben abgedreht hatte, und von dem Dreh, der kommenden Monat beginnen würde. Außerdem war sie gerade dabei, sich zwischen zwei Drehbüchern zu entscheiden. Eines von ihnen wollte sie mit ihrer eben gegründeten Firma produzieren.

»Du bist also grundsätzlich ein eher fauler Mensch, wie?«, fragte ich im Spaß.

Sie lachte. »Ich bin in einem Dreckskaff in Arizona aufgewachsen. Meine Mom hat mir mein ganzes Leben lang nur gepredigt, wie hübsch ich doch sei und dass ich doch Model oder Schauspielerin werden sollte. Sie hat mich kein einziges Mal draußen spielen lassen – und das in Arizona! –, weil sie nicht wollte, dass ich mir meinen Teint ruiniere. Deshalb dachte ich immer, ich hätte keine Talente, abgesehen von einem hübschen Gesicht.« Sie drehte sich zu mir und sah mir direkt in die Augen, und in dem Moment entdeckte ich das kluge Funkeln darin. Und in der Tat, sie hatte ein sehr hübsches Gesicht, das musste ich zugeben.

»Nun ja, wie auch immer, mein Gesicht ebnete mir letztendlich den Weg nach Hollywood oder, besser gesagt, zur Flucht. Aber leider ist Hollywood nicht viel besser. Alle halten mich für die naive Unschuld, ein hübsches Gesicht, nichts weiter. Aber ich weiß, dass ich mehr bin als das. Wenn ich also beweisen will, dass ich auch Köpfchen hab, wenn ich ganz nach oben will, dann muss ich mir ein Projekt suchen, mit dem ich es schaffe. Und ich hab das Gefühl, dass ich eher eine Chance habe, wenn ich auch als Produzentin auftrete. Es geht eigentlich in erster Linie um Kontrolle. Ja, am liebsten wäre es mir, wenn ich alles kontrollieren könnte.«

»Klar, aber manche Dinge kann man nicht kontrollieren, ganz gleich wie sehr man sich anstrengt.«

Bryn blickte hinaus auf den dunklen Horizont und vergrub die nackten Zehen im kühlen Sand. »Ich weiß«, sagte sie leise. Sie wandte sich wieder mir zu. »Tut mir echt leid, das mit dir und deiner Freundin. Mia heißt sie, oder?«

Ich verschluckte mich am Wein. Ich hatte nicht erwartet, ausgerechnet diesen Namen in solch einer Situation zu hören.

»Tut mir leid. Aber als ich Brooke über dich ausgefragt habe, hat sie mir erzählt, wie ihr beide euch kennengelernt habt. Sie hat nicht über dich getratscht oder so. Aber sie war dabei damals im Krankenhaus. Deshalb wusste sie alles.«

Mein Herz hämmerte donnernd in meiner Brust. Ich nickte einfach nur.

»Mein Dad hat uns verlassen, als ich sieben war. Das war das Schlimmste, was in meinem Leben passiert ist«, fuhr Bryn fort. »Ich kann mir also nicht vorstellen, wie es ist, jemanden auf diese Weise zu verlieren.«

Ich nickte noch einmal und nippte an dem Wein. »Tut mir leid«, presste ich hervor.

Sie nickte nun ihrerseits zustimmend. »Wenigstens sind sie alle zur selben Zeit gestorben. Irgendwie war das ja fast schon ein Segen, oder? Ich bin überzeugt, dass ich auch nicht wieder aus dem Koma hätte erwachen wollen, wenn meine Familie gestorben wäre.«

Der Wein schoss mir aus Mund und Nase heraus. Ich brauchte ein paar Sekunden, um wieder zu Atem zu kommen und um wieder reden zu können. Dann erklärte ich Bryn, dass Mia ja nicht tot sei. Dass sie den Unfall überlebt habe und wieder voll und ganz genesen sei.

Nun machte Bryn ein wirklich entsetztes Gesicht. Fast tat sie mir leid. »Himmel, Adam. Das ist mir echt schreck lich peinlich. Ich bin einfach davon ausgegangen … Brooke meinte, sie habe nie wieder ein Wort über Mia gehört. Daraus habe ich geschlossen … Shooting Star ist auch einfach von der Bildfläche verschwunden, und dann kam plötzlich *Collateral Damage* raus, tja, und die Texte sind so voller Wut und Schmerz und Enttäuschung, verlassen worden zu sein …«

»Jep«, sagte ich.

Bryn blickte mich an, und das Mondlicht spiegelte sich in ihren grünen Augen. Und da wusste ich, dass sie verstanden hatte, ohne dass ich eine weitere Erklärung liefern musste. Und nichts erklären zu müssen war echt eine riesige Erleichterung für mich. »Oh, Adam. Das ist ja fast noch schlimmer, oder?«

Als Bryn das sagte, als sie den Gedanken, der mich zu meiner grenzenlosen Schande immer wieder überkam, laut aussprach, da verliebte ich mich ein klein wenig in sie. Und ich glaubte, das würde ausreichen. Ich ging davon aus, dass dieses intuitive Verständnis und dieses erste Aufflackern der Gefühle schließlich dazu führen würden, dass meine Liebe zu Bryn so leidenschaftlich sein würde wie meine Liebe zu Mia.

In dieser Nacht fuhr ich mit zu Bryn nach Hause. Und den ganzen Frühling über besuchte ich sie mehrmals überraschend in Vancouver, dann in Chicago und schließlich in Budapest. Ich tat alles, um aus Oregon rauszukommen, weg von der unangenehmen, unsichtbaren und undurchdringlichen Mauer, die zwischen mir und der Band stand. Als Bryn im Sommer nach L.A. zurückkehrte, machte sie den Vorschlag, ich solle zu ihr in ihr Haus in den Hollywood Hills ziehen. »Hinter dem Haus gibt es ein Gästehaus, das ich so gut wie nie nutze. Da könntest du dir doch ein Studio einrichten.«

Die Vorstellung, aus Oregon rauszukommen, weg vom Rest der Band, weg von der Vergangenheit, die Vorstellung, einen Neuanfang zu machen, in einem Haus voller Fenster und voller Licht, und mir gemeinsam mit Bryn eine Zukunft aufzubauen – das alles war mir zu dem Zeitpunkt absolut richtig erschienen.

Und so kam es, dass ich nun Teil eines Promipärchens bin. Jetzt fotografieren sie Bryn und mich sogar dann, wenn wir so ganz alltägliche Dinge tun, wie uns einen Kaffee bei Starbucks zu holen oder durch Runyon Canyon zu spazieren.

Eigentlich sollte ich glücklich sein. Ich sollte dankbar sein. Das Problem aber ist, dass ich das Gefühl nicht loswerde, dass meine Berühmtheit nichts mit mir zu tun hat; dass es vielmehr an *ihnen* lag. *Collateral Damage* habe ich mit Mias Blut an meinen Händen geschrieben, und es ist genau dieses Album, dem ich meine Karriere verdanke. Und als ich dann so richtig berühmt wurde, lag das daran, dass ich mit Bryn zusammen war. Folglich hatte es weniger mit der Musik zu tun, die ich schrieb, als mit dem jeweiligen Mädchen, mit dem ich eine Beziehung hatte.

Und dieses Mädchen. Es ist großartig. Männer würden morden, um mit ihr zusammen zu sein, sie wären stolz darauf, mit ihr ein Kind haben zu dürfen.

Nur dass gleich von Anfang an, schon in dieser Phase, in der man nicht genug voneinander bekommen kann, eine unsichtbare Mauer zwischen uns stand. Zunächst versuchte ich sie noch einzureißen, aber allein einen einzigen Riss zu bewirken kostete mich bereits endlos viel Mühe. Und dann verlor ich die Kraft, es weiter zu versuchen. Ich suchte nach simplen Rechtfertigungen. *So sind Beziehungen zwischen erwachse-*

nen Menschen nun mal, so fühlt sich Liebe nun mal an, wenn man bereits ein paar Kriegsverletzungen davongetragen hat.

Vielleicht gelingt es mir deshalb nicht, zu schätzen, was wir beide miteinander teilen. Und wahrscheinlich gehe ich auch aus diesem Grund mitten in der Nacht, wenn ich nicht schlafen kann, raus, um dem Plätschern des Filters im Pool zu lauschen und dabei über den ganzen Mist nachzudenken, der mich an Bryn stört. Und dabei ist mir eigentlich vollkommen klar, dass das alles nur nebensächliche Dinge sind – dass sie mit ihrem BlackBerry neben dem Kopfkissen schläft, dass sie mehrere Stunden am Tag trainiert, dass sie sich jede Kleinigkeit notiert, die sie isst, und dass sie sich strikt weigert, von einem einmal gefassten Entschluss oder von einem Terminplan abzuweichen. Und mir ist auch klar, dass da tausend gute Dinge an ihr sind, die diese negativen Aspekte ausgleichen. Sie ist so großzügig wie ein Ölbaron und loyal wie ein Pitbull.

Ich weiß, dass es nicht leicht ist, mit mir zusammenzuleben. Bryn meint immer, ich sei zurückhaltend, abweisend, kühl. Sie wirft mir – je nach Laune – vor, ich sei eifersüchtig auf ihre Karriere, ich sei nur rein zufällig mit ihr zusammen, ich würde sie betrügen. All das ist nicht wahr. Seit wir ein Paar sind, hatte ich nichts mehr mit einem Groupie; ich wollte es ganz einfach nicht.

Immer wieder versuche ich ihr zu erklären, dass ein Teil des Problems auch die Tatsache ist, dass wir so gut wie nie an ein und demselben Ort sind. Wenn ich nicht gerade im Studio oder auf Tour bin, dann ist Bryn bei einem Dreh oder auf einer ihrer endlosen Pressereisen. Was ich ihr in dem Zusammenhang jedoch verschweige, ist, dass ich mir überhaupt nicht vorstellen kann, mehr Zeit mit ihr gemeinsam zu verbringen. Denn es ist nicht unbedingt so, dass alles toll ist, wenn wir uns im selben Raum befinden.

Manchmal, wenn Bryn ein paar Gläser Wein getrunken hat, behauptet sie, dass es Mia ist, die zwischen uns steht. »Wieso gehst du nicht einfach zurück zu ihr, zu diesem Gespenst?«, fragt sie mich provozierend. »Ich hab keine Lust mehr, mich mit ihr messen zu müssen.«

»Keine kann sich mit dir messen«, sage ich dann und küsse sie auf die Stirn. Und das ist nicht mal gelogen. Denn mit Bryn kann *wirklich* keine konkurrieren. Und dann versichere ich ihr jedes Mal, dass es nicht an Mia liegt; dass es an überhaupt keinem anderen Mädchen liegt. Bryn und ich, wir leben gefangen in einer Seifenblase, mitten im Scheinwerferlicht, ständig unter Druck. Kein Paar würde das aushalten.

Ich schätze aber, wir wissen beide, dass ich nicht ehrlich bin. Und die Wahrheit ist, dass ich Mias Geist tatsächlich nicht entkommen kann. Wenn sie nicht gewesen wäre, dann wären Bryn und ich auch niemals ein Paar geworden. Denn auf unerklärliche, ja unmögliche Weise wollte das Schicksal, dass Mia Teil unserer gemeinsamen Geschichte ist, und nun leben wir inmitten des Scherbenhaufens, den sie uns hinterlassen hat.

8

Die Klamotten gepackt, nach Goodwill geschickt,
Ich habe mich verabschiedet, oben auf dem Hügel.
Das Haus ist leer, die Möbel vertickt,
Bald verschwindet dein Geruch, es bleibt nichts als Schimmel.
Weiß nicht, weshalb ich anrufe, denn niemand hebt ab.
Weiß nicht, weshalb ich singe, denn niemand hört zu.

»Disconnect«, *Collateral Damage*, Song Nummer 10

Schon mal diesen Witz von dem Hund gehört, der sein Leben lang den Autos hinterherrennt, bis er schließlich eins fängt und dann nicht weiß, was er damit anfangen soll?

Tja, irgendwie habe ich wohl Ähnlichkeit mit diesem Hund.

Denn hier bin ich nun endlich allein mit Mia Hall, etwas, wovon ich schon seit mehr als drei Jahren geträumt habe, und jetzt? Ja, was jetzt?

Wir sitzen in dem Diner, das offensichtlich von Anfang an ihr Ziel gewesen ist, irgendeine Bude drüben auf der anderen Seite der Stadt. »Es gibt hier einen Parkplatz«, erklärt Mia mir, als wir dort ankommen.

»Aha«, ist alles, was mir dazu einfällt.

»Ich hatte noch nie zuvor ein Restaurant in Manhattan gesehen, das einen eigenen Parkplatz hat. Deshalb bin ich das erste Mal auch gleich da rein. Und dann ist mir aufgefallen, dass die ganzen Taxifahrer hier essen, und die wissen üblicherweise, wo es schmeckt. Aber dann war ich verunsichert, eben *weil* die hier einen Parkplatz haben, und der ist nun mal noch wichtiger für Taxifahrer als gutes, günstiges Essen.«

Mia hat einen Laberflash. Und ich denke: *Reden wir jetzt allen Ernstes über Parkplätze? Und das, obwohl keiner von uns, soviel ich weiß, ein eigenes Auto hat?* Wieder einmal trifft mich die Erkenntnis, dass ich im Grunde nichts mehr über sie weiß, nicht einmal die nichtigsten Dinge.

Der Ober weist uns eine Sitzecke zu, und plötzlich verzieht Mia das Gesicht. »Ich hätte nicht mit dir hierherkommen sollen. Wahrscheinlich isst du normalerweise nicht in solchen Absteigen.«

Nun, da liegt sie sogar richtig, aber nicht, weil ich diese dunklen, überteuerten, exklusiven Restaurants bevorzugen würde, sondern weil ich immer in solche Läden verschleppt werde, nur um dann dort allein sitzen gelassen zu werden. Der Laden hier aber ist voller alter, grauhaariger Männer – viele Taxifahrer; hier wird mich keiner erkennen. »Nein, der Laden ist toll«, sage ich.

Wir setzen uns ans Fenster, mit Blick auf den vielgerühmten Parkplatz. Zwei Sekunden später schon steht ein kleiner, gedrungener und ziemlich behaarter Kerl neben uns. »Maestra«, ruft er Mia zu. »Lang nicht mehr gesehen.«

»Hi, Stavros.«

Stavros lässt die Speisekarten vor uns auf den Tisch plumpsen, dann wendet er sich mir zu. Er hebt eine seiner buschigen Augenbrauen. »So so, du bringst also endlich deinen Freund mit, um ihn mir vorzustellen!«

Mia läuft dunkelrot an, und auch wenn ich beleidigt sein

sollte, dass es ihr so peinlich ist, für meine Freundin gehalten zu werden, finde ich es irgendwie beruhigend, sie erröten zu sehen. Denn dieses peinlich berührte Wesen erinnert mich viel mehr an meine Freundin von früher, an die, die auch nie heimliche Gespräche mit dem Handy geführt hätte.

»Er ist nur ein alter Freund von früher«, erklärt Mia.

Ein alter Freund? Muss ich das jetzt als Degradierung oder als Beförderung betrachten?

»Ein alter Freund, ja? Du warst noch nie in Begleitung hier. So ein hübsches, talentiertes Mädchen wie du. Euphemia!«, brüllt er dann. »Komm raus. Die Maestra hat jemanden mitgebracht!«

Mias Gesicht leuchtet inzwischen dunkellila. Als sie zu mir aufsieht, flüstert sie tonlos: »Seine Frau.«

Aus der Küche kommt das weibliche Pendant zu Stavros gewatschelt, eine kleine, quadratisch geformte Frau, das Gesicht voller Make-up, von dem die Hälfte sich auf ihrem wulstigen Hals angesammelt zu haben scheint. Sie wischt sich die Hände an der fettigen weißen Schürze ab und lächelt Mia ins Gesicht, wobei sie einen Goldzahn entblößt. »Ich wusste es!«, ruft sie. »Ich wusste, dass du einen Freund vor uns versteckst. Ein hübsches Mädchen wie du. Jetzt verstehe ich auch, weshalb du nicht mit meinem Donny ausgehen willst.«

Mia schürzt die Lippen und zieht die Augenbrauen hoch; Euphemia wirft sie dabei ein Lächeln zu, das wohl andeuten soll: *Schuldig. Du hast mich erwischt.*

»Na, jetzt komm schon, lass die beiden in Frieden«, geht Stavros nun dazwischen, packt Euphemia an der Hüfte und schiebt sie vor sich her. »Das Übliche, Maestra?«

Mia nickt.

»Und für deinen Freund?«

Mia zuckt tatsächlich zusammen, und dann entsteht eine Stille, die sich endlos hinzieht, ähnlich einer Sendepause, wie es sie bei diesen College-Radiosendern immer noch hin und wieder gibt. »Ich nehm einen Burger mit Pommes und ein Bier«, sage ich schließlich.

»Wunderbar«, meint Stavros und klatscht in die Hände, als hätte ich ihm soeben das Heilmittel gegen Krebs präsentiert. »Cheeseburger Deluxe. Mit Zwiebelringen. Dein junger Freund hier ist viel zu mager. Genau wie du auch.«

»Wenn ihr nicht ein bisschen was auf die Rippen kriegt, dann bekommt ihr nie gesunde Kinder«, schiebt Euphemia noch hinterher.

Mia stützt ihren Kopf zwischen beide Hände, als würde sie sich am liebsten in ihren eigenen Körper zurückziehen und verschwinden. Nachdem die beiden weg sind, lugt sie zu mir hoch. »Gott, war das peinlich. Die haben dich ganz offensichtlich nicht erkannt.«

»Aber sie wussten genau, wer *du* bist. Hätte nicht gedacht, dass die beiden Klassikfans sein könnten.« Dann blicke ich hinunter auf meine Jeans, das schwarze T-Shirt, die ausgelatschten Turnschuhe. Vor langer Zeit war ich auch mal Klassikfan. Man kann also nicht wirklich nach dem Äußeren gehen.

Mia lacht. »Oh, das sind sie auch nicht. Euphemia kennt mich, weil ich hin und wieder in der U-Bahn gespielt habe.«

»Du spielst auf der Straße für Geld? Sind die Zeiten wirklich so hart?« Und dann fällt mir auf, was ich da gerade gefragt habe, und würde am liebsten zurückspulen. Denn jemanden wie Mia spricht man nicht auf harte Zeiten an, auch wenn ich weiß, dass sie sich in finanzieller Hinsicht wirklich keine Sorgen zu machen braucht. Denny hatte eine Lebensversicherung abgeschlossen, zusätzlich zu der, die er als Lehrer sowieso gekriegt hätte. Daher ist Mia ziemlich gut versorgt, auch wenn zunächst niemand was von dieser zweiten Versicherung wusste. Nach dem Unfall hatten sich einige Musiker unserer Stadt zusammengetan, um eine Reihe von Benefizkonzerten zu veranstalten, mit denen sie letztlich fast fünftausend Dollar sammelten, damit Mia auf die Juilliard gehen konnte. Diese Großzügigkeit hat ihre Großeltern damals ziemlich gerührt – wie mich im Übrigen auch –, aber Mia selbst war stinksauer deshalb. Sie weigerte sich zunächst, die Spende anzunehmen, bezeichnete es als Blutgeld, doch als ihr Großvater meinte, die großzügige Gabe anderer Leute anzunehmen sei ebenfalls ein Akt der Großzügigkeit und dass die Leute der Gemeinde sich wahrscheinlich hinterher besser fühlen würden, da blaffte sie nur zurück, dass es nicht ihr Job sei, dafür zu sorgen, dass andere Leute sich besser fühlten.

Jetzt lächelt Mia nur. »Das war großartig. Und außerdem überraschend lukrativ. Euphemia hat mir mal zugehört, und als ich dann zum Essen hierherkam, da hat sie sich daran erinnert, mich an der Station Columbus Circle gesehen zu haben. Stolz hat sie mir erzählt, dass sie damals einen ganzen Dollar in meinen Koffer geworfen hat.«

Mias Telefon klingelt. Wir halten beide inne und lauschen der blechernen Melodie. Beethoven. Das Handy klingelt und klingelt.

»Willst du denn nicht rangehen?«, erkundige ich mich.

Sie schüttelt den Kopf und wirkt irgendwie schuldbewusst.

Sobald das Klingeln verstummt, ertönt die Melodie aufs Neue.

»Du bist aber gefragt heut Abend.«

»Ich befürchte, ich stecke eher in der Klemme, als dass ich gefragt bin. Ich hätte eigentlich nach dem Konzert zu einem Abendessen gehen sollen. Mit einem Haufen ganz hoher Tiere. Agenten, Sponsoren. Entweder versucht mich ein Professor von der Juilliard zu erreichen oder jemand von den Young Concert Artists, oder es ist mein Management, um mir den Marsch zu blasen.«

»Oder Ernesto?«, frage ich so unbeschwert wie nur möglich. Denn Stavros und Euphemia haben das bestimmt nicht einfach so aus der Luft gegriffen, die Idee, Mia habe irgendeinen schnöseligen Freund, den sie nicht in billige griechische Lokale mitnehmen will. Weil er anders ist als ich.

Mia schaut wieder einmal betreten drein. »Vielleicht.«

»Wenn du unbedingt mit jemandem reden musst oder, na ja, wenn es was Geschäftliches ist, dann lass dich von mir nicht davon abhalten.«

»Nein, ich schalte es einfach aus.« Sie greift in die Tasche und stellt ihr Telefon ab.

Stavros bringt einen Eiskaffee für Mia und ein Budweiser für mich und lässt uns erneut in betretenem Schweigen zurück.

»Also«, setze ich an.

»Also«, meint auch Mia.

»Also, du bist wohl öfter hier, oder? Ist das so was wie dein Stammlokal?«

»Wenn ich mich ausnahmsweise mal gesund ernähren will, komm ich hierher und futtere Spanakopita. Der Laden ist nah am Unicampus. Deshalb war ich früher oft hier.«

Früher? Zum ungefähr zwanzigsten Mal heute Abend rechne

ich nach. Es ist drei Jahre her, dass Mia auf die Juilliard gegangen ist. Dann wäre sie also diesen Herbst im Abschlussjahrgang. Und trotzdem spielt sie in der Carnegie Hall? Sie hat ihr eigenes Management? Plötzlich wünsche ich mir, ich hätte dem Artikel damals mehr Aufmerksamkeit geschenkt.

»Und warum jetzt nicht mehr?« Mein Frust ist trotz des Lärms nicht zu überhören.

Mia sieht mich aufmerksam an, und die kleine Raupe Furcht kriecht über ihren Nasenrücken. »Wie bitte?«, fragt sie schnell.

»Bist du denn nicht mehr an der Schule?«

»Ach, das«, meint sie, und die Erleichterung steht ihr ins Gesicht geschrieben. »Ich hätte es dir längst sagen sollen. Ich hab meinen Abschluss schon im Frühjahr gemacht. An der Juilliard bieten die auch die Option an, in drei Jahren seinen Abschluss zu machen, wenn man …«

»Wenn man ein echter Virtuose ist, schon klar.« Das war als Kompliment gedacht, aber mein Ärger darüber, dass ich über Mia Hall so wenig weiß – über ihre Karriere zumindest –, gibt dem Ganzen einen bitteren Beigeschmack.

»Für besonders begabte Schüler«, korrigiert Mia mich, und sie klingt fast schon entschuldigend. »Ich hab meinen Abschluss eher gemacht, damit ich schneller auf Tour gehen kann. Und zwar jetzt, um genau zu sein. Sie fängt gerade an.«

»Oh.«

Schweigend sitzen wir da, bis Stavros mit dem Essen kommt. Als wir die Bestellung aufgaben, dachte ich nicht, dass ich hungrig wäre, doch sobald ich den Burger rieche, fängt mein Magen an zu rumoren. Mir fällt ein, dass ich den ganzen Tag nichts gegessen habe außer ein paar Hotdogs. Stavros platziert eine ganze Reihe Teller vor Mia, einen mit Salat, eine Spinatpastete, Pommes und Milchreis.

»*Das* isst du hier üblicherweise?«

»Ich hab dir doch gesagt, dass ich seit zwei Tagen nichts gegessen hab. Und du weißt, wie viel ich brauche. Oder zumindest wusstest du das früher …«

»Wenn du noch was brauchst, Maestra, gib einfach Bescheid.«

»Danke, Stavros.«

Nachdem er wieder weg ist, verbringen wir einige Minuten schweigend und ertränken die Stille und die Pommes in Ketchup.

»Also …«, fange ich erneut an.

»Also …«, wiederholt sie. Dann: »Wie geht es den anderen? Dem Rest der Band, meine ich?«

»Gut.«

»Wo sind sie heute Abend?«

»London. Beziehungsweise auf dem Weg dorthin.«

Mia legt den Kopf schief. »Ich dachte, du hättest gesagt, dass du morgen fliegst.«

»Ja, klar, also, ich hatte da noch ein paar Dinge zu erledigen, organisatorische Sachen und so. Deshalb bin ich einen Tag länger hier.«

»Na, so ein Glück.«

»Wie?«

»Ich meine … ein glücklicher Zufall, weil wir uns ja sonst nicht über den Weg gelaufen wären.«

Ich sehe sie an. Meint sie das wirklich ernst? Noch vor zehn Minuten hat sie den Eindruck erweckt, als würde sie gleich einen Herzinfarkt kriegen bei der simplen *Erwähnung*, sie könne meine Freundin sein. Und jetzt findet sie, es sei ein Glück, dass ich ihr heute Abend aufgelauert habe. Oder gehört das einfach zum üblichen Smalltalk?

»Und wie geht es Liz? Ist sie immer noch mit Sarah zusammen?«

Ah, verstehe, es handelt sich tatsächlich *um Smalltalk.* »Oh ja, klar, immer noch ein Paar. Sie wollen heiraten und diskutieren die ganze Zeit darüber, ob sie das jetzt in Iowa machen, wo das schon längst legal ist, oder ob sie warten sollen, bis Oregon nachzieht. So ein Aufwand, nur wegen einer Heirat.« Ich schüttle ungläubig den Kopf.

»Wie, willst du denn nicht heiraten?«, fragt sie, und ihre Frage klingt irgendwie nach Provokation.

Komischerweise fällt es mir schwer, ihren Blick zu erwidern, doch ich zwinge mich dazu. »Niemals«, sage ich fest.

»Oh«, meint sie und klingt fast schon erleichtert.

Keine Panik, Mia. Ich wollte dir keinen Antrag machen.

»Und du? Immer noch in Oregon?«, erkundigt sie sich jetzt.

»Nö. Ich wohne inzwischen in L.A.«

»Noch einer, der vor dem Regen in den Süden flieht.«

»Ja, so könnte man das wohl sagen.« Ich muss ihr ja nicht unbedingt auf die Nase binden, dass die Tatsache, dass man im Februar draußen zu Abend essen kann, ziemlich schnell zur Normalität wird und alsbald ihren Reiz verliert. Und dass es mir irgendwie falsch vorkommt, wenn die Jahreszeiten sich nicht mehr voneinander unterscheiden. Ich bin das genaue Gegenteil von den Leuten, die sich im tristen Winter mit Solarlampen behelfen. Im sonnigen Nicht-Winter von L.A. muss ich mich in einen dunklen Raum setzen, damit ich mich wohl fühle. »Meine Eltern sind inzwischen auch hingezogen. Die Hitze dort ist gut gegen die Arthritis von meinem Dad.«

»Stimmt, die Arthritis meines Großvaters ist auch ziemlich schlimm. Er hat es in der Hüfte.«

Arthritis? Das klingt ja alles fast wie der Text einer Weihnachtskarte: *Billy hat Schwimmunterricht genommen, und Todd hat seine Freundin geschwängert, und Tante Louise hat sich ihre Hammerzehe operieren lassen.*

»Oh, das ist ja bescheuert«, sage ich.

»Du weißt ja, wie er ist. Er lässt sich durch so was nicht aus der Ruhe bringen. Er und Gran lassen sich nicht davon abhalten, mir während der Tour hinterherzureisen, um mich zu sehen. Sie haben sich dafür extra neue Pässe machen lassen. Und Gran hat sich sogar einen Gartenbaustudenten gesucht, der sich während ihrer Abwesenheit um die Orchideen kümmert.«

»Und, wie geht es den Orchideen von deiner Gran?«, frage ich. *Na toll. Jetzt wären wir also schon beim Thema Blumen.*

»Sie bringen ihr immer noch Preise ein, also schätze ich, denen geht's gut.« Mia senkt den Blick. »Ich hab ihr Gewächshaus schon eine ganze Weile nicht mehr gesehen. Seit ich hier bin, war ich nicht mehr bei ihnen zu Besuch.«

Ich bin überrascht von diesem Geständnis – und auch wieder nicht. Irgendwie ist es so, als hätte ich das eh längst gewusst, obwohl ich eigentlich erwartet hätte, Mia würde zurückkommen, wenn ich erst mal raus bin aus der Stadt. Wieder einmal habe ich meine eigene Bedeutung völlig überschätzt.

»Du solltest mal bei ihnen vorbeischauen«, meint sie. »Sie

würden sich bestimmt freuen, von dir zu hören … zu hören, dass es dir gut geht.«

»Dass es mir *gut* geht?«

Als ich sie ansehe, blickt sie mich aus einem Wasserfall von Haaren hervor an und schüttelt verwundert den Kopf. »Klar, Adam, es ist doch *unglaublich*, was du erreicht hast. Ich meine, du hast es wirklich geschafft. Du bist ein Rockstar!«

Rockstar: In dem Wort schwingt so viel Blendwerk mit, dass es schwer ist, die wirkliche Person dahinter zu erahnen. Aber ich bin *tatsächlich* ein Rockstar. Ich habe das Bankkonto eines Rockstars und Platinplatten wie ein echter Rockstar und eine Rockstar-Freundin. Doch ich hasse diesen Ausdruck über alles, und zu hören, wie Mia dieses Wort im Bezug auf mich verwendet, treibt meine Abneigung in neue, ungeahnte Höhen.

»Hast du denn irgendwelche Fotos vom Rest der Band bei dir?«, erkundigt sie sich. »Auf deinem Handy vielleicht?«

»Klar, Fotos. Ich hab Tausende auf meinem Handy, aber das liegt im Hotel.« Das ist absolut gelogen, aber das muss sie ja nicht wissen. Und wenn sie Fotos sehen will, dann kann ich ihr gern eine Ausgabe der *Spin* beim Zeitungsstand an der Ecke besorgen.

»Ich habe ein paar Bilder da. Ich hab sogar richtige Abzüge, weil mein Handy schon uralt ist. Ich glaube, ich hab Fotos von Gran und Gramps dabei, ach ja, und ein ganz tolles von Henry und Willow. Letzten Sommer haben sie mich beim Marlborough Festival besucht, mit den Kindern«, erzählt sie. »Beatrix, oder Trixie, wie sie sie nennen, erinnerst du dich an die Kleine? Sie ist inzwischen fünf. Und dann haben sie noch ein Baby bekommen, einen kleinen Jungen, Theo, den haben sie nach Teddy benannt.«

Als sie Teddys Namen erwähnt, krampft sich mir der Magen zusammen. Gefühle sind unberechenbar, und man kann nie so genau sagen, wer einem fehlen würde und wer nicht. Ich habe Mias Eltern sehr geliebt, aber ihren Tod habe ich irgendwie noch verkraftet. Sie sind zwar viel zu früh gestorben, aber zumindest haben sie sich an die korrekte Reihenfolge gehalten – die Eltern vor den Kindern. Obwohl das aus der Sicht von Mias Großeltern natürlich nicht zutrifft. Aber dass Teddy mir nun für immer als Achtjähriger in Erinnerung bleiben wird, will mir immer noch nicht so ganz in den Kopf. Mit jedem Jahr, das ich älter werde, überlege ich mir, wie alt Teddy jetzt wäre. Inzwischen wäre er fast zwölf, und ich glaube ihn ständig in den pickeligen Gesichtern von irgendwelchen halbwüchsigen Jungs zu erkennen, die zu unseren Shows kommen oder mich um ein Autogramm bitten.

Damals, als wir noch zusammen waren, habe ich Mia nie erzählt, wie sehr mich Teddys Tod getroffen hat. Also kann ich es ihr jetzt erst recht nicht sagen. Ich habe das Recht verspielt, mit ihr über solche Dinge zu sprechen. Ich habe meinen Platz am Tisch der Familie Hall verlassen oder, besser gesagt, man hat ihn mir weggenommen.

»Das Bild hab ich vergangenen Sommer gemacht, ist also schon ein wenig veraltet, aber auf jeden Fall kriegst du einen Eindruck, wie sie alle heute aussehen.«

»Oh, lass nur.«

Doch Mia wühlt bereits in ihrer Handtasche. »Henry sieht immer noch genauso aus wie damals, wie ein ausgewachsenes Kind eben. Wo ist nur meine Brieftasche?« Sie pflanzt die Tasche auf den Tisch.

»Ich will deine Fotos nicht sehen!« Meine Stimme klingt

schneidend, so scharf wie gebrochenes Eis und so laut wie ein Anschiss von den Eltern.

Mia hört auf zu suchen. »Oh. Okay.« Sie wirkt bestürzt, als hätte ich ihr eine Ohrfeige verpasst. Sie zieht den Reißverschluss ihrer Tasche zu und stellt sie wieder auf die Bank, wobei sie meine Bierflasche umwirft. Hektisch greift sie sich ein paar Servietten aus dem Ständer, um die Sauerei aufzuwischen, fast so, als handle es sich um Batteriesäure, die sich da über den Tisch ergießt. »Verdammt!«, ruft sie.

»Ist doch nicht schlimm.«

»Doch, ist es schon. Ich hab eine riesige Sauerei veranstaltet«, sagt Mia völlig außer Atem.

»Das Meiste hast du doch aufgewischt. Sag einfach deinem Kumpel Bescheid, der putzt den Rest schon weg.«

Wie besessen wischt sie weiter, bis der Serviettenspender vollkommen leer ist und sie jedes einzelne Produkt aus Papier in Reichweite aufgebraucht hat. Sie knüllt die gebrauchten Servietten zusammen, und ich befürchte schon, dass sie sich gleich mit bloßen Händen an der Tischplatte zu schaffen machen wird. Verwundert beobachte ich das Ganze, bis Mia endlich die Luft ausgeht. Sie hält inne und lässt den Kopf hängen. Dann sieht sie mich mit diesen Augen direkt an. »Tut mir leid.«

Mir ist klar, dass es jetzt das Beste wäre, einfach zu sagen: Schon okay, kein Drama, ich habe ja keine Bierspritzer abbekommen. Aber plötzlich bin ich mir gar nicht mehr so sicher, ob es hier nur um das Bier geht. Und wenn es *nicht* um das Bier geht, wenn Mia sich in Wirklichkeit für was anderes entschuldigt …

Was tut dir leid, Mia?

Selbst wenn ich mich dazu durchringen könnte, ihr diese Frage zu stellen – was ich natürlich nicht schaffe –, wäre es sinnlos, denn nun springt sie auf und rennt zur Toilette, um sich das Bier von den Händen zu waschen wie Lady Macbeth das Blut.

Sie bleibt eine ganze Weile weg, und während ich so auf sie warte, nistet sich dieser von ihr geschürte Zweifel tief in mir ein. Denn in den vergangenen drei Jahren habe ich mir alle möglichen Szenarien ausgemalt. Und meist waren es ganz ähnliche Szenen, in denen sie mir gestand, dass alles ein großer Fehler war, ein riesiges Missverständnis. Und meistens war es in meiner Vorstellung so, dass Mia angekrochen kam und mich anflehte, ihr zu verzeihen. Dass sie sich dafür entschuldigte, meine Liebe mit grausamem Schweigen erwidert zu haben. Dass sie so getan hatte, als wären zwei Jahre – die zwei Jahre, die wir gemeinsam verbracht haben – nicht von Bedeutung.

Aber irgendwie konnte ich mir nie ausmalen, wie es wäre, wenn sie mich um Verzeihung dafür bittet, dass sie mich verlassen hat. Denn auch wenn sie es vielleicht nicht weiß, hat sie doch nur das getan, was ich ihr selbst nahegelegt hatte.

9

Es hatte Anzeichen gegeben. Vielleicht sogar mehr, als mir aufgefallen waren, selbst hinterher noch. Aber ich hatte sie allesamt ignoriert. Vielleicht lag es daran, dass ich einfach nicht nach Signalen suchte. Ich war so beschäftigt damit, mich nach dem Feuer umzusehen, das ich soeben durchschritten hatte, dass ich die Hunderte von Metern hohe Klippe direkt vor mir überhaupt nicht wahrnahm.

Als Mia sich entschieden hatte, im Herbst auf die Juilliard zu gehen, und als im späten Frühjahr langsam klar war, dass sie es tatsächlich schaffen würde, da hatte ich erklärt, dass ich mit ihr nach New York kommen würde. Und sie hatte mir nur diesen Blick zugeworfen, der sagte: *Auf gar keinen Fall.* »Das hat doch nie zur Debatte gestanden«, sagte sie. »Wie kommst du also jetzt auf die Idee?«

Weil du früher ein ganzer Mensch warst, jetzt aber ohne Milz leben musst. Weil du keine Eltern mehr hast. Weil dich New York wahrscheinlich bei lebendigem Leibe verschlingen wird, dachte ich. Doch ich sagte nichts.

»Es ist an der Zeit, dass wir beide zur Normalität zurückkehren in unserem Leben«, fuhr sie fort. Ich war vorher auch nur sporadisch zur Uni gegangen, aber nach dem Unfall überhaupt nicht mehr, weshalb ich keines meiner Fächer abgeschlossen habe. Auch Mia war nicht mehr zur Schule gegangen. Sie hatte zu viel verpasst, weshalb sie jetzt mit einem Tutor zusammenarbeitete, damit sie die Schule abschließen und rechtzeitig auf die Juilliard wechseln konnte. Im Grunde war das alles nur noch reine Formsache, denn die Lehrer hätten sie selbst dann bestehen lassen, wenn sie keine einzige Hausarbeit mehr abgegeben hätte.

»Und was ist mit der Band?«, hatte sie gefragt. »Ich weiß, dass die alle nur auf dich warten.« Das war auch wieder wahr. Kurz vor dem Unfall hatten wir ein Album aufgenommen, das bei Smiling Simon, einem Indie-Label mit Sitz in Seattle, herauskommen sollte. Zu Beginn des Sommers war das Album erschienen, und obwohl wir es mit keiner Tour promotet hatten, verkaufte sich die CD spitzenmäßig und wurde ständig auf irgendwelchen College-Radiosendern gespielt. Das hatte zur Folge, dass die Major-Label sich auf Shooting Star stürzten und Interesse daran zeigten, eine Band unter Vertrag zu nehmen, die praktisch nicht existierte. »Und deine arme Gitarre stirbt fast, weil du sie so sehr vernachlässigst«, sagte sie mit einem traurigen Lächeln. Seit unserem abgeblasenen Auftritt als Vorband von »Bikini« hatte ich sie tatsächlich nicht mehr aus dem Koffer genommen.

Also fand ich mich mit der Fernbeziehungssache ab. Zum Teil, weil es keinen Sinn machte, mit Mia zu streiten. Und zum Teil auch deshalb, weil ich tatsächlich bei Shooting Star nicht unbedingt aussteigen wollte. Aber irgendwie war ich auch der Meinung, die Entfernung würde mir nichts ausmachen. Na ja, früher hatte ich mir Gedanken darüber gemacht, dass die Entfernung unserer Beziehung würde schaden können. Aber *jetzt*? Was konnten uns schon schlappe viertausend Kilometer anhaben? Außerdem hatte Kim einen Studienplatz an der NYU angenommen, nur ein paar Kilometer von der Juilliard entfernt. Sie würde also ein Auge auf Mia haben.

Nur dass Kim es sich dann in letzter Sekunde anders überlegte und sich für das Brandeis in Boston entschied. Ich war stinksauer deswegen. Nach dem Unfall unterhielten wir uns des Öfteren darüber, ob Mia Fortschritte machte, und informierten ihre Großeltern jedes Mal entsprechend. Wir sprachen selbstverständlich heimlich über sie, denn wir wussten, dass Mia uns umbringen würde, wenn sie rausbekam, dass wir uns gegen sie verbündet hatten. Aber Kim und ich, wir waren so was wie Kapitän und Co-Kapitän im Team Mia. Wenn ich schon nicht mit Mia nach New York gehen konnte, dann hielt ich es wenigstens für Kims Pflicht, in ihrer Nähe zu bleiben.

Eine Weile schmollte ich deswegen, bis zu jenem heißen Juliabend ungefähr einen Monat bevor Kim und Mia schließlich gehen sollten. Kim war zum Haus von Mias Großeltern gekommen, um mit uns gemeinsam DVDs zu gucken. Mia war früh ins Bett gegangen, deshalb sahen wir beide uns einen pseudointellektuellen ausländischen Film gemeinsam zu Ende an. Kim versuchte ständig, mit mir über Mia zu reden, darüber, wie gut es ihr doch ging, und sie laberte wie ein Papagei den ganzen Film über. Schließlich meinte ich, sie solle endlich den Mund halten. Ihre Stirn zog sich in Falten, und sie fing an, ihre Sachen zu packen. »Ich weiß, weswegen du so patzig bist, und es hat nichts mit diesem furchtbar langweiligen Film zu tun. Warum also brüllst du mich nicht endlich an und bringst es hinter dich?«, fragte sie. Dann war sie in Tränen ausgebrochen. Ich hatte Kim noch nie weinen sehen, zumindest nicht so richtig, nicht mal bei der Beerdigung. Deshalb fühlte ich mich total mies, entschuldigte mich bei ihr und umarmte sie unbeholfen.

Nachdem sie sich beruhigt hatte, trocknete sie sich die Augen und erklärte, wie Mia sie dazu gebracht hätte, sich fürs Brandeis zu entscheiden. »Sieh mal, ich wollte ja sowieso von Anfang an da hin. Nachdem ich jetzt so lange im nichtjüdischen Oregon gelebt habe, möchte ich gern an eine jüdische Schule. NYU wäre schon okay gewesen, und in New York gibt es ja auch viele Juden. Aber sie hat darauf bestanden. Sie meinte, sie habe keine Lust mehr auf einen Babysitter. Genau das waren ihre Worte. Sie meinte, dass, wenn ich nach New York ginge, sie genau wüsste, dass das nur geschehen würde, weil wir beide den Plan ausgeheckt haben, auf sie aufzupassen. Sie meinte, sie würde dann nie wieder was mit mir zu tun haben wollen. Ich hab ihr gesagt, dass ich das nicht glaube, doch da war etwas in ihrem Blick, das ich noch nie zuvor gesehen hatte. Sie meinte es absolut ernst. Deshalb hab ich auf sie gehört. Weißt du überhaupt, was ich alles anstellen musste, um zu dem Zeitpunkt noch sämtliche Pläne über den Haufen zu werfen? Außerdem ist mir die Anzahlung für die Studiengebühren an der NYU durch die Lappen gegangen. Aber egal, Mia war endlich zufrieden, und dazu hatte sie ja echt nicht mehr allzu viel Grund in letzter Zeit.« Kim lächelte reumütig. »Ich hab also keine Ahnung, warum ich mich jetzt so beschissen fühle. Schuldgefühle, schätze ich. Der Preis, den man als gläubiger Mensch zahlt.« Und dann hatte sie wieder zu heulen angefangen.

Das war ein ziemlich deutliches Signal gewesen. Ich muss taub gewesen sein.

Letzten Endes aber ging dann alles relativ lautlos über die Bühne.

Mia ging nach New York. Ich zog wieder ins House of

Rock. Und ich ging wieder zur Uni. Die Welt hörte nicht auf, sich zu drehen. Die ersten paar Wochen schickten Mia und ich uns ellenlange E-Mails. In den ihren erzählte sie nur von New York, vom Unterricht, der Musik, der Schule. Und in meinen ging es ausschließlich um Treffen mit Plattenlabels. Liz hatte um Thanksgiving herum ein paar Gigs für uns organisiert – und dafür mussten wir noch reichlich proben, da ich ja schon seit Monaten keine Gitarre mehr in der Hand gehabt hatte –, aber Mike bestand darauf, dass wir uns erst mal um das Geschäftliche kümmerten. Wir reisten nach Seattle und nach L.A., um mit Labelleuten zu sprechen. Und ein paar A&R-Typen aus New York wollten extra nach Oregon kommen, um uns zu treffen. Ich erzählte Mia, dass sie uns alle Versprechungen machten und schworen, sie würden unseren Sound noch verfeinern und uns dann ganz groß rausbringen. Jeder Einzelne in der Band gab sich alle Mühe, nicht durchzudrehen, aber irgendwie war es schwer, den Verheißungen des Starruhms zu widerstehen.

Mia und ich hatten die Abmachung, jeden Abend vor dem Schlafengehen zu telefonieren. Normalerweise war sie abends fix und fertig, weshalb wir unsere Gespräche kurz hielten. Es ging nur darum, die Stimme des anderen zu hören und einander *Ich liebe dich* zu sagen.

Eines Abends, drei Wochen nach Semesterbeginn, rief ich ein wenig zu spät an, weil wir mit einem der A&R-Leute im Le Pigeon in Portland zum Abendessen verabredet gewesen waren und es ein bisschen später geworden war. Als ich dann nur ihren Anrufbeantworter dranbekam, dachte ich, sie sei bereits zu Bett gegangen.

Am nächsten Tag aber kam keine E-Mail von ihr. Deshalb

schrieb ich ihr eine SMS: »Sorry, dass ich zu spät dran war. Bist du sauer?«

»Nein«, kam prompt ihre Antwort. Und ich war erleichtert.

Aber als ich am selben Abend pünktlich anrief, hatte ich sofort wieder nur ihren Anrufbeantworter dran. Und am folgenden Tag bestand Mias Mail aus zwei knappen Sätzen, irgendwas von wegen die Orchesterproben seien ziemlich anstrengend. Ich fand eine Entschuldigung. Die Zeiten änderten sich. Schließlich war sie an der Juilliard, und ihr Cello hatte keinen Internetzugang. Außerdem war es nun mal so, dass Mia mindestens acht Stunden am Tag Cello übte.

Dann aber fing ich an, zu unterschiedlichen Zeiten bei ihr anzurufen, zum Beispiel wenn ich früh aufstand, damit ich sie noch vor dem Unterricht erwischte, oder ich rief zur Abendessenszeit an. Immer landeten meine Anrufe auf der Mailbox, und nie rief Mia zurück. Auch auf meine Textnachrichten antwortete sie nicht. Ich erhielt zwar weiter E-Mails von ihr, aber nicht mehr täglich, und obwohl ich in meinen Mails zunehmend besorgte Fragen stellte – »Warum gehst du nicht ans Telefon? Hast du es verloren? Geht es dir gut?« –, tat sie das alles in ihren Antworten immer mit nur wenigen Worten ab. Sie behauptete einfach, zu viel zu tun zu haben.

Also beschloss ich, ihren Großeltern einen Besuch abzustatten. Immerhin hatte ich ja fast fünf Monate lang so gut wie bei ihnen gewohnt, während Mia sich noch erholen musste, und ich hatte versprochen, sie ganz oft zu besuchen, was ich dann allerdings nie gemacht habe. Ich fand es einfach zu hart, mich in diesem alten, zugigen Haus mit seiner Fotogalerie von Gespenstern aufzuhalten, ohne Mia an meiner Seite zu haben – da war ein Hochzeitsfoto von Denny und Kat und ein Foto von Mia mit zwölf Jahren, auf dem sie Teddy, der auf ihrem Schoß saß, etwas vorlas, einfach herzzerreißend. Doch als der Kontakt zwischen Mia und mir zusehends abbrach, suchte ich nach Antworten.

Als ich in jenem Herbst das erste Mal zu ihnen ging, hat Mias Großmutter mir ein Ohr abgekaut über den Zustand ihres Gartens, und dann ist sie raus in ihr Gewächshaus und hat mich in der Küche mit ihrem Mann sitzen gelassen. Der hat uns dann erstmal eine Kanne ultrastarken Kaffee gemacht. Wir haben nicht sonderlich viel geredet; außer dem Knistern des Holzofens war kaum ein Geräusch zu hören. Er sah mich nur still und traurig an, sodass ich mich unerklärlicherweise am liebsten vor ihn hingekniet und ihm den Kopf auf den Schoß gelegt hätte.

Ich habe noch ein paarmal bei ihnen vorbeigeschaut, selbst dann noch, als Mia den Kontakt vollkommen abgebrochen hatte, und es war immer genau dasselbe. Ich fühlte mich echt mies, dass ich so tat, als würde ich sie einfach nur so besuchen wollen, wo ich doch in Wirklichkeit nur scharf darauf war, etwas über Mia zu erfahren, irgendeine Erklärung zu erhalten. Nein, was ich mir in Wirklichkeit erhoffte, war, dass sie gesagt hätten: »Mia rührt sich überhaupt nicht mehr bei uns. Hat sie sich bei dir gemeldet?« Aber selbstverständlich ging dieser Wunsch nicht in Erfüllung, weil es einfach nicht möglich war.

Die Sache war die, dass ich gar keine Bestätigung meiner Vermutungen mehr nötig hatte. Von jenem Abend an, als mein Anruf auf ihrer Mailbox landete, war mir klar gewesen, dass alles aus war.

Hatte ich es ihr nicht sogar selbst angekündigt? Hatte

ich mich nicht vor ihr aufgebaut und versprochen, dass ich alles tun würde, damit sie bliebe, selbst wenn es bedeutete, auf sie zu verzichten? Die Tatsache, dass sie im Koma lag, als ich diese Worte aussprach, und noch weitere drei Tage nicht aufwachte und dass keiner von uns beiden je mein Versprechen ansprach –, dies schien mir damals nicht von Bedeutung. Nein, ich bin selbst schuld an allem.

Was mir aber nicht in den Kopf wollte, ist die Art und Weise, wie sie es anstellte. Ich selbst habe noch nie ein Mädchen auf so grausame Weise verlassen. Selbst damals, als ich noch ständig was mit irgendwelchen Groupies hatte, habe ich mir immer die Mühe gemacht, mein aktuelles Mädchen aus dem Hotel oder der Limousine oder was auch immer hinauszugeleiten, und ich hatte immer einen züchtigen Kuss auf die Wange für sie übrig und sagte so was wie »Danke, hat Spaß gemacht« oder etwas ähnlich Endgültiges. Und dabei waren das nur Groupies. Mia und ich waren ganze zwei Jahre ein Paar, und obwohl es scheinbar nichts weiter als eine Highschool-Romanze war, bin ich immer der Überzeugung gewesen, dass wir ein Ding für die Ewigkeit daraus hätten machen können, wenn wir es nur beide gewollt hätten. Und wenn wir uns fünf Jahre später kennengelernt hätten, und wenn sie nicht ein solches Cello-Wunderkind gewesen wäre, und wenn ich nicht Mitglied einer Band auf Erfolgskurs gewesen wäre – oder, wenn unser beider Leben nicht durch dieses Unglück zerrissen worden wäre –, dann, und davon war ich überzeugt, wäre es tatsächlich von Dauer gewesen.

Inzwischen habe ich herausgefunden, dass es einen Riesenunterschied macht, ob man etwas nur weiß – selbst wenn man sich darüber im Klaren ist, weshalb eine Sache so gekommen ist –, oder ob man eine Sache weiß und sie auch akzeptiert. Denn als sie den Kontakt abbrach, klar, da wusste ich *genau*, was geschah. Aber ich brauchte sehr, sehr lange, bis ich es schließlich akzeptieren konnte.

An manchen Tagen fällt es mir sogar *heute noch* schwer, es voll und ganz zu akzeptieren.

10

Pistolenlauf, Runden eins, zwei und drei,
Du oder ich, sie stellt es mir frei.
Metall berührt Schläfe, tödliche Explosion,
Leck das Blut von meinem Leib,
Einzig Überlebende stößt mich vom Thron.

»Roulette«, *Collateral Damage*, Song Nummer 11

Nachdem wir das Diner verlassen haben, werde ich plötzlich nervös. Weil wir uns über den Weg gelaufen sind. Der Höflichkeit halber sind wir dann noch zusammengeblieben, um uns gegenseitig auf den neusten Stand zu bringen, doch was bleibt jetzt noch zu tun, außer uns zu verabschieden? Dazu bin ich allerdings ganz und gar nicht bereit. Ich bin mir ziemlich sicher, dass es kein nächstes Mal geben wird mit Mia, und ich werde den Rest meines Lebens von diesem einen Abend zehren müssen. Deshalb hätte ich gern ein bisschen mehr gehabt als einen Parkplatz, Gespräche über Arthritis und eine misslungene Entschuldigung.

Jetzt kommt es mir so vor, als würde die Vollstreckung des Urteils mit jedem Block, den wir weitergehen, ohne dass Mia ein Taxi anhält und sich entschuldigt und verabschiedet, aufgeschoben. Aus dem Geräusch, das meine Schritte auf dem Bürgersteig verursachen, kann ich das Wort *Galgenfrist*, das durch die nächtlichen Straßen hallt, gerade noch so heraushören.

Schweigend gehen wir nebeneinanderher auf einem ruhigen, ziemlich heruntergekommenen Abschnitt der Ninth Avenue.

In einer eher muffigen Unterführung hausen ein paar Obdachlose. Einer bittet uns um ein bisschen Kleingeld. Ich werfe ihm einen Zehner zu. Ein Bus fährt vorüber und stößt eine stinkende Abgaswolke aus.

Mia deutet mit ihrem Finger auf die andere Straßenseite. »Da ist das Port-Authority-Busterminal«, meint sie.

Ich nicke nur, weil ich mir nicht sicher bin, ob wir uns jetzt so ausgiebig über Bushaltestellen unterhalten werden wie vorhin über Parkplätze oder ob sie vorhat, mich ausgerechnet hier wegzuschicken.

»Da drinnen gibt es eine Bowlingbahn«, erklärt sie mir.

»Wie, in dem Busterminal?«

»Schon verrückt, was?«, ruft Mia, plötzlich total lebhaft. »Ich konnte es auch kaum glauben. Ich kam gerade spätabends von einem Besuch bei Kim aus Boston zurück und hab mich auf dem Weg nach draußen verlaufen, und da sah ich es. Es erinnerte mich irgendwie an die Eiersuche an Ostern. Weißt du noch, wie toll Teddy und ich das immer fanden?«

Ich erinnere mich genau, wie toll *Mia* das immer fand. Sie war scharf auf jeden Feiertag, der irgendwie mit Süßigkeiten zu tun hatte – und vor allem wollte sie immer, dass auch Teddy Spaß daran fand. Einmal hat sie an Ostern mühsam hartgekochte Eier angemalt und für Teddys Eiersuche am nächsten Morgen versteckt. Dann aber hat es die ganze Nacht über ziemlich heftig geregnet, und die ganzen schönen bunten Eier waren hinterher ganz grau gefleckt. Mia war so enttäuscht, dass sie weinte, aber Teddy hat sich vor lauter Aufregung fast nicht mehr eingekriegt – die Eier, so verkündete er, seien keine Ostereier: Es seien eindeutig *Dinosaurier*eier.

»Ja, ich erinnere mich«, sage ich.

»Dafür lieben ja alle New York. Die Kultur. Die unterschiedlichen Leute, die hier leben. Das Tempo. Das Essen. Aber für mich ist es wie eine endlose Eiersuche. Immer wieder findet man an jeder Ecke neue Überraschungen. Wie diesen Garten zum Beispiel. Oder eine Bowlingbahn in einem riesigen Busterminal. Weißt du …« Sie hält inne.

»Was denn?«

Sie schüttelt den Kopf. »Wahrscheinlich hast du heute Abend schon was vor. Einen Clubbesuch … eine Korona von Leuten, die du treffen musst.«

Ich verdrehe die Augen. »Ich habe kein Gefolge, Mia.« Das kommt ruppiger raus, als es meine Absicht ist.

»Ich hab das doch nicht als Beleidigung gemeint. Ich dachte nur, dass alle Rockstars und Berühmtheiten mit einem Pulk von Leuten auf Reisen gehen.«

»Hör auf, Dinge einfach so anzunehmen. Ich bin immer noch ich.« *Na ja, irgendwie.*

Sie wirkt überrascht. »Okay. Du musst also nicht noch irgendwo hin?«

Ich schüttle den Kopf.

»Schon spät. Musst du denn nicht ins Bett?«

»Ach, in letzter Zeit schlaf ich nicht besonders viel. Ich kann ja im Flieger schlafen.«

»Aha …« Mia kickt mit dem Fuß Müll zur Seite, und jetzt wird mir klar, dass sie *immer noch nervös ist.* »Dann lass uns doch auf eine kleine Eiersuche in der Stadt gehen.« Sie schweigt kurz, dann mustert sie mich, scheinbar um abzuschätzen, ob ich auch verstehe, was sie da sagt, und natürlich weiß ich genau, was sie meint. »Ich zeig dir die ganzen geheimen Ecken, die ich in New York so sehr liebe.«

»Und warum?«, will ich von ihr wissen. Und kaum habe ich diese Frage gestellt, würde ich mir am liebsten in den Hintern beißen. *Du hattest deine Galgenfrist, jetzt sei bloß still!* Doch irgendwas in mir will die Antwort wissen. Ich habe zwar keine Ahnung, warum ich heute Abend überhaupt zu ihrem Konzert gegangen bin, aber noch weniger verstehe ich, weshalb sie mich hat zu sich holen lassen. Denn dadurch kam es schließlich überhaupt dazu, dass ich jetzt mit ihr hier bin.

»Weil ich es dir ganz einfach gern zeigen möchte«, erklärt sie kurzerhand. Ich starre sie an und warte darauf, dass sie dies näher erläutert. Während sie nach Worten sucht, runzelt sie die Stirn. Dann scheint sie plötzlich aufzugeben. Sie zuckt nur mit den Schultern. Nach einer Weile startet sie einen neuen Versuch: »Außerdem geh ich zwar nicht wirklich weg von New York, aber in gewisser Weise halt doch. Ich fliege morgen nach Japan, um zwei Konzerte zu geben, und hinterher noch eins in Korea. Dann komme ich für eine Woche nach New York zurück, und erst danach geht die Tour richtig los. Ich werde wahrscheinlich vierzig Wochen im kommenden Jahr auf Tour sein, deshalb ...«

»Dir bleibt also nicht mehr viel Zeit fürs Eiersuchen, was?«

»Ja, das ist es wahrscheinlich.«

»Also eine Art Abschiedstour?« *Abschied von New York? Oder von mir? Ein bisschen zu spät, als dass sie mir gelten könnte.*

»Ja, so könnte man es wohl sehen«, erwidert Mia.

Ich zögere kurz, so als würde ich tatsächlich darüber nachdenken, als würde ich die verschiedenen Möglichkeiten abwägen, als würde ich überlegen müssen, ob ich ihre Einladung annehme. Dann zucke ich ebenfalls mit den Schultern und gebe mich gut gelaunt. »Klar, warum eigentlich nicht?«

Vor dem Busbahnhof kommen mir allerdings Zweifel, ob ich dort unerkannt bleiben werde. Deshalb setze ich meine Sonnenbrille und meine Mütze auf, bevor wir da reingehen. Mia führt mich durch eine Halle mit orangefarbenen Fliesen, und der Duft von Tannennadel-Desinfektionsspray kann den Geruch von Pisse nicht vollständig überdecken. Wir fahren eine Reihe von Rolltreppen hoch, an geschlossenen Zeitungsständen und Fastfood-Restaurants vorbei, noch mehr Rolltreppen hoch, bis zu einer Neonleuchtreklame, auf der *Freizeit-Bowling* steht.

»Da wären wir«, meint sie schüchtern, aber zugleich stolz. »Seit ich es zufällig entdeckt habe, ist es mir zur Gewohnheit geworden, dass ich jedes Mal kurz reinschaue, wenn ich hier im Busbahnhof bin. Und dann bin ich irgendwann öfter nur so zum Spaß hergekommen. Manchmal sitze ich einfach bloß an der Bar und bestelle Nachos und guck den Leuten beim Bowlen zu.«

»Und warum bowlst du nicht selbst?«

Mia legt den Kopf schief, dann tippt sie sich an den Ellbogen.

Ah, ihr Ellbogen. Ihre persönliche Achillesferse. Eins der wenigen Körperteile, die bei dem Unfall nicht verletzt wurden, die nicht eingegipst waren oder mit Nägeln wieder zusammengenietet werden mussten oder an denen ihr Haut transplantiert wurde. Doch als sie schließlich wieder mit dem

Cellospielen begann, in dem verzweifelten Versuch, wieder sie selbst zu sein, da fing er an wehzutun. Er wurde geröntgt. Eine Magnetresonanztomografie wurde durchgeführt. Die Ärzte konnten kein Problem feststellen und erklärten ihr, es könne sich um eine Prellung handeln oder um einen gequetschten Nerv, und sie schlugen vor, sie solle etwas weniger üben, was Mia natürlich gar nicht gefiel. Sie meinte, wenn sie nicht spielen könne, dann bliebe ihr nichts mehr. *Und was ist mit mir?*, dachte ich, aber ich sprach es nie laut aus. Egal, sie hörte nicht auf die Ärzte und erduldete die Schmerzen, und entweder wurde es irgendwann besser, oder sie gewöhnte sich schlichtweg daran.

»Ich habe hin und wieder versucht, ein paar Leute von der Juilliard dazu zu bringen, mit mir hierherzukommen, aber keiner hatte Lust. Macht aber nichts«, meint sie. »Ich mag diesen Ort. So vollkommen abgeschieden hier oben. Ich muss gar nicht unbedingt bowlen, um mich hier wohl zu fühlen.«

Dein Garten-Eden-Freund ist sich also zu gut für schmierige Diner und Bowlingbahnen, wie?

Mia und ich gingen früher auch gern bowlen, manchmal nur zu zweit und manchmal mit ihrer ganzen Familie. Kat und Denny sind immer gern bowlen gegangen; hatte wohl damit zu tun, dass Denny so ein Retrofan war. Sogar Teddy war ziemlich gut darin. *Ob es dir gefällt oder nicht, Mia Hall, aber in deinen Adern fließt der Grunge, deiner Familie sei Dank. Und vielleicht verdankst du das ein klein wenig auch mir.*

»Wir könnten doch jetzt gleich bowlen gehen«, schlage ich vor.

Mia lächelt angesichts meines Vorschlags. Dann tippt sie sich wieder an den Ellbogen. Sie schüttelt den Kopf.

»Du musst ja nicht selbst bowlen«, erkläre ich. »Ich mach das. Und du kannst zusehen. Ich tu es nur für dich. Ich könnte aber auch für uns beide bowlen. Ich finde, du solltest schon eine Runde spielen hier, wenn das schon deine Abschiedstour ist.«

»Das würdest du für mich tun?« Und es ist der überraschte Ton in ihrer Stimme, der mich trifft.

»Klar, warum nicht? Ich war seit einer Ewigkeit nicht mehr bowlen.« Das stimmt leider nicht so ganz. Bryn und ich waren vor einigen Monaten für irgendeine Charitysache bowlen. Wir haben für eine Stunde auf der Bahn zwanzigtausend Dollar bezahlt, für irgendeinen guten Zweck, und dann haben wir nicht mal richtig gespielt; wir tranken nur Champagner, während Bryn sich unterhielt. Mal ehrlich, wer trinkt denn auf einer Bowlingbahn Champagner?

Im *Freizeit-Bowling* riecht es nach Bier – und nach Wachs und Hotdogs sowie Schuhdesinfektionsspray. Genau so sollte eine Bowlingbahn riechen. Die Bahnen sind voll von außergewöhnlich unattraktiven Menschen, die tatsächlich nur wegen des Bowlens hier zu sein scheinen. Sie würdigen uns keines zweiten Blickes; in Wahrheit sehen sie uns überhaupt nicht an. Ich buche eine Bahn für uns und leihe für jeden von uns ein Paar Schuhe aus. Das volle Programm eben.

Mia ist total aufgeregt, als sie ihre Schuhe anprobiert. Sie wählt einen pinkfarbenen Achtpfünder für Damen aus, den ich für sie werfen soll.

»Wie steht's mit den Namen?«, erkundigt sich Mia.

Früher haben wir uns immer Namen von Musikern gegeben; sie wählte meist den Namen irgendeiner weiblichen Old-school-Punkikone, und ich entschied mich für einen männlichen klassischen Musiker. Joan und Frédéric. Oder Debbie und Ludwig …

»Such du sie aus«, sage ich, weil ich mir nicht ganz sicher bin, wie viel von der Vergangenheit wir hier wiederaufleben lassen wollen. Bis ich die Namen sehe, die sie notiert. Und dann haut es mich fast um. *Kat und Denny.*

Als sie meinen Gesichtsausdruck bemerkt, ist es ihr peinlich. »Sie haben auch immer gern gebowlt«, erklärt sie hastig und ändert dann die Namen in Pat und Lenny ab. »Wie findest du die?«, erkundigt sie sich jetzt, ein bisschen zu betont fröhlich für meinen Geschmack.

Nur zwei Buchstaben fehlen zum Morbiden, denke ich. Meine Hand zittert wieder, als ich nun mit Pats pinkfarbenem Ball die Bahn betrete, was vielleicht erklärt, weshalb ich nur acht Pins umwerfe. Doch Mia ist das egal. Sie quietscht vor Freude. »Der Spareball gehört mir, ja?«, ruft sie. Dann reißt sie sich wieder zusammen und betrachtet ihre Füße. »Danke, dass du mir diese Schuhe ausgeliehen hast. Fühlen sich gut an.«

»Gern geschehen.«

»Wie kommt es, dass dich hier keiner erkennt?«, erkundigt sie sich.

»Falsche Umgebung wahrscheinlich.«

»Vielleicht kannst du deine Sonnenbrille dann ja abnehmen. Ist irgendwie komisch, mit dir zu reden, wenn du sie trägst.«

Ich hab völlig vergessen, dass ich sie noch aufhabe, und komme mir jetzt ganz schön blöd vor deswegen. Ich nehme sie ab.

»Schon viel besser«, meint Mia. »Ich verstehe echt nicht, wieso klassische Musiker Bowling immer als White Trash abtun. Macht doch riesig Spaß.«

Keine Ahnung, warum dieser Seitenhieb auf die typischen Juilliard-Snobs mich so freut, aber es ist nun mal so. Ich fege Mias restliche zwei noch stehenden Pins um. Sie jubelt lauthals.

»Hat es dir da gefallen? An der Juilliard, meine ich?«, frage ich sie. »War es so, wie du es dir vorgestellt hast?«

»Nein«, meint sie, und erneut empfinde ich dieses Gefühl, gesiegt zu haben. Bis sie ihre Antwort weiter ausführt. »Nein, es war sogar noch besser.«

»Oh.«

»Allerdings war es nicht von Anfang an so. Zu Beginn hatte ich so meine Schwierigkeiten.«

»Das überrascht mich nicht, du weißt schon, nach allem, was passiert war.«

»Das war ja das Problem. ›Nach allem, was passiert war.‹ Darauf wurde einfach zu viel Rücksicht genommen. Als ich anfing, wurde ich behandelt wie ein rohes Ei; die Leute gingen einfach viel zu behutsam mit mir um. Meine Mitbewohnerin war sogar so besorgt, dass sie mich nicht ansehen konnte, ohne zu heulen.«

Die übertrieben Mitleidige – ich erinnere mich gut an sie.

»Alle meine Mitbewohnerinnen waren richtig hysterische Tussis. Im ersten Jahr bin ich so oft umgezogen, dass ich irgendwann ganz ausgezogen bin aus dem Wohnheim. Kannst du dir vorstellen, dass ich hier schon elfmal umgezogen bin? Schätze, das ist rekordverdächtig.«

»Ist doch eine gute Übung für die Zeiten, wenn du auf Tour bist.«

»Bist du gern auf Tour?«

»Nein.«

»Echt nicht? Obwohl man so viele verschiedene Länder zu sehen kriegt? Ich hätte gedacht, das würde dir gefallen.«

»Ich seh doch nur die Hotels und die Hallen, und vielleicht erhasche ich noch den einen oder anderen verschwommenen Blick zum Fenster des Tourbusses raus auf die Landschaft.«

»Siehst du dir denn nie irgendwelche Sehenswürdigkeiten an?«

Die anderen in der Band tun das. Sie lassen sich diese privaten VIP-Touren organisieren, schauen sich das Kolosseum in Rom an, noch vor der offiziellen Öffnungszeit, und all solche Sachen. Ich könnte mich ihnen jederzeit anschließen, aber dann müsste ich mit der Band zusammen sein. Da sperre ich mich doch lieber in meinem Hotelzimmer ein. »Normalerweise hab ich für so was keine Zeit«, schwindle ich. »Du willst also sagen, dass du Probleme mit deinen Mitbewohnerinnen hattest.«

»Und wie«, fährt Mia fort. »Zu viel Mitleid. So waren sie alle, auch die Leute an der Fakultät. Jeder wurde nervös in meiner Gegenwart, dabei hätte es doch genau andersrum sein sollen. Es ist so eine Art Aufnahmeritual, dass bei der ersten Orchesterprobe das eigene Spiel auseinandergenommen wird – und zwar so richtig fies auseinandergenommen –, und das vor allen Leuten. Passiert jedem, ohne Ausnahme. Abgesehen von mir. Es war fast so, als wäre ich unsichtbar. Niemand wagte es, mich zu kritisieren. Und glaub mir, es lag nicht daran, dass ich so perfekt gespielt hätte.«

»Vielleicht ja doch«, sage ich. Ich rücke näher an sie heran und halte die Hände unter den elektrischen Händetrockner.

»Nein, daran lag es nicht. Eines der Fächer, die man zu Beginn belegen muss, ist Musiktheorie. Das wird von einem

Professor namens Lemsky unterrichtet. Er ist 'ne ganz große Nummer im Fachbereich. Ein Russe. Stell dir jedes verdammte Klischee vor, das dir einfällt, dann hast du ein exaktes Bild von ihm. Ein fieser, vertrockneter alter Kerl. Wie aus einem Roman von Dostojewski. Mein Dad hätte ihn geliebt. Nach ein paar Wochen lässt er mich zu sich in sein Büro rufen. Normalerweise ist das kein gutes Zeichen. Da sitzt er also hinter seinem unaufgeräumten Schreibtisch, überall Stapel von Papier und Notenblättern. Und er fängt an, mir von seiner Familie zu erzählen. Ukrainische Juden. Sie haben diverse Pogrome überlebt. Und auch noch den Zweiten Weltkrieg. Dann sagt er zu mir: ›Jeder hat es mal schwer im Leben. Jeder muss Schmerzen erleiden. Du wirst hier an der Fakultät verhätschelt wegen dem, was du durchgemacht hast. Ich hingegen bin der Meinung, dass das ein Fehler ist und du genauso gut bei dem Unfall hättest sterben können, weil wir nämlich dein Talent im Keim ersticken. Und du willst doch nicht, dass wir das tun, oder?‹ Da ich nicht wusste, wie ich darauf reagieren sollte, stand ich einfach nur da. Und dann brüllte er mich plötzlich an: *›Willst du das? Willst du, dass wir dein Talent kaputtmachen?‹* Und ich brachte mühsam ein piepsiges ›Nein‹ hervor. Und dann meinte er: ›Gut.‹ Dann nahm er seinen Stab zur Hand und prügelte mich damit regelrecht zur Tür raus.«

Ich hätte da schon eine Idee, wohin ich dem Kerl seinen Stab stecken würde. Ich schnappe mir meine Bowlingkugel und jage sie die Bahn runter. Mit einem befriedigenden Krachen donnert er in die Pins; die fliegen in alle Richtungen davon, wie kleine Menschen, die vor Godzilla fliehen. Als ich zu Mia zurückkehre, bin ich wieder ruhiger.

»Sehr gut«, sagt sie, während ich gleichzeitig sage: »Klingt so, als wäre dein Professor ein richtiger Arsch!«

»Stimmt schon, er ist nicht gerade der Beliebteste. Und ich hatte damals ganz schön Angst vor ihm, aber im Nachhinein bin ich der Meinung, dass das eine der wichtigsten Erfahrungen in meinem Leben war. Weil er der Erste war, der mich nicht einfach so hat durchkommen und bestehen lassen.«

Ich drehe mich um, erleichtert, dass ich einen Grund habe, mich wieder von ihr zu entfernen, damit sie meinen Gesichtsausdruck nicht sieht. Ich werfe ihre pinkfarbene Kugel die Bahn runter, aber sie bekommt einen Drall und rollt nach rechts. Ich haue sieben um, die restlichen drei bilden einen Split. Bei meinem nächsten Versuch schaffe ich nur noch einen von ihnen. Der Gerechtigkeit halber vermassle ich meinen nächsten Wurf ebenfalls und haue nur sechs Pins um.

»Tja, ein paar Tage später, bei der Orchesterprobe«, fährt Mia fort, »nimmt er also mein Glissando auseinander, und zwar schonungslos.« Sie grinst, erfüllt von der glücklichen Erinnerung an ihre Demütigung.

»Es geht doch nichts über eine ordentliche Tracht Prügel in der Öffentlichkeit.«

»Aber klar doch! Es war großartig. Wohl die weltweit beste Therapie.«

Ich starre sie an. »Therapie« war als Wort früher völlig tabu. Im Krankenhaus und in der Reha hatte man Mia einen Trauerbegleiter zugewiesen, doch sie hatte sich geweigert, den Kontakt zu ihm aufrechtzuerhalten, als sie schließlich wieder daheim war. Kim und ich waren damit gar nicht einverstanden gewesen und wollten es ihr ausreden. Mia aber hatte behauptet, jede Woche eine Stunde lang über ihre tote

Familie reden zu müssen habe keinerlei therapeutischen Nutzen für sie.

»Nach diesem Ereignis schienen sich an der Fakultät plötzlich alle um mich herum zu entspannen«, erzählt sie. »Lemsky machte es mir schon ziemlich schwer. Er ließ mir keine Freizeit. Ließ mir kein Leben außerhalb des Cellospielens. In den Sommermonaten trat ich auf Festivals auf. Aspen, dann Marlborough. Und dann drängten Lemsky und Ernesto mich gleichermaßen, mich für das Young-Concert-Artists-Programm zu bewerben, was im Grunde verrückt war. An der Juilliard aufgenommen zu werden ist ein Kinderspiel dagegen. Aber ich tat es trotzdem. Und ich hab es geschafft. Deshalb hab ich heut Abend in der Carnegie Hall gespielt. Normalerweise treten Zwanzigjährige nicht in der Zankel Hall auf. Und plötzlich stehen mir sämtliche Türen offen. Ich hab sogar mein eigenes Management. Verschiedene Agenten sind an mir interessiert. Deshalb hat Lemsky auch darauf gedrängt, dass ich meinen Abschluss früher mache. Er meinte, ich wäre längst bereit, auf Tour zu gehen, obwohl ich mir da nicht so sicher bin.«

»Nun, nach dem zu urteilen, was ich heute Abend gehört habe, hat er recht.«

Ihr Gesicht wirkt auf einmal ganz aufgeweckt, und sie sieht so jung aus, dass es schon fast schmerzt. »Findest du wirklich? Ich hab ja schon auf der Bühne gestanden und auf Festivals gespielt, aber das wird was völlig anderes. Ich werde nämlich ganz allein sein, nur ich, und vielleicht begleitet mich an manchen Abenden noch ein Orchester oder ein Quartett oder ein Kammermusikensemble.« Sie schüttelt den Kopf. »Manchmal denke ich, ich sollte mir einfach eine Anstellung in einem

Orchester suchen, was von Dauer. So wie du mit deiner Band. Die Bühnen ändern sich, aber die Musiker sind stets die gleichen. Es muss doch echt tröstlich sein, immer mit Liz, Mike und Fitzy zusammen zu sein.«

Ich stelle mir vor, wie der Rest der Band gerade in einem Flugzeug sitzt und über den Atlantik rast, während wir uns hier unterhalten – ein Ozean dazwischen, der aber noch das geringste Problem ist. Andere Dinge bilden eine viel größere Kluft zwischen uns. Und dann denke ich daran, wie Mia den Dvořák spielte und was die Leute im Saal hinterher über sie gesagt haben, nachdem sie von der Bühne gegangen war. »Nein, das solltest du nicht tun. Das wäre die reinste Verschwendung deines Talents.«

»Jetzt klingst du aber genau wie Lemsky.«

»Gut so.«

Mia lacht. »Ja, ich weiß schon, dass er wie ein richtiger Kotzbrocken rüberkommt, aber ich hab den Verdacht, dass er all das insgeheim nur deshalb tut, weil er hofft, dass es mir hilft, dieses Loch in mir zu füllen, indem er meine Karriere fördert.«

Mia hält inne und wendet sich mir zu. Ihre Augen ruhen starr auf mir, sehen mich suchend an, fast flehend. »Aber er muss mir gar nicht unbedingt bei meiner Karriere helfen. Denn das hilft mir keineswegs, das Loch zu stopfen. Du verstehst das doch, nicht wahr? Du hast mich in dieser Hinsicht immer verstanden.«

Plötzlich kommt der ganze Mist, der an diesem Tag passiert ist, mit aller Wucht zurück – Vanessa und Bryn und die Gerüchte über ihre Schwangerschaft und *Shuffle* und die bevorstehenden siebenundsechzig Tage in Hotelzimmern, betretenes Schweigen und Auftritte mit einer Band, zu der ich schon lange nicht mehr stehe.

Ach, Mia, kapierst du es denn nicht? Die *Musik* ist dieses Loch. Und du bist der Grund dafür, dass das so ist.

11

Wir bei Shooting Star hatten immer eine Regel: Erst kommen die Gefühle, dann das Geschäftliche. Deshalb hatte ich mir keine großen Gedanken über die Band gemacht, auch nicht darüber, dass die anderen sauer sein könnten, als ich für eine längere Zeit ausstieg. Ich hatte erwartet, dass sie mit meiner Abwesenheit klarkommen würden, ohne dass ich ihnen das lang und breit hätte erklären müssen.

Nachdem ich wieder aus der Versenkung aufgetaucht war und die ersten zehn Songs geschrieben hatte, rief ich Liz an, damit die ein Bandessen beziehungsweise ein Treffen organisierte. Während des Essens saßen wir um den Clubtisch herum – wir nannten ihn so, weil Liz diesen potthässlichen Holztisch aus den Siebzigern, den wir am Straßenrand gefunden hatten, erst mit lauter Bandflyern beklebt und das Ganze dann Schicht für Schicht klar überlackiert hatte, damit er wie aus einem Club aussah. Erst entschuldigte ich mich dafür, dass ich wegen Mia so ausgetickt war. Dann holte ich meinen Laptop hervor und spielte ihnen Aufnahmen von dem neuen Material vor, das ich in letzter Zeit geschrieben hatte. Liz und Fitzy bekamen ganz große Augen. Die Gabeln voll Gemüselasagne schwebten reglos vor ihren Mündern, während sie gebannt einem Lied nach dem anderen lauschten: »Bridge«, »Dust«, »Stitch«, »Roulette«, »Animate«…

»Mann, Alter, wir dachten, du willst alles hinschmeißen und in irgendeinem Scheißjob arbeiten und den Kopf hängen lassen. Dabei warst du ja richtig *produktiv*!«, rief Fitzy. »Das Material ist der Hammer.«

Liz nickte. »Ja, total. Und es ist wunderschön. Muss wie eine Katharsis gewesen sein für dich«, sagte sie und griff nach meiner Hand, um sie zu drücken. »Ich würde zu gern die Texte dazu sehen. Hast du sie auf deinem Computer?«

»Liegen daheim, auf Zettel gekritzelt. Ich schreib sie ins Reine und schick sie dir per Mail.«

»Daheim? Bist du denn nicht hier zu Hause?«, erkundigte sich Liz. »Dein Zimmer ist immer noch da, unberührt wie ein Museum. Warum kommst du nicht zurück und ziehst wieder hier ein?«

»Ich hab nicht viel zum Umziehen. Es sei denn, ihr habt meinen Krempel verkauft.«

»Das haben wir versucht. Viel zu staubig alles. Keine Interessenten«, meinte Fitzy. »Aber dein Bett haben wir als Hutablage benutzt.« Fitzy grinste mich verschwörerisch an. Ich hatte den Fehler begangen und ihm erzählt, dass ich das Gefühl hatte, mich langsam in meinen verstorbenen Großvater zu verwandeln, bei all den komischen abergläubischen Anwandlungen, die ich plötzlich hatte. Wie zum Beispiel die Überzeugung, dass Hüte auf Betten Unglück brächten.

»Mach dir keine Gedanken, wir werden ein bisschen Salbei verbrennen«, meinte Liz. Offensichtlich hatte Fitzy es allen erzählt.

»Also, wie sieht's aus? War's das?«, meinte Mike und tippte mit dem Fingernagel auf meinen Laptop.

»Alter, das sind zehn Songs«, rief Fitzy, dessen Grinsen von Spinat zwischen den Zähnen verunstaltet war. »Zehn unfassbar gute Songs. Das ist ja praktisch schon ein ganzes Album. Wir haben ausreichend Material, um sofort ins Studio zu gehen.«

»Das sind ja nur die Songs, die schon fertig sind«, warf ich ein. »Ich hab bestimmt noch zehn weitere in der Mache. Keine Ahnung, was mit mir los ist, aber im Moment sprudeln die einfach so aus mir raus, so als wären sie längst geschrieben und aufgenommen, und irgendjemand drückt nur auf *Play*. Die wollen alle so schnell wie möglich gespielt werden, die Songs.«

»Hör auf deine Muse«, meinte Liz. »Sie ist eine wankelmütige Geliebte.«

»Ich red doch nicht von den Songs«, protestierte Mike. »Wir wissen doch nicht mal, ob es überhaupt ein Album geben wird. Wer weiß, ob uns noch irgendein Label will. Wir waren so gut im Geschäft, und dann hat er alles kaputt gemacht.«

»Er hat gar nichts kaputt gemacht«, erwiderte Liz. »Zum einen waren es nur ein paar Monate, und zweitens hat unser Album bei Smiling Simon die Indie-Charts gestürmt und wurde am laufenden Band in den College-Sendern gespielt. Außerdem hab ich in puncto Colleges einiges an Promotion gemacht«, fuhr Liz fort, »mit Interviews und so, damit wir nicht in Vergessenheit geraten.«

»Weißt du, Alter, sogar ›Perfect World‹ hat es geschafft und läuft auf einigen Satelliten-Radiosendern«, meinte Fitzy. »Ich bin mir sicher, dass die ganzen A&R-Typen überglücklich sein werden, wenn sie uns sehen, und sie werden es nicht erwarten können, das hier zu hören.«

»Das ist nicht gesagt«, meinte Mike. »Die gehorchen auch

bloß bestimmten Trends. Und sie haben gewisse Vorgaben zu erfüllen. Die suchen immer nach was Bestimmtem. Was ich sagen will, ist, dass er« – er zeigte mit dem Finger auf mich – »die Band erst einfach so ohne ein Wort hat stehen lassen, und jetzt taucht er einfach so wieder auf, als wäre nichts gewesen.«

Mike hatte schon in gewisser Weise recht, aber es war ja nicht so, als hätte ich irgendjemandem im Weg gestanden. »Hör zu, es tut mir leid. Wir machen doch alle mal Fehler. Aber wenn ihr wirklich gewollt hättet, dann hättet ihr doch Ersatz für mich suchen können. Ihr hättet euch einen neuen Gitarristen besorgen und einen Deal mit einem Major-Label an Land ziehen können.«

Der kurze Blick, den die drei sich zuwarfen, sagte mir, dass sie darüber tatsächlich nachgedacht hatten, aber wahrscheinlich hatte Liz protestiert. Shooting Star war eine absolut demokratische Truppe; Entscheidungen hatten wir immer nur gemeinsam gefällt. Unter dem Strich aber war es Liz' Band. Sie hatte sie ins Leben gerufen, und sie hatte mich als Gitarristen angeheuert, nachdem sie mich irgendwo in der Stadt hatte spielen sehen. Dann hatte sie sich noch Fitzy und Mike geangelt. Eine Umbesetzung wäre also letzten Endes ihre Sache gewesen. Vielleicht war das der Grund dafür, dass Mike irgendwann auch Gigs mit einem Schlagzeuger zusammen unter dem Bandnamen Ranch Hand gespielt hatte.

»Mike, ich weiß nicht, worauf du eigentlich hinauswillst«, meinte Fitzy. »Spekulierst du auf eine Schachtel Pralinen? Möchtest du, dass Adam mit einem Strauß Blumen ankommt und sich bei dir entschuldigt?«

»Halt's Maul, Fitz«, sagte Mike nur.

»Ich kauf dir gern Blumen«, sagte ich. »Gelbe Rosen. Die stehen, glaube ich, für Freundschaft. Was auch immer ihr verlangt, ich tue alles.«

»Und was soll das bringen?«, beharrte Fitzy. »Scheiße, Mann. Wir haben da ein paar unglaublich gute Songs. Ich wünschte, ich hätte sie geschrieben. Aber das war nun mal Adam. Er ist wieder okay. Und er kommt zu uns zurück. Vielleicht sollten wir also einen Neustart wagen und einfach nur gute Musik machen und dann abwarten, wohin uns das alles führt. Und, weißt du, vielleicht sollten wir unserem Kumpel hier mal wieder ein bisschen Spaß in seinem Leben gönnen. Also vergessen wir, was war.«

Mikes Befürchtungen stellten sich letzten Endes als unbegründet heraus. Einige der Major-Label, die im Herbst noch ganz scharf auf uns gewesen waren, wollten kaum mehr was von uns wissen, aber ein paar zeigten immer noch Interesse, und als wir ihnen schließlich die Demotapes zu den Songs schickten, die später auf *Collateral Damage* erscheinen sollten, da rasteten sie schier aus. Ehe wir es uns versahen, hatten wir schon einen Deal unterschrieben und probten mit Gus im Studio.

Und für ein Weilchen lief auch wirklich alles bestens. Fitzy und Liz sollten beide recht behalten. Die Aufnahmen zu *Collateral Damage* wirkten tatsächlich kathartisch auf mich. Und wir hatten sehr viel Spaß dabei. Mit Gus zu arbeiten war ziemlich anstrengend. Er hat echt das Letzte aus uns rausgeholt, hat uns eingetrichtert, wir sollten uns nicht vor der rohen Gewalt in uns fürchten, sondern sie rauslassen, und genau das taten wir. Außerdem war es echt cool, in Seattle aufzunehmen und in einem Apartment zu wohnen, das dem Label gehörte, und uns wie die Größten zu fühlen. Alles schien optimal zu laufen.

Kurz nachdem das Album dann erschienen war, gingen wir auf Tour. Eine fünfmonatige Ochsentour durch Nordamerika, Europa und Asien, die uns, zumindest am Anfang, wie die aufregendste Sache der Welt erschien. Und anfangs war es auch so. Aber irgendwie auch ziemlich strapaziös. Und schon bald war ich permanent müde. Und fühlte mich einsam. Es gab reichlich unausgefüllte Zeit, während der ich Mia ausgiebig vermissen konnte. Ich verkroch mich ständig im Hotelzimmer oder ganz hinten im Tourbus. Ich stieß alle von mir. Sogar Liz. Ganz besonders Liz. Sie war nicht dumm; sie wusste genau, was mit mir los war – und warum. Und sie war auch kein schwaches Pflänzchen. Sie kümmerte sich um mich. Und deshalb vergrub ich mich immer weiter, bis sie wahrscheinlich irgendwann die Schnauze voll davon hatte, mich immer wieder auszugraben.

Im Verlauf der Tour ging das Album irgendwann voll ab. Platin. Dann Doppelplatin. Die Konzerte waren allesamt ausverkauft, weshalb unsere Promoter noch ein paar zusätzliche Termine organisierten, damit man der Nachfrage gerecht werden konnte. Wir bekamen unzählige Merchandising-Verträge. T-Shirts, Mützen, Poster, Aufkleber von Shooting Star gab es, sogar ein Teleskop wurde auf den Markt gebracht. Plötzlich war die Presse hinter uns her. Dauernd mussten wir Interviews geben, was uns anfangs auch echt schmeichelhaft erschien. Die Leute interessierten sich so sehr für uns, dass sie tatsächlich lesen wollten, was wir zu sagen hatten.

Aber irgendwann geschah in den Interviews etwas Seltsames. Die Journalisten stellten erst der gesamten Band ein paar unverfängliche Fragen, aber dann richteten sie das Mikrofon oder die Kamera nur noch auf mich. Ich hab dauernd versucht, den Rest der Band wieder einzubinden. Dann aber wollten die Journalisten auf einmal nur noch mich allein interviewen, was ich jedoch stets kategorisch ablehnte, bis wir irgendwann keine andere Wahl mehr hatten und Interviews nur noch in dieser Weise geben konnten.

Vier Monate nach Tourstart waren wir in Rom. Der *Rolling Stone* hatte einen Mitarbeiter geschickt, der ein paar Tage mit uns verbringen sollte. Eines Abends hatten wir nach einem Auftritt die Hotelbar für uns in Beschlag genommen. Wir waren ziemlich angeheitert, saßen einfach nur so rum, entspannten uns und kippten einen Grappa nach dem anderen. Und plötzlich fängt dieser Reporter an, uns all diese krassen Fragen zu stellen. Und eigentlich waren sie sämtlich nur an mich gerichtet. Immerhin waren wir mindestens zwölf Leute da drin – ich, Liz, Fitzy, Mike, Aldous, ein paar Roadies, ein paar Groupies –, aber dieser Typ tat so, als wäre ich die einzige Person im Raum. »Adam, zieht sich für dich ein bestimmtes Thema durch *Collateral Damage*? Und wenn ja, kannst du bitte erläutern, welches das ist?« – »Adam, hast du das Gefühl, dass du mit diesem Album als Songwriter gewachsen bist?« – »Adam, du hast in früheren Interviews erwähnt, dass du nicht diesen ›finsteren Pfad einschlagen willst wie andere Rockstars‹, aber wie schaffst du es, dass du nicht an dir selbst zerbrichst?«

Mike ist total ausgeflippt. »Du hast die Band total hintergangen!«, brüllte er mich an, als wären nur wir beide in diesem Zimmer, als wäre der Reporter gar nicht anwesend. »Das ist hier nicht die Adam-Wilde-Show, verstehst du? Wir sind eine *Band*! Eine Einheit. Wir sind zu viert. Oder hast du das vergessen auf dem ›finsteren Pfad der Rockstars‹?«

Dann wandte Mike sich an den Journalisten. »Willst du alles über den illustren Adam Wilde wissen? Dann hör mal zu. Ich hab da ein paar äußerst interessante Details für dich. Unser Rockstar da drüben muss zum Beispiel immer erst mal so eine verrückte Voodookacke veranstalten, bevor er auf die Bühne geht, und er ist solch eine Primadonna, dass er völlig ausrastet, wenn man hinter der Bühne vor einem Auftritt pfeift, weil das nämlich Unglück bringt …«

»Mike, lass das«, unterbrach Liz ihn scharf. »Jeder Künstler hat so seine Rituale.«

Der Reporter schrieb unterdessen alles eifrig mit und saugte es in sich auf, bis Aldous schließlich, diplomatisch wie immer, sagte, dass alle sehr müde seien, und dann schickte er alle bis auf die Bandmitglieder raus aus der Bar und versuchte Mike und mich dazu zu bringen, Frieden zu schließen. Mike aber legte mit der zweiten Runde Beleidigungen los und ereiferte sich darüber, was für ein publikumsgeiles Arschloch ich doch inzwischen sei. Ich sah zu Liz rüber in der Hoffnung, sie würde mir helfen, doch sie starrte nur konzentriert in ihren Drink. Also wandte ich mich Fitzy zu, doch der schüttelte bloß den Kopf. »Ich hätte nie gedacht, dass ich derjenige sein würde, der es ausspricht, aber werdet endlich erwachsen, ihr zwei.« Dann verließ er den Raum. Flehend sah ich zu Liz. Traurig, aber auch müde, erwiderte sie meinen Blick. »Mike, das war echt daneben«, sagte sie tonlos zu ihm. Dann aber wandte sie sich mir zu und schüttelte den Kopf. »Ach, Adam, komm schon, sieh es doch mal aus seiner Sicht. Aus *unser aller*

Sicht. Es ist schwer, das noch zu ertragen, vor allem, weil du dich so von uns zurückgezogen hast. Ich verstehe ja, warum du das tust, aber das macht es nicht unbedingt leichter.«

Sie alle – sie waren alle gegen mich. Ich gab mich geschlagen und stürmte aus der Bar, und seltsamerweise war ich den Tränen nahe. In der Lobby wartete dieses italienische Model, das mit uns abgehangen hatte – Raffaela hieß sie –, auf ein Taxi. Als sie mich sah, lächelte sie mich an. Und als ihr Taxi eintraf, gab sie mir mit einer kurzen Handbewegung zu verstehen, ich solle doch einsteigen. Und das tat ich. Am nächsten Tag zog ich in ein anderes Hotel, weg von der Band.

Die Story war schon bald auf *rollingstone.com* zu lesen, und ein paar Tage später auch in der Klatschpresse. Unsere Labelchefs flippten aus, genau wie unsere Tourpromoter, und sie alle drohten uns, dass wir höllisch würden blechen müssen, wenn wir unseren Konzertverpflichtungen nicht nachkamen. Aldous ließ eine professionelle Vermittlerin kommen, die sich mit Mike und mir zusammensetzen sollte. Aber sie konnte absolut nichts bewirken. Sie hatte eine geniale Idee, die Fitzy nur »Die Scheidung« nannte, und die haben wir bis zum heutigen Tag beibehalten. Ich sollte den Rest der Tour immer in einem anderen Hotel schlafen; der Rest der Band durfte zusammenbleiben. Und unser Pressesprecher war der Ansicht, es sei sicherer, wenn Mike und ich getrennte Interviews gaben. Deshalb unterhalten die Journalisten sich inzwischen recht häufig mit mir allein. Ja, all das hat uns ganz schön geholfen!

Als wir von der *Collateral-Damage*-Tour wieder heimkamen, hätte ich die Band beinahe verlassen. Ich zog aus dem Haus aus, in dem ich zusammen mit Fitzy in Portland gewohnt hatte, und suchte mir eine eigene Bleibe. Ich ging den anderen aus dem Weg. Ich war wütend, aber ich schämte mich auch. Ich war mir nicht ganz sicher, wie ich es geschafft hatte, aber mir war klar, dass ich alles ruiniert hatte. Ich hätte es genauso gut gleich beenden können, doch dann kam eines Nachmittags Liz bei mir vorbei und fragte mich, ob ich mir nicht eine fünfmonatige Auszeit gönnen wolle, bis ich mich wieder besser fühlte. »Es würde jeden aus der Bahn werfen, der ein paar so heftige Jahre wie wir hinter sich hat, und ganz besonders schlimm waren sie wohl für dich«, meinte sie. Deutlicher würde sie zum Thema Mia nie werden. »Ich verlange nicht, dass du irgendwas tust, sondern, dass du zur Abwechslung mal *nichts* tust und dann abwartest, wie du dich in ein paar Monaten fühlst.«

Und dann sahnten wir mit dem Album plötzlich all diese Auszeichnungen ab, und ich lernte Bryn kennen und zog nach L.A. Deshalb hatte ich nicht mehr so viel mit den anderen zu tun, bis ich schließlich ein zweites Mal hineingesogen wurde in den Strudel.

Bryn ist die Einzige, die weiß, wie nah mich diese Tour an den Abgrund gebracht hat und wie sehr ich mich vor der nächsten Tour fürchtete. »Lass endlich los«, lautet ihre Patentlösung. Sie ist der Meinung, dass ich unter Schuldgefühlen leide, und dass ich, weil ich aus einfachen Verhältnissen stamme, mich nicht traue, als Solokünstler aufzutreten. »Sieh mal, ich versteh das ja. Es ist vielleicht schwer für dich zu akzeptieren, dass du den Beifall tatsächlich verdient hast, aber es ist so. Du schreibst diese ganzen Songs und den Großteil der Musik, und dafür lieben die Leute dich«, erklärt sie mir. »*Du* bist das Talent in der Band! Du siehst nicht nur gut aus. Wenn das hier ein Film wäre, dann wärst du der Star, dem man zwanzig Millionen Dollar zahlt, und die anderen hätten nur Nebenrollen, und trotzdem teilt ihr alles zu gleichen Teilen«, sagt sie. »Du brauchst die anderen nicht. Die machen dir bloß Ärger.«

Aber hier geht es nicht ums Geld. Das war nie ein Thema. Und solo aufzutreten ist für mich auch nicht die optimale Lösung. Dann würde ich nur vom Regen in die Traufe kommen. Und ich müsste immer noch mit dem Touren klarkommen, und allein der Gedanke daran macht mich schon krank.

»Warum rufst du nicht mal Dr. Weisbluth an?«, schlug Bryn vor, als sie aus Toronto anrief, wo sie gerade ihren neusten Film abdrehte. Weisbluth ist der Psychopharmakologe, den das Label mir vor ein paar Monaten vermittelt hat. »Vielleicht kann der dir ja was Stärkeres verschreiben. Und wenn du zurückkommst, müssen wir uns mit Brooke zusammensetzen und uns ernsthaft darüber unterhalten, ob du nicht besser als Solokünstler weitermachst. Aber die Tour *musst* du noch durchstehen. Sonst ruinierst du dir deinen Ruf.«

Es gibt wichtigere Dinge als den eigenen Ruf, die man ruinieren kann, oder?, dachte ich bei mir. Aber ich sprach es nicht laut aus. Ich rief also bei Weisbluth an, holte mir ein neues Rezept und wappnete mich so für die Tour. Ich schätze, Bryn hatte verstanden – wie ich und jeder andere, der mich kannte, auch –, dass Adam Wilde seinem Ruf des bösen Jungen zum Trotz immer das tat, was man ihm sagte.

12

Ein Klumpen Blei, dort, wo mein Herz schlagen sollt,
Der Doktor hält eine Operation für zu riskant.
Lass es bitte in Ruhe.
Der Körper wie neu, Wunder gescheh'n.
Wenn ich nur durch die Sicherheitskontrolle am Flughafen käm.

»Bullet«, *Collateral Damage*, Song Nummer 12

Mia verrät mir nicht, wo sie als Nächstes hinwill. Sie sagt, weil es ihre geheime Tour durch New York sei, solle das auch ein Geheimnis bleiben, und dann führt sie mich raus aus dem Port-Authority-Busterminal, tiefer und immer tiefer hinab in ein Gewirr aus unterirdischen Gängen.

Und ich folge ihr. Obwohl ich nicht so sehr auf Geheimnisse stehe, obwohl ich der Ansicht bin, Mia und ich haben schon *viel zu viele* Geheimnisse voreinander, und obwohl die U-Bahn wirklich der Inbegriff all meiner Ängste ist. Ich habe Angst vor geschlossenen Räumen. Und vor Menschenmengen. Vor allem, wenn da weit und breit kein Fluchtweg ist. Ich weise sie zaghaft darauf hin, doch sie tut dies ab, indem sie mir erklärt, was ich vorhin im Bowlingcenter zu ihr gesagt habe von wegen falsche Umgebung. »Wer würde denn erwarten, Adam Wilde in der U-Bahn zu treffen, und das um drei Uhr morgens? Und auch noch ohne sein Gefolge?« Sie lächelt mich verschmitzt an. »Außerdem ist um die Zeit eh nichts los. Und in meinem New York fahre ich immer mit der U-Bahn.«

Als wir die Haltestelle Times Square erreichen, ist der Bahnsteig dermaßen überfüllt, dass es genauso gut auch fünf Uhr nachmittags an einem Donnerstag hätte sein können. Meine Alarmglocken fangen sofort an zu schrillen. Und erst recht, als wir den zum Bersten vollen Bahnsteig betreten. Ich werde ganz verkrampft und weiche zurück gegen einen der Stützpfeiler. Mia sieht mich an. »Keine gute Idee«, murmele ich, doch der Lärm des herannahenden Zuges erstickt meine besorgten Worte.

»In der Nacht fahren die Züge nicht so oft, wahrscheinlich haben die alle schon eine ganze Weile gewartet«, ruft Mia über das Getöse hinweg. »Jetzt kommt aber einer, schau mal, alles in Ordnung.«

Als wir in die N steigen, erkennen wir beide, dass Mia sich geirrt hat. Der Wagen ist voller Leute. Voller betrunkener Leute, um genau zu sein.

Ich spüre, wie mich unzählige Augenpaare mustern. Ich weiß, dass ich keine von den Pillen mehr habe, aber ich brauch jetzt wenigstens eine Zigarette. Und zwar *sofort*. Ich greife in die Tasche.

»Du kannst doch in der Bahn nicht rauchen«, protestiert Mia flüsternd.

»Aber ich muss.«

»Das ist nicht erlaubt.«

»Mir doch egal.« Wenn die mich einsperren, bin ich wenigstens sicher, in der Polizeistation.

Und dann platzt ihr total der Kragen. »Wenn du nicht

willst, dass man dich erkennt, dann wäre es doch wohl das Dümmste, was du machen könntest, dir eine Zigarette anzustecken!« Sie zerrt mich in eine Ecke. »Schon gut«, gurrt sie, und ich erwarte fast, dass sie mir den Nacken krault, so wie früher, wenn ich überspannt war. »Wir bleiben einfach kurz hier stehen. Wenn es bis zur Vierunddreißigsten Straße nicht leerer wird hier drin, steigen wir einfach aus.«

Bei der Vierunddreißigsten steigen tatsächlich ein paar Leute aus, und mir ist gleich viel wohler. Und an der Vierzehnten steigen noch ein paar mehr aus. Aber bei der Haltestelle Canal füllt sich der Wagen plötzlich wieder, diesmal mit einer Gruppe Szenekids. Ich verkrieche mich in die hinterste Ecke des Waggons, in die Nähe des Schaffnerabteils, sodass mein Rücken den anderen Fahrgästen zugekehrt ist.

Für die meisten Leute ist es schwer nachzuvollziehen, wie wahnsinnig mich große Menschenmengen auf engem Raum mittlerweile machen. Selbst ich hätte vor drei Jahren noch meine Schwierigkeiten gehabt, das zu verstehen. Aber dieses frühere Ich hatte auch noch nicht die Erfahrung gemacht, wie in einem winzigen Plattenladen in Minneapolis ein Typ mich erkannte und meinen Namen rief. Das war fast so, als würde man Popcornmais dabei zusehen, wie er ins heiße Öl fällt: Erst knallt das erste Maiskorn, dann das nächste, gefolgt von einer wahren Explosion… Schließlich hatten sich die ganzen lässigen Leute in dem Plattenladen in einen Mob verwandelt, der mich umzingelte und mich sogar anfasste. Ich kriegte überhaupt keine Luft mehr. Und bewegen konnte ich mich erst recht nicht mehr.

Das ist echt beschissen, denn eigentlich treffe ich gern Fans, wirklich. Aber wenn man ihnen in einem Haufen begegnet, dann übernimmt der Gruppeninstinkt die Regie, und sie vergessen, dass man auch nur ein Mensch ist: aus Fleisch und Blut, verletzlich und leicht zu ängstigen.

In der Ecke sind wir auf den ersten Blick in Sicherheit. Doch dann begehe ich den tödlichen Fehler, dass ich ein letztes Mal über die Schulter sehe, nur um sicherzugehen, dass mich niemand anstiert. Und in diesem winzigen Bruchteil einer Sekunde geschieht es. Ich begegne dem Blick von jemandem. Und dann kann ich zusehen, wie die Erkenntnis in diesen Augen aufflackert, ähnlich einem Streichholz. Fast schon glaube ich den Geruch nach Schwefel in der Luft zu spüren. Plötzlich spielt sich alles wie in Zeitlupe ab. Erst höre ich es nur. Unnatürlich leise beginnt es. Bis man ein gedämpftes Murmeln vernimmt, schon etwas lauter, während die Neuigkeit sich ausbreitet. Ich höre meinen Namen, der sich in dem lärmenden Zugabteil ausbreitet, eine Art Bühnenflüstern. Ich bemerke, wie Leute sich gegenseitig mit dem Ellbogen anstoßen. Da wird nach Taschen gegriffen, werden Handys hervorgeholt, Kräfte gesammelt, Beine bewegt. Das alles dauert nicht viel länger als ein paar Sekunden, aber für mich sind sie wahnsinnig quälend. Irgendwie erinnert das an den Moment unmittelbar bevor eine vorschnellende Faust ihr Ziel trifft. Ein bärtiger Typ ist kurz davor, von seinem Platz aufzuspringen und den Mund aufzumachen, um meinen Namen zu rufen. Ich weiß, dass er mir nichts Böses will, doch sobald er ihn durch das Abteil gebrüllt hat, wird sich der ganze Waggon auf mich stürzen. Nur noch dreißig Sekunden, dann bricht hier die Hölle los.

Ich packe Mia am Arm und zerre sie weg.

»Aua!«

Schon habe ich die Tür zum nächsten Abteil geöffnet, und wir schlüpfen rüber in den anderen Waggon.

»Was hast du denn vor?«, fragt sie verwirrt und stolpert hinter mir her.

Ich achte nicht auf sie. Ich zerre sie weiter von Waggon zu Waggon, bis der Zug langsamer wird und in einen Bahnhof einfährt, wo ich sie aus der Bahn schleife, raus auf den Bahnsteig, die Treppe hoch, zwei Stufen auf einmal nehmend. Ein Teil meines Gehirns warnt mich ganz leise, dass ich zu überstürzt handle, doch dem anderen Teil ist das egal. Als wir oben auf der Straße sind, schleppe ich Mia noch ein paar Blocks weiter, bis ich absolut sicher bin, dass uns niemand verfolgt. Erst dann halte ich an.

»Willst du uns denn beide umbringen?«, schreit sie.

Ich fühle, wie mich das schlechte Gewissen überkommt. Aber sofort drehe ich den Spieß um und brülle zurück.

»Und was ist mit dir? Willst du, dass ich von einem Mob überfallen werde?«

Ich blicke nach unten und bemerke, dass ich immer noch ihre Hand halte. Mia folgt meinem Blick. Ich lasse sie los.

»Welcher Mob denn bitte, Adam?«, fragt sie nun.

Jetzt spricht sie mit mir, als wäre ich geistesgestört. Genau so redet Aldous immer mit mir, wenn ich eine meiner Panikattacken hab. Aber wenigstens würde Aldous mir niemals vorwerfen, mir irgendwelche Fanattacken nur einzubilden. Dazu hat er das schon viel zu oft selbst miterlebt.

»Mich hat da unten jemand erkannt«, murmele ich und entferne mich dabei von ihr.

Mia zögert kurz, dann rennt sie mir hinterher. »Niemand wusste, dass du das bist.«

Dass sie es nicht geschnallt hat – welch ein *Luxus*, nichts davon mitzukriegen!

»Der ganze Waggon hat mich erkannt.«

»Wovon sprichst du bitte, Adam?«

»*Wovon ich da rede?* Vor meinem Haus schlagen die Fotografen Zelte auf. Seit zwei Jahren kann ich keinen Plattenladen mehr betreten. Ich kann keinen Spaziergang machen, ohne dass ich mich fühle wie ein Reh am ersten Tag der Jagdsaison. Jedes Mal, wenn ich nur erkältet bin, steht in der Klatschpresse, ich würde Koks nehmen.«

Ich sehe sie an im Schatten der nächtlich verlassenen Stadt. Ihr Haar fällt ihr ins Gesicht, und ich weiß genau, dass sie krampfhaft versucht herauszufinden, ob ich jetzt endgültig durchdrehe. Und ich muss gegen den plötzlichen Drang ankämpfen, sie an den Schultern zu packen und sie gegen ein Gebäude mit geschlossenen Jalousien zu drücken, bis das Beben uns beide erfasst hat. Denn ich würde auf einmal gern ihre Knochen klappern hören. Ich möchte spüren, wie ihr weiches Fleisch nachgibt, will hören, wie sie aufstöhnt, wenn meine Hüftknochen sich in sie rammen. Ich will ihren Kopf zurückreißen, damit ihr Hals bloßliegt. Will sie an den Haaren reißen, bis ihr Atem in Stößen kommt. Ich will sie zum Weinen bringen und dann ihre Tränen auflecken. Und dann will ich meinen Mund auf ihren pressen, will ihr all die Dinge übermitteln, die sie nicht versteht.

»Das ist doch alles Schwachsinn! Wo zum Teufel willst du überhaupt mit mir hin?« Das Adrenalin, das in meinen Adern pulsiert, verwandelt meine Stimme in ein Fauchen.

Mia sieht verstört aus. »Ich hab's dir doch gesagt. Ich will dir all meine geheimen New Yorker Lieblingsplätze zeigen.«

»Klar, logo. Ich hab, ehrlich gesagt, genug von Geheimnissen. Also würdest du mir bitte verraten, wohin wir gehen? Ist das denn zu viel verlangt?«

»Himmel, Adam, seit wann bist du denn ein solcher …«

Egoist? Arsch? Narzisst? Mir würden Millionen von Wörtern einfallen, mit denen sich die Leerstelle füllen ließe. Ich habe sie alle schon zu hören bekommen.

»… Typ?«, vervollständigt Mia ihren Satz.

Fast hätte ich losgelacht. *Typ?* Etwas Besseres ist ihr nicht eingefallen? Erinnert mich irgendwie an diese Geschichte, die meine Eltern über mich erzählen, dass ich als kleines Kind, wenn ich sauer wurde, mich immer fürchterlich aufregte und sie dann beschimpfte mit den Worten »Ihr, ihr, ihr … *Nasen*!«, als wäre dies das schlimmste Schimpfwort der Welt.

Aber ich erinnere mich auch noch an etwas anderes, an ein Gespräch, das ich einmal spät in der Nacht mit Mia führte. Sie und Kim teilten immer alles in gegensätzliche Kategorien ein, und Mia erfand immer wieder neue. Eines Tages meinte sie, sie hätte beschlossen, dass mein Geschlecht sich in zwei gleiche Teile spalte – Männer und Typen. Im Grunde waren demnach alle Heiligen dieser Welt Männer. Und die Wichser, die Aufreißer, die Kerle, die auf Wet-T-Shirt-Contests standen? Sie waren die Typen. Damals zählte ich noch zur Kategorie Männer.

Und jetzt bin ich also plötzlich ein Typ? Ein Typ! Ich lass mir doch tatsächlich kurz anmerken, dass ich verletzt bin. Mia sieht mich verwirrt an, doch sie scheint sich an nichts zu erinnern.

Wer auch immer behauptet, dass die Vergangenheit *nicht* tot sei, der hat es genau falsch verstanden. Die Zukunft ist es, die bereits tot ist, bereits feststeht. Dieser ganze Abend war ein riesiger Fehler. Deswegen lässt sich die Zeit auch nicht mehr zurückdrehen. Und der Abend macht die Fehler, die ich begangen habe, nicht wieder ungeschehen. Geschweige denn die Versprechen, die ich gegeben habe. Und ich kriege sie, Mia, auch nicht zurück. Genauso wenig, wie sie mich zurück*will.*

In Mias Gesicht geht eine Veränderung vor. Irgendwie scheint sie sich plötzlich an unser Gespräch von damals zu erinnern. Denn nun versucht sie sich zu verteidigen, dafür, dass sie mich einen Typen genannt hat. Weil Typen immer vorher schon über einen Plan Bescheid wissen wollen, die Richtung kennen müssen, in die es geht. Und dass sie mich mit auf die Staten-Island-Fähre nehmen will, was ja nicht wirklich ein Geheimnis ist, aber doch etwas, was die wenigsten Bewohner von Manhattan jemals tun, was im Grunde eine Schande ist, weil man doch von der Freiheitsstatue aus so eine grandiose Sicht hat. Und außerdem ist die Fahrt mit der Fähre umsonst, und was ist in New York schon noch umsonst? Aber wenn ich Angst vor Menschenmassen habe, dann könnten wir es auch gern vergessen, obwohl wir uns die Sache genauso gut einfach mal ansehen könnten, und wenn die Fähre dann nicht ganz leer ist – und sie ist sich ziemlich sicher, dass sie das zu dieser nächtlichen Stunde so sein wird –, dann könnten wir immer noch aussteigen, bevor sie ablegt.

Und ich habe keine Ahnung, ob sie sich wirklich an dieses Gespräch über den Unterschied zwischen Mann und Typ erinnert, doch irgendwie tut es auch nichts mehr zur Sache. Denn sie hat vollkommen recht. Ich *bin* mittlerweile ein richtiger Typ. Und ich kann auch ganz genau sagen, in welcher Nacht die Verwandlung stattfand.

13

Bald tauchten die ersten Groupies auf. Vielleicht waren sie auch schon immer da gewesen, und mir war das bloß nicht aufgefallen. Doch sobald wir auf Tour gingen, schwirrten sie um uns herum wie Kolibris, die ihre Schnäbel in die Blumen des Frühlings tauchen.

Nachdem wir beim Label unterschrieben hatten, beeilten wir uns, Aldous als Manager zu engagieren. *Collateral Damage* sollte im September rauskommen, und das Label plante eine kleinere Tour für den späten Herbst, doch Aldous hatte da andere Vorstellungen.

»Ihr müsst wieder auf die Füße kommen«, meinte er, als wir mit dem Mischen des Albums fertig waren. »Ihr müsst wieder auf Tour gehen.«

Deshalb hat Aldous gleich zehn Auftritte für die Zeit unmittelbar nach Erscheinen des Albums organisiert, einmal die Westküste rauf und runter durch Clubs, in denen wir früher schon gespielt hatten. Damit wir an unsere früheren Erfolge bei den Fans anknüpfen konnten – beziehungsweise, um sie daran zu erinnern, dass es uns immer noch gab –, und damit wir wieder Übung darin bekamen, vor Publikum zu spielen.

Die vom Label mieteten uns einen netten kleinen Econoline-Transporter, der mit einer Schlafkoje hinten drin ausgestattet war, inklusive Anhänger, damit wir unser Equipment transportieren konnten. Als wir aufbrachen, fühlte sich das nicht viel anders an als früher.

Und trotzdem war es vollkommen anders.

Zum einen wurde die Single »Animate«, aus welchem Grund auch immer, sofort zum Hit. Im Verlauf der zweiwöchigen Tour kletterte sie immer höher, und das machte sich von Auftritt zu Auftritt immer mehr bemerkbar. Erst waren die Gigs gut besucht, dann voll und irgendwann ausverkauft, und am Ende standen die Leute bis um die nächste Ecke Schlange nach Karten. Schließlich mussten sogar Sicherheitskräfte einschreiten. Und das alles passierte innerhalb von nur zwei Wochen.

Und diese ganze Energie! Es war wie Starkstrom, so als wüsste jeder Anwesende, dass wir kurz vor dem Durchbruch standen, und sie alle wollten dabei sein, wollten Teil unserer Geschichte werden. Es schien fast so, als teilten wir alle dieses Geheimnis. Vielleicht liegt es daran, dass das die besten, energiegeladensten, rockigsten Shows waren, die wir je gespielt hatten – mit haufenweise Stagedivern und Leuten, die bei den Songs mitgrölten, obwohl die Wenigsten unser neues Zeug je gehört hatten. Und ich fühlte mich ziemlich gut, irgendwie bestätigt, denn auch wenn es in erster Linie nur ein Haufen Glück gewesen ist, dass es so gekommen war, hatte *ich* es der Band dieses Mal nicht vermasselt.

Die Groupies waren irgendwie Teil dieser Welle, gehörten dazu zum kontinuierlichen Anwachsen unserer Fangemeinde. Zu Beginn sah ich sie gar nicht so sehr als Groupies, weil ich ein paar von den Mädchen aus der Szene bereits flüchtig kannte. Doch wo sie mir gegenüber früher nur nett gewesen waren, da flirteten sie jetzt schamlos mit mir. Nach einer unserer ersten Shows in San Francisco kam dieses Szenegirl namens Viv, das ich schon seit einigen Jahren kannte, zu uns in den Backstage-Bereich. Sie hatte glänzendes schwarzes Haar und drahtige Oberarme, über die sich eine Reihe von Tätowierungen zog. Sie umarmte mich ganz fest und gab mir dann einen Kuss auf den Mund. Die ganze Nacht wich sie mir nicht mehr von der Seite, während ihre Hand auf meinem Rücken ruhte.

Zu diesem Zeitpunkt war ich schon über ein Jahr außer Gefecht gewesen. Mia und ich … nun, sie war ja im Krankenhaus, dann in der Reha, und selbst wenn sie nicht über und über voller Narben, Gipsverbände und Druckbandagen gewesen wäre, war es einfach unmöglich. All diese Fantasien von wegen sexy Krankenwaschungen mit dem Schwamm – alles ein Witz. Es gibt keinen Ort, an dem es weniger wahrscheinlich ist, dass einen ein anderer Mensch antörnt, als im Krankenhaus. Der Geruch allein ist abstoßend, es riecht nach Verwesung – das genaue Gegenteil von Lust also.

Als Mia nach Hause kam, zog sie in ein Zimmer im Erdgeschoss, das früher das Nähzimmer ihrer Großmutter gewesen war und in dem nun Mia schlafen sollte. Ich schlief auf einer Couch im nahen Wohnzimmer. Es gab einige Zimmer im oberen Stockwerk, die leer standen, doch Mia, die immer noch mit Krücken gehen musste, schaffte die Treppe nicht, und ich wollte auch nicht so weit von ihr weg sein.

Obwohl ich Nacht für Nacht bei Mia verbrachte, war ich nie offiziell aus dem House of Rock ausgezogen, und eines Nachts, ein paar Monate, nachdem Mia zu ihren Großeltern gezogen war, hatte sie vorgeschlagen, dass wir doch dorthin gehen sollten. Nach einem gemeinsamen Abendessen mit Liz und Sarah hatte Mia mich hoch in mein Zimmer gezerrt. Und sobald die Tür hinter uns ins Schloss gefallen war, stürzte sie sich auf mich und küsste mich mit offenem Mund, so als würde sie mich als Ganzes verschlingen wollen. Erst war ich verblüfft, ja geradezu entsetzt angesichts dieser plötzlichen Leidenschaft, und ich machte mir Sorgen, dass ich ihr wehtun könnte. Außerdem wollte ich nicht unbedingt die wulstige rote Narbe oder die Stelle an ihrem Oberschenkel sehen, an der man ihr das Transplantat entnommen hatte, und um keinen Preis wollte ich die schlangenähnliche Narbe an ihrem anderen Bein berühren, obwohl sie die ständig unter einem Druckverband verborgen hielt.

Doch als sie mich küsste, reagierte mein Körper wider Erwarten auf sie, und dann raubte es mir regelrecht den Verstand. Wir legten uns auf meinen Futon. Aber kaum hatten wir so richtig losgelegt, da fing sie an zu heulen. Ich konnte es erst nicht so genau sagen, weil die kleinen Schluchzer ganz ähnlich klangen wie das Stöhnen, das sie kurz vorher noch von sich gegeben hatte. Aber schon bald waren sie heftiger geworden, und etwas Fürchterliches, Animalisches drang tief aus ihrem Inneren an die Oberfläche. Ich fragte sie, ob ich ihr wehgetan hätte, aber sie meinte, daran läge es nicht, und bat mich, das Zimmer zu verlassen. Als sie dann vollständig bekleidet herauskam, meinte sie, sie wolle nach Hause.

Nach diesem Ereignis hat sie es noch einmal mit mir versucht. Es war eine Sommernacht, ein paar Wochen, bevor sie zur Juilliard aufbrechen sollte. Ihre Großeltern waren zu Mias Tante Diane gefahren; deshalb hatten wir das Haus diese Nacht ganz für uns allein, und Mia hatte vorgeschlagen, in einem der oberen Zimmer zu schlafen, da die Treppen inzwischen kein Problem mehr für sie darstellten. Es war an diesem Tag ziemlich heiß gewesen. Wir öffneten die Fenster und rissen die alte Tagesdecke herunter und schlüpften unter die Decke. Ich weiß noch, wie peinlich es mir war, das Bett nach so langer Zeit mit ihr zu teilen. Deshalb habe ich mir ein Buch geschnappt und für Mia ein paar Kissen zurechtgelegt, auf die sie ihr Bein legen konnte, wie sie das nachts gern tat.

»Ich will doch noch nicht schlafen«, sagte sie und ließ einen Finger über meinen nackten Arm gleiten.

Sie beugte sich zu mir, um mich zu küssen. Nicht der übliche kleine Schmatz auf die Lippen, sondern ein tiefer, inniger, forschender Kuss. Ich fing an, sie zurückzuküssen. Doch dann fiel mir plötzlich diese Nacht im House of Rock wieder ein, ihr animalisches Heulen, der verängstigte Blick, als sie aus dem Schlafzimmer gekommen war. Auf keinen Fall wollte ich, dass sie das noch einmal durchmachen musste. Und auch *ich* wollte so etwas nicht noch einmal erleben.

In jener Nacht in San Francisco aber, als Vivs Hand meinen Rücken entlangstrich, war ich absolut bereit dafür. Ich verbrachte die Nacht in ihrem Apartment, und am nächsten Morgen begleitete sie mich zum Frühstück mit der Band, ehe wir zu unserem nächsten Tourstopp aufbrachen. »Ruf mich doch an, wenn du wieder in der Stadt bist«, flüsterte sie mir zum Abschied ins Ohr.

»Na, wieder im Sattel, Alter?«, meinte Fitzy und hielt mir die Hand zum Abklatschen hin, während wir den Wagen Richtung Süden lenkten.

»Ja, Gratulation«, sagte auch Liz ein bisschen traurig. »Aber reit nicht zu sehr drauf rum.« Sarah hatte erst kürzlich ihren Abschluss in Jura gemacht und arbeitete nun für eine Menschenrechtsorganisation. Vorbei die Zeiten, in denen sie alles stehen und liegen lassen konnte, um Liz spielen zu sehen.

»Bloß weil du und Mikey liiert seid, braucht ihr uns nichts vorzuheulen«, meinte Fitzy. »Auf Tour heißt es Spaß haben, hab ich recht, Wilde Man?«

»Wilde Man?«, fragte Liz nach. »So läuft das jetzt also?«

»Nein«, protestierte ich.

»Hey, aber wenn der Name doch so gut passt…«, sagte Fitzy. »Echt gut, dass ich noch schnell in den Supermarkt bin und 'ne Packung Kondome gekauft habe, bevor wir los sind.«

In L.A. wartete bereits das nächste Mädchen auf mich. Und in San Diego wieder eine andere. Aber nichts von alldem schien mir daneben. Ellie, das Mädchen in L.A., war eine alte Freundin von mir, und Laina, die in San Diego, war Studentin im Abschlussjahr – klug und sexy und viel älter als ich. Niemand konnte sich vormachen, dass eine dieser kurzen Affären zu einer Megaromanze hätte führen können.

Bei unserem vorletzten Gig traf ich ein Mädchen, dessen Namen ich leider nicht mitgekriegt hatte. Sie war mir von der Bühne aus aufgefallen. Sie hatte mich den ganzen Auftritt über angestarrt, und sie hörte nicht auf, mich anzustarren. Das brachte mich irgendwie durcheinander, machte mich aber zugleich an. Ich muss schon sagen, sie zog mich regelrecht mit ihrem Blick aus. Da wäre jeder Mann scharf geworden und hätte sich großartig gefühlt, und es war echt ein verdammt gutes Gefühl, endlich mal wieder so offensichtlich gewollt zu werden.

Nach dieser Show schmissen die vom Label eine CD-Veröffentlichungsparty, auf die man nur mit persönlicher Einladung kam. Ich hatte nicht erwartet, sie dort zu treffen. Aber nach ein paar Stunden war sie plötzlich da und kam auf mich zu in einem Outfit, das halb nach Nutte, halb nach Supermodel aussah: ein superkurzer Rock und Stiefel, die locker als Angriffswaffen hätten durchgehen können.

Sie marschierte direkt auf mich zu und verkündete ziemlich laut und deutlich: »Ich bin den ganzen weiten Weg aus England gekommen, um mit dir zu ficken.« Und mit diesen Worten schnappte sie sich meine Hand und führte mich zur Tür raus bis in ihr Hotelzimmer.

Der Morgen danach war so unangenehm wie noch keiner zuvor. Beschämt stolperte ich ins Badezimmer, zog mich blitzschnell an und versuchte mich rauszuschleichen, aber da war sie schon, fertig angezogen und zum Aufbruch bereit. »Was hast du denn vor?«, fragte ich sie.

»Ich komme mit dir«, meinte sie, so als wäre das selbstverständlich.

»Wohin willst du mit mir kommen?«

»Nach Portland, mein Liebster.«

In Portland sollten wir den letzten Auftritt haben, und es war zugleich eine Art Heimkehr, da wir inzwischen allesamt dort wohnten, wenn auch nicht mehr in einem gemeinsamen House of Rock. Liz und Sarah suchten sich gerade eine eigene Bleibe. Mike zog soeben mit seiner Freundin zusammen. Und Fitzy und ich hatten uns gemeinsam ein Haus gemietet. Doch wir lebten alle noch in derselben Gegend, in Gehweite voneinander und ganz nah bei dem Übungsraum, den wir gemietet hatten.

»Wir haben nur einen Van, keinen Tourbus«, erklärte ich ihr und sah auf meine Chucks hinunter. »Und das ist die letzte Show in Portland, da sind fast nur Freunde und Familie. Du solltest besser nicht dabei sein.« *Und ich bin außerdem nicht dein Liebster.*

Sie runzelte die Stirn, und ich schlich mich zur Tür raus in der Annahme, das sei's gewesen. Als ich allerdings in Portland zum Soundcheck auftauchte, wartete sie dort bereits auf mich im Satyricon. Ich bat sie, zu verschwinden, und zwar ganz und gar nicht höflich. Es war eher so was wie: *Für so etwas gibt es einen Namen: Man nennt das Stalking.* Ich war ein richtiger Arsch, ich weiß, aber ich war hundemüde. Ich hatte sie ja gebeten, nicht zu kommen. Außerdem machte sie mir richtig Angst. Aber nicht nur sie. Vier Mädchen in zwei Wochen, das war zu viel für mich. Ich musste endlich mal wieder allein sein.

»Verpiss dich, Adam. Du bist ja nicht mal ein richtiger Rockstar, also benimm dich nicht wie ein aufgeblasener Egofucker. Außerdem – so gut warst du nun auch wieder nicht.« Und das schrie sie so laut, dass alle es hören konnten.

Also ließ ich sie von den Roadies rauswerfen. Auf dem Weg nach draußen rief sie mir noch Beleidigungen zu, über mich, über meine sexuellen Leistungen, über mein Ego.

»Wilde Man, in der Tat«, sagte Liz und zog eine Augenbraue hoch.

»Na klar«, erwiderte ich, doch ich fühlte mich wie das genaue Gegenteil und wollte mich am liebsten rausschleichen und irgendwo verstecken. Ich wusste es zu dem Zeitpunkt noch nicht, aber das sollte der vorherrschende Gemütszustand in den kommenden fünf Monaten werden, in denen uns eine ausverkaufte Tour mit unzähligen Groupies bevorstand. Und wenn man bedenkt, wie gern ich mich vor aller Welt zurückzog, dann würde man wohl erwarten, dass ich die Finger von den ständigen verpflichtungsfreien Angeboten gelassen hätte. Doch nach den Shows war ich ungern allein. Ich hatte ein Verlangen nach nackter Haut, nach dem Geschmack von Schweiß. Wenn es schon nicht *sie* sein konnte, nun, dann musste es halt eine andere tun … zumindest für ein paar Stunden. Doch eine wichtige Lektion hatte ich gelernt – ich würde niemanden mehr bei mir übernachten lassen.

In jener Nacht also habe ich mich wahrscheinlich das erste Mal in einen sogenannten *Typen* verwandelt. Und es sollte nicht das letzte Mal gewesen sein.

14

Der Schwarze Mann schläft auf deiner Bettseite
Und flüstert mir ins Ohr: »Besser tot.«
Er füllt meine Träume mit Sirenen und Lichtern der Reue,
küsst mich sacht, wenn ich schweißnass erwach.

»Boo!«, *Collateral Damage*, Song Nummer 3

Trotz allem gehe ich also mit Mia zur Fähre. Was soll ich denn sonst tun? Soll ich einen Aufstand machen, weil sie sich nicht Wort für Wort an jedes Gespräch erinnert, das wir je geführt haben? Man nennt so was *die Vergangenheit hinter sich lassen.*

Und sie hatte recht: Auf der Fähre ist nichts los. Um halb fünf Uhr morgens wollen nicht viele Leute rüber nach Staten Island. In der Lounge unten hängen vielleicht ein Dutzend Leute rum. Drei Nachtschwärmer haben sich auf einer Bank ausgebreitet und lassen den Abend Revue passieren, doch als wir an ihnen vorbeigehen, hebt eins der Mädchen den Kopf und starrt mir ins Gesicht. Dann fragt sie ihren Freund: »Alter, ist das da nicht Adam Wilde?«

Ihr Freund lacht. »Klar. Und neben ihm Britney Spears. Warum um Himmels willen sollte Adam Wilde hier auf der Fähre nach Staten Island sein?«

Tja, das frage ich mich auch.

Mia hat aber offensichtlich Spaß an der Sache, und schließlich ist das ihre Abschiedstour durch New York, auch wenn sie gar nicht wirklich weggeht. Also folge ich ihr die Treppen hoch und zur Reling vorn am Bug.

Als wir ablegen und uns von New York entfernen, wird die Skyline hinter uns immer kleiner; der Hudson öffnet sich nach und nach auf der einen Seite und der Hafen auf der anderen. Hier draußen auf dem Wasser ist es friedlich und still, abgesehen von ein paar Möwen, die uns in der Hoffnung, Futter zu bekommen, kreischend verfolgen. Zumindest nehme ich das an, oder aber sie freuen sich einfach über die nächtlichen Besucher. Und unwillkürlich fange ich an, mich zu entspannen.

Nach ein paar Minuten haben wir die Freiheitsstatue erreicht. Sie ist hell erleuchtet in der Nacht, und auch ihre Fackel strahlt, als wäre wirklich eine richtige Flamme da drinnen, mit der sie die Völkerscharen willkommen heißt. *Hey, Lady, hier bin ich.*

Ich bin noch nie bei der Freiheitsstatue gewesen. Zu viele Menschen. Aldous hat mich mal auf eine private Tour mit dem Heli eingeladen, aber ich steige in keinen Hubschrauber. Jetzt aber, da ich sie so sehe, verstehe ich plötzlich, wieso dieser Ort auf Mias Liste steht. Auf Bildern sieht sie immer ein bisschen grimmig und verbissen aus. Doch aus der Nähe wirkt sie viel sanfter. Sie hat einen geheimnisvollen Ausdruck im Gesicht, so als wüsste sie etwas, wovon wir anderen nichts ahnen.

»Du lächelst ja«, meint Mia zu mir.

Und erst da fällt mir auf, dass ich das wahrhaftig tue. Vielleicht liegt es daran, dass ich plötzlich das Gefühl habe, etwas tun zu können, das ich bisher für ein Ding der Unmöglichkeit hielt. Oder der Gesichtsausdruck der Statue ist schlichtweg ansteckend.

»Sie ist schön«, meint Mia. »War lange nicht mehr hier.«

»Schon witzig«, erwidere ich, »ich habe gerade über sie nachgedacht.« Ich zeige auf die Statue. »Es kommt einem so vor, als trage sie irgendein Geheimnis in sich. Das Geheimnis des Lebens.«

Mia sieht auf. »Ja. Ich weiß, was du meinst.«

Ich lasse die Luft zwischen meinen Lippen entweichen. »*Ich* könnte dieses Geheimnis ziemlich gut brauchen.«

Mia lässt den Kopf über die Reling hängen. »Echt? Dann frag sie doch danach.«

»Ich soll sie fragen?«

»Na, sie steht direkt vor uns. Und außer uns ist niemand hier. Keine Scharen von Touristen, die um ihre Füße herumwuseln wie winzige Ameisen. Frag sie nach ihrem Geheimnis.«

»Nein, mach ich nicht.«

»Willst du, dass ich es tue? Könnte ich schon, aber es ist doch *deine* Frage.«

»Redest du öfter mit Statuen?«

»Ja. Und mit Tauben. Also, was ist? Fragst du sie?«

Ich sehe Mia an. Sie hat die Arme vor der Brust verschränkt und wirkt ein wenig ungeduldig. Ich drehe mich zurück zum Geländer. »Ähm. Statue? Oh höre mich, Freiheitsstatue«, rufe ich zaghaft in die Stille hinein. Da ist niemand außer uns, und trotzdem ist mir das alles furchtbar peinlich.

»Lauter«, drängt Mia mich.

Zum Teufel! »Hey, Freiheitsstatue«, rufe ich, diesmal lauter, »was ist dein Geheimnis?«

Wir sperren gespannt die Ohren auf und lauschen, als würden wir erwarten, dass ohne Umschweife eine Antwort über das Wasser zu uns dringt.

»Was hat sie gesagt?«, fragt Mia.

»Freiheit.«

»Freiheit«, wiederholt Mia und nickt zustimmend. »Nein, warte, ich glaube, da war noch mehr. Warte kurz.« Sie beugt sich über die Reling, und ihre Augen werden groß. »Hmm. Hmm. Aha.« Sie wendet sich mir zu. »Offensichtlich trägt sie keine Unterwäsche unter ihrem Gewand, und bei der starken Brise hier verspürt sie ein leichtes Frösteln.«

»Aha. Fräulein Freiheit trägt also keine Unterwäsche«, sage ich. »Das ist ja so typisch für diese Französinnen.«

Mia lacht sich über diesen Kommentar kaputt. »Meinst du, sie schockiert manchmal Touristen damit, dass sie ihren Rock hebt?«

»Auf keinen Fall! Was meinst du wohl, warum sie diesen verschlossenen Ausdruck im Gesicht trägt? All diese republikanischen Puritaner, von denen Bootsladungen voll hierherkommen, die würden doch nie im Leben erwarten, dass ihre gute alte Freiheitsstatue kein Höschen anhaben könnte. Vielleicht ist sie da unten ja sogar rasiert.«

»Das will ich mir jetzt gar nicht bildlich vorstellen«, stöhnt Mia. »Und darf ich dich daran erinnern, dass wir selbst aus einem republikanischen Bundesstaat stammen? Zumindest irgendwie.«

»Oregon ist ein gemischter Staat«, erwidere ich. »Wir haben die Rednecks im Osten und die Hippies im Westen.«

»Wo wir gerade von Hippies und Leuten ohne Unterwäsche reden …«

»Oh nein. Das will *ich* mir jetzt wiederum nicht vorstellen.«

»Der Oben-ohne-Tag!«, kräht Mia. Sie meint ein Überbleibsel aus den Sechzigern in unserer Heimatstadt. Einmal im Jahr läuft ein Haufen Frauen einen ganzen Tag lang barbusig durch die Gegend, um dagegen zu protestieren, dass Männer problemlos ohne Hemd rumlaufen dürfen, Frauen aber nicht. Sie machen das im Sommer, und da kriegt man immer eine Menge ältere runzelige Haut zu sehen. Mias Mom hat öfter damit gedroht, da mitzumachen, doch ihr Mann lud sie dann jedes Mal zum Abendessen in ein schickes Restaurant ein, um sie davon abzubringen.

»›Finger weg von unseren BHs‹«, zitiert Mia einen der dämlichen Slogans dieser Bewegung, wobei sie sich vor Lachen biegt. »Das ergibt doch keinen Sinn. Wenn man schon barbusig rumläuft, was redet man denn dann von BHs?«

»Sinn? Das war doch die Idee von irgendwelchen bekifften Hippies. Und da suchst du nach einem logischen Zusammenhang?«

»Oben-ohne-Tag«, sagt Mia noch einmal und wischt sich die Tränen aus den Augenwinkeln. »Unser gutes altes Oregon! Das ist ja eine Ewigkeit her.«

Und das ist es tatsächlich. Deshalb hätte sich diese Bemerkung auch nicht wie eine Ohrfeige anfühlen dürfen, aber es ist nun mal so. »Wie kommt es, dass du nie dorthin zurück bist?«, frage ich sie. Ich will ja nicht unbedingt eine Erklärung dafür, weshalb sie *Oregon* verlassen hat, aber es erscheint mir sicherer, mich selbst hinter der grünen Kulisse unseres Landes zu verstecken.

»Weshalb hätte ich zurückkommen sollen?«, meint Mia und hält ihren Blick starr auf das Wasser gerichtet.

»Keine Ahnung. Wegen der Leute vielleicht.«

»Aber die Leute können doch alle hierher zu Besuch kommen.«

»Damit du sie besuchen kannst. Deine Familie. Auf dem …«
Ach du Scheiße, was red ich denn da?

»Du meinst: auf dem Friedhof?«

Ich nicke nur.

»Wenn ich ehrlich bin, sind sie der Grund dafür, dass ich nicht zurückkomme.«

Ich nicke wieder. »Zu schmerzhaft.«

Mia lacht. Ein echtes, ehrliches Lachen, etwas, das ich wohl ebenso wenig erwartet hätte wie das Hupen eines Autos mitten im Regenwald. »Nein, so ist es ganz und gar nicht.« Sie schüttelt den Kopf. »Glaubst du denn allen Ernstes, dass der Ort, an dem du begraben bist, irgendetwas damit zu tun hat, wo deine Seele lebt?«

Wo die Seele lebt?

»Willst du wissen, wo die Seelen meiner Eltern wohnen?«

Plötzlich kommt es mir so vor, als würde ich mich mit einem Geist unterhalten. Dem Geist der rationalen Mia.

»Sie sind hier drin«, sagt sie und tippt sich an die Brust. »Und hier«, fügt sie hinzu, wobei sie ihre Schläfen berührt. »Ich höre sie die ganze Zeit.«

Ich weiß nicht, was ich darauf erwidern soll. Haben wir uns nicht noch vor zwei Minuten über diese ganzen New-Age-Hippies bei uns daheim lustig gemacht?

Aber Mia ist jetzt vollkommen ernst. Sie legt die Stirn in tiefe Falten und dreht sich weg. »Egal, vergiss es.«

»Quatsch. Mir tut es leid.«

»Nein, ich hab schon verstanden. Ich klinge ja wie eine ausgeflippte Umweltaktivistin.«

»Äh, wenn ich ehrlich bin, klingst du eher wie deine Gran.«

Sie starrt mich an. »Wenn ich weiterrede, rufst du wahrscheinlich die Typen mit den Zwangsjacken.«

»Ich hab doch mein Handy im Hotel liegen lassen.«

»Ach ja, klar.«

»Außerdem befinden wir uns hier auf einem Schiff.«

»Gutes Argument.«

»Und wenn die zufällig doch auftauchen sollten, dann melde ich mich freiwillig. Also, erzähl schon, verfolgen sie dich, die Stimmen?«

Sie holt tief Luft, und ihre Schultern sacken nach vorn, so als wäre eine schwere Last von ihnen gefallen. Sie bugsiert mich rüber zu einer der leeren Sitzbänke. Ich nehme neben ihr Platz. »›Verfolgen‹ ist nicht das richtige Wort. Das klingt negativ, so als wären sie mir nicht willkommen. Aber ich höre sie. Die ganze Zeit.«

»Oh.«

»Und ich höre nicht nur ihre Stimmen wie eine Art Echo einer Erinnerung«, fährt sie fort. »Ich kann hören, wie sie mit mir reden. Und zwar hier und jetzt. In echt. Über mein aktuelles Leben.«

Ich muss sie komisch angesehen haben, denn jetzt wird sie rot im Gesicht. »Ich weiß. Ich höre die Stimmen der Toten. Aber es ist nicht so, wie du vielleicht denkst. Wie diese verrückte Obdachlose – erinnerst du dich? –, die sich immer auf dem College-Campus rumgetrieben und behauptet hat, sie höre Stimmen, die per Funk Botschaften an ihren Einkaufswagen übermittelten?« Ich nicke. Mia sagt eine Weile nichts.

»Zumindest *denke* ich nicht, dass es vergleichbar ist«, meint sie. »Aber vielleicht ist es das ja doch. Vielleicht bin ich ja verrückt, und ich weiß es bloß nicht, weil man ja selbst nie mitkriegt, wenn man durchdreht. Ist doch so, oder? Aber ich höre sie *wirklich*. Ob das jetzt irgendeine himmlische Macht ist, wie Gran annimmt, und sie vom Himmel aus einen direkten Draht zu mir haben, oder ob es einfach so ist, dass ich ihre Stimmen in mir abgespeichert habe, kann ich nicht sagen. Keine Ahnung, ob das überhaupt wichtig ist. Was zählt, ist, dass sie bei mir sind. Die ganze Zeit. Mir ist klar, dass ich klinge wie eine Verrückte. Manchmal führe ich sogar Selbstgespräche, aber wenn ich das tue, dann rede ich mit Mom darüber, welchen Rock ich mir kaufen soll, oder mit Dad darüber, dass ich nervös bin wegen eines Auftritts, oder mit Teddy über einen Film, den ich mir angeschaut habe. Und dann kann ich ihre Antworten hören. So als wären sie tatsächlich bei mir. So als wären sie nie wirklich verschwunden. Und was echt komisch ist: In Oregon konnte ich sie nicht hören. Nach dem Unfall war es fast so, als würden ihre Stimmen verblassen. Ich dachte schon, ich würde mich irgendwann nicht mehr erinnern können, wie ihre Stimmen klingen. Aber als ich dann weg bin, konnte ich sie wieder deutlich hören. Und aus dem Grund will ich nicht zurück. Zumindest ist das einer der Gründe. Ich hab einfach Angst, dass ich den Funkkontakt verliere, sozusagen.«

»Kannst du sie in diesem Moment hören?«

Sie hält kurz inne, lauscht, dann nickt sie.

»Und, was sagen sie?«

»Sie sagen, wie schön es ist, dich zu sehen, Adam.«

Ich weiß, dass sie einen Witz macht, aber der Gedanke, sie

können mich vielleicht sehen, mich beobachten, wissen, was ich die vergangenen drei Jahre so gemacht habe, das jagt mir trotz der warmen Nacht einen kalten Schauer über den Rücken.

Mia bemerkt das, senkt den Blick. »Ich weiß, dass das verrückt klingt. Deswegen hab ich ja nie mit jemandem darüber gesprochen. Nicht mit Ernesto. Und noch nicht mal mit Kim.«

Nein, will ich protestieren. Du verstehst das falsch. Ich denke an all die Stimmen, die durch meinen Kopf schwirren, Stimmen, die meiner Meinung nach nur zu älteren beziehungsweise jüngeren oder *besseren* Versionen meiner selbst gehören können. Es gab Zeiten – Zeiten, in denen alles ziemlich düster aussah –, da habe ich tatsächlich versucht, *sie* heraufzubeschwören, *sie* um eine Antwort gebeten, aber immer vergebens. Ich habe nur mich gehört. Wenn ich ihre Stimme hören will, muss ich mich auf meine Erinnerungen verlassen. Wenigstens habe ich von denen reichlich.

Ich kann mir nicht vorstellen, wie es wäre, wenn sie mir in meinem Kopf die ganze Zeit Gesellschaft leisten würde – wäre gewiss beruhigend gewesen. Und dass sie die ganze Zeit mit *ihnen* in Kontakt war, macht mich glücklich. Außerdem verstehe ich jetzt, weshalb sie die Vernünftigere von uns beiden zu sein scheint.

15

Ich bin überzeugt, dass, wenn in Oregon ein Baby zur Welt kommt, es das Krankenhaus mit einer Geburtsurkunde und mit einem winzigen kleinen Schlafsack verlässt. Denn jeder, der in diesem Staat lebt, steht total auf Camping. Die linken Hippies wie die konservativen Rednecks gleichermaßen. Jäger wie Tierschützer. Reiche Leute. Arme Leute. Sogar Rockmusiker. Ja, *gerade* Rockmusiker. Unsere Band hat die Kunst des hohen Punkrock-Campings tatsächlich bis zur Perfektion getrieben, indem wir einfach irgendwelchen Müll in den Van schmissen und losdüsten, irgendwo in die Berge, wo wir dann Bier tranken, unser Essen verkohlen ließen, um ein Lagerfeuer herumsaßen und ein bisschen auf unseren Instrumenten herumklimperten und dann unter freiem Himmel pennten. Manchmal, wenn wir auf Tour waren, in der frühen, schwierigen Anfangsphase, da haben wir sogar gecampt, wenn wir nicht schon wieder in irgendeiner Rock-'n'-Roll-Absteige übernachten wollten, die voller Leute und voller Kakerlaken war.

Ich weiß nicht, ob es daran liegt, dass, egal wo man wohnt, die Wildnis nie besonders weit ist, aber in Oregon scheint jedenfalls so gut wie jeder auf Campen zu stehen.

Das heißt, jeder außer Mia Hall.

»Ich schlafe nur in Betten«, hatte Mia erwidert, als ich sie das erste Mal auf ein Campingwochenende einlud. Woraufhin ich vorschlug, dass wir ja eine Luftmatratze für sie mitnehmen könnten. Sie hatte sich trotzdem geweigert. Kat hatte zufällig mitbekommen, wie ich versuchte, Mia zu überreden, und hatte angefangen zu lachen.

»Na, dann viel Glück, Adam«, meinte sie. »Denny und ich sind mit Mia mal campen gegangen, als sie noch ein Baby war. Wir hatten geplant, eine ganze Woche an der Küste zu verbringen, doch sie hat zwei Tage lang nur gebrüllt, bis wir aufgaben und nach Hause fuhren. Sie reagiert allergisch aufs Campen.«

»Das stimmt«, bestätigte Mia.

»Ich komm mit«, schlug Teddy vor. »Ich darf immer nur hinten im Garten zelten.«

»Gramps zeltet doch jeden Monat mit dir«, erwiderte Denny. »Und ich auch. Du hast bloß noch nie mit deiner ganzen Familie gecampt.« Er warf Mia einen vorwurfsvollen Blick zu. Doch sie verdrehte nur die Augen.

Deshalb war ich auch verblüfft, als Mia sich einverstanden erklärte, mit mir campen zu gehen. Es war im Sommer vor ihrem letzten Jahr an der Highschool und vor meinem ersten Jahr am College. Wir hatten uns in der Zeit davor kaum gesehen. Die Sache mit der Band begann langsam abzugehen, deswegen war ich den Großteil des Sommers auf Tour, und Mia hatte erst an diesem Musik-Camp teilgenommen und dann noch Verwandte besucht. Sie muss mich echt vermisst haben. Das war die einzige Erklärung, die ich dafür fand, dass sie nachgab.

Aber natürlich konnte ich ihr nicht die Punkrock-Version zumuten. Deshalb borgte ich mir ein Zelt. Und eine von diesen Isomatten zum Draufliegen. Und ich hab eine ganze Kühltasche voll mit Essen mitgenommen. Ich wollte, dass alles perfekt ist. Obwohl, wenn ich ehrlich sein soll, war mir nicht so ganz klar, warum Mia überhaupt so eine Abneigung gegen das Campen hatte – sie war ja keins von diesen zimperlichen Mädchen, nicht im Entferntesten –; daher hatte ich keinen blassen Dunst, ob es half, dass für das leibliche Wohl gesorgt war.

Als ich sie abholte, kam die ganze Familie zusammen, um sich von uns zu verabschieden, so als würden wir auf eine längere Reise quer durchs Land gehen und nicht auf einen Kurztrip. Kat winkte mich zu sich.

»Was hast du denn essenstechnisch so eingepackt?«, erkundigte sie sich.

»Sandwiches. Obst. Und für heute Abend Hamburger und Baked Beans und S'mores. Ich will ihr das ultimative, absolut authentische Camp-Feeling vermitteln.«

Kat nickte, vollkommen ernst. »Gut, obwohl du ihr die S'mores vielleicht besser vorher schon gibst, falls sie irgendwie gereizt sein sollte. Ich hab dir auch noch ein paar Vorräte eingepackt.« Sie reichte mir einen Gefrierbeutel mit zwei Litern Fassungsvermögen. »Für den Notfall.«

»Was ist das für Zeug?«

»Ach, Now-and-Later-Kaubonbons. Starburst. Pixie Stix. Wenn sie irgendwie zickig wird, dann füttere sie einfach mit dem ganzen Mist. Solange sie vom Zucker high ist, bist du vor ihr in Sicherheit und die Tiere im Wald auch.«

»Na, dann ganz herzlichen Dank.«

Kat schüttelte den Kopf. »Du bist echt mutig, viel mehr als ich. Alles Gute wünsche ich dir.«

»Ja, Glück kannst du echt brauchen«, setzte Denny hinzu. Dann warfen er und Kat sich einen kurzen Blick zu und brachen in Gelächter aus.

In nur einer Stunde Fahrt konnte man viele ausgezeichnete Flecken zum Campen erreichen, aber ich wollte einen ganz besonderen Ort für uns aussuchen, deshalb fuhr ich bis tief in die Berge eine alte Forststraße hoch, wo ich als Kind oft gewesen war. Als ich von der Straße auf einen dreckigen Feldweg abbog, wollte Mia wissen: »Wo ist denn der Campingplatz?«

»Nur Touristen zelten auf Campingplätzen. Wir zelten wild.«

»Wild?« Ihre Stimme überschlug sich.

»Entspann dich, Mia. Mein Dad hat hier früher immer Holz gemacht. Ich kenne diese Straßen. Und wenn du dir wegen einer Dusche oder so Gedanken machst …«

»Duschen sind mir egal.«

»Gut, denn wir haben nämlich einen eigenen privaten Pool.« Ich stellte den Motor ab und zeigte Mia, wo wir bleiben wollten. Der Fleck lag direkt am Flussufer, dort, wo in einer kleinen Bucht das Wasser ganz still und kristallklar vor uns lag. Nichts verstellte einem den Blick, in keiner der Richtungen, nichts, außer vielleicht ein paar Kiefern und Berge; alles wirkte wie eine riesige Postkartenkulisse, die für den Staat Oregon warb.

»Hübsch«, gab Mia widerwillig zu.

»Warte erst, bis du die Aussicht von dem Hügel dort oben gesehen hast. Lust auf einen kleinen Spaziergang?«

Mia nickte. Ich schnappte mir ein paar Sandwiches, Wasser und zwei Packungen Now-and-Later-Kaubonbons mit Melonengeschmack, und schon trotteten wir den Weg entlang, saßen dann eine Weile herum und lasen unter einem Baum in unseren Büchern. Als wir wieder zurückkamen, dämmerte es bereits.

»Ich bau jetzt besser das Zelt auf«, sagte ich.

»Soll ich dir helfen?«

»Nein. Du bist doch mein Gast. Entspann dich. Lies ein bisschen oder so.«

»Wenn du meinst.«

Ich verteilte die Einzelteile des Zeltes auf dem Boden und fing an, die Stangen zusammenzustecken. Blöd nur, dass das Zelt eins von diesen hypermodernen Teilen war, bei denen das Gestänge ein einziges Puzzle ist, anders als bei den einfachen alten Zweimannzelten, mit denen ich aufgewachsen war. Nach einer halben Stunde kämpfte ich immer noch damit. Die Sonne senkte sich gerade hinter den Gipfeln, und Mia hatte ihr Buch längst zur Seite gelegt. Sie beobachtete mich, ein amüsiertes Lächeln auf den Lippen.

»Gefällt dir das?«, erkundigte ich mich, während ich trotz der kühlen Abendluft schwitzte.

»Und wie. Wenn ich gewusst hätte, dass es so werden würde, dann hätte ich mich schon viel früher bereit erklärt.«

»Schön, dass du dich so amüsierst.«

»Oh ja, das tu ich. Aber bist du dir sicher, dass du keine Hilfe willst? Wenn du noch länger brauchst, muss ich dir nämlich sonst mit der Taschenlampe leuchten.«

Ich seufzte. Und hielt die Hände hoch, als Zeichen, dass ich mich geschlagen gab. »Dieses Ding ist echt eine Herausforderung.«

»Gibt es denn eine Anleitung für deinen Gegner?«

»Na ja, irgendwann gab es wahrscheinlich schon mal eine Anleitung.«

Sie schüttelte den Kopf, stand auf und ergriff die Oberseite des Zeltes. »Okay, nimm du das Ende da drüben. Und ich nehm das hier. Ich schätze, dieses lange Teil gehört hier oben drüber.«

Zehn Minuten später hatten wir das Zelt aufgestellt und mit Heringen befestigt. Ich hatte ein paar Steine gesammelt und Kleinholz für die Feuerstelle, und mit dem Brennholz, das ich mitgebracht hatte, zündete ich ein Feuer an. Ich briet uns Burger in einer Pfanne über den Flammen und machte die Bohnen direkt in der Dose heiß.

»Ich bin schwer beeindruckt«, meinte Mia.

»Das Campen gefällt dir also?«

»Das hab ich nicht behauptet«, erwiderte sie, doch sie lächelte dabei.

Erst später, nach dem Essen und nach den S'mores und nachdem wir das Geschirr bei Mondlicht im Fluss gewaschen hatten und ich am Lagerfeuer ein bisschen Gitarre gespielt hatte, während Mia ihren Tee schlürfte und eine Packung Starburst vernichtete, da verstand ich plötzlich, was für ein Problem Mia mit dem Campen hatte.

Es war höchstens zehn Uhr, aber für einen Camper entsprach das in etwa zwei Uhr morgens. Wir schlüpften in unser Zelt und kuschelten uns in den Schlafsack für zwei. Ich zog Mia an mich heran. »Willst du wissen, was am Campen am schönsten ist?«

Ich spürte, wie ihr ganzer Körper sich verkrampfte – was nichts Gutes verhieß. »Was war das?«, flüsterte sie.

»Was war was?«

»Ich hab was gehört«, meinte sie.

»Wahrscheinlich nur irgendein Tier«, beruhigte ich sie.

Sie knipste die Taschenlampe an. »Woher willst du das wissen?«

Ich nahm die Taschenlampe und leuchtete ihr ins Gesicht. Ihre Augen waren schreckgeweitet. »Hast du etwa Angst?«

Sie blickte nach unten und nickte fast unmerklich mit dem Kopf.

»Das Einzige, weswegen du dich hier draußen fürchten musst, sind die Bären, und die interessieren sich nur für unseren Proviant. Deswegen haben wir ihn auch im Auto eingesperrt«, versicherte ich ihr.

»Ich hab keine Angst vor Bären«, sagte Mia verächtlich.

»Was ist es denn dann?«

»Ich … ich fühle mich hier draußen einfach wie eine lebendige Zielscheibe.«

»Eine lebendige Zielscheibe für wen denn?«

»Ich weiß nicht, für Leute mit Gewehren. Die ganzen Jäger.«

»Das ist lächerlich. Die Hälfte der Leute in Oregon geht zur Jagd. Meine ganze Familie geht jagen. Aber sie jagen Tiere, nicht Camper.«

»Ich weiß«, erwiderte sie kleinlaut. »Es ist auch nicht wirklich das. Ich fühle mich bloß so … so schutzlos. Ich weiß auch nicht … die Welt ist plötzlich so riesengroß, wenn man draußen in der freien Wildnis ist. Es ist fast so, als gäbe es keinen Platz für einen, wenn man kein Dach über dem Kopf hat.«

»Dein Platz ist genau hier, bei mir«, flüsterte ich, während ich sie sanft niederdrückte und fest umarmte.

Sie kuschelte sich an mich. »Ich weiß.« Sie seufzte. »Was für eine Idiotin ich doch bin! Die Enkelin eines Forstangestellten, die Angst vorm Zelten hat.«

»Aber das ist ja nur die eine Hälfte. Die andere Hälfte von dir ist klassische Cellistin, deren Eltern ehemalige Punks sind. Du bist *mehr* als eine Idiotin. Aber du bist *meine* Idiotin.«

Eine Weile lagen wir schweigend nebeneinander. Mia stellte die Taschenlampe aus und rückte noch näher an mich heran. »Hast du als Kind auch gejagt?«, flüsterte sie. »Du hast noch nie davon erzählt.«

»Ich war früher oft mit meinem Dad unterwegs«, murmelte ich leise. Obwohl wir mit Sicherheit die einzigen Leute weit und breit waren, schien die nächtliche Stille danach zu verlangen, dass wir uns flüsternd unterhielten. »Er meinte immer, wenn ich zwölf wäre, würde ich ein Gewehr zum Geburtstag bekommen, und dann würde er mir beibringen zu schießen. Doch als ich dann ungefähr neun war, bin ich mit ein paar älteren Cousins losgezogen, und einer von denen hat mir sein Gewehr geliehen. Wahrscheinlich war es Anfängerglück oder so, auf jeden Fall hab ich gleich ein Kaninchen erlegt. Meine Cousins sind total ausgerastet. Kaninchen sind klein und flink und selbst für erfahrene Jäger nur schwer zu erlegen, und ich hatte gleich bei meinem ersten Versuch Erfolg. Sie wollten das Tier zu Hause allen zeigen, und wir wollten es sogar ausstopfen als Trophäe. Als ich es aber so blutüberströmt da liegen sah, fing ich sofort an zu heulen. Dann fing ich an zu schreien, wir müssten es zu einem Tierarzt bringen, aber es war ja längst tot. Ich wollte nicht, dass sie es mitnahmen. Stattdessen zwang ich sie dazu, es im Wald zu vergraben. Als mein Dad davon Wind bekam, erklärte er mir, dass es das Ziel beim Jagen wäre, das Tier zum eigenen Überleben zu töten, ob wir es nun aufaßen oder ihm das Fell abzogen oder dergleichen. Sonst verschwendete man nur das Leben des Tieres. Aber ich glaube, ihm war damals schon klar, dass ich nicht zum Jagen taugte, denn als ich zwölf wurde, bekam ich kein Gewehr; stattdessen schenkte er mir eine Gitarre.«

»Das hast du mir noch nie erzählt«, meinte Mia.

»Na, ich schätze, ich wollte meine Glaubwürdigkeit als Punkrocker nicht aufs Spiel setzen.«

»Ich hätte eigentlich erwartet, dass sie dadurch nur bestätigt wird«, erwiderte sie.

»Nö. Aber ich bin ja im Grunde auch Emocore, also passt das schon.«

Eine zärtliche Stille hing zwischen uns dort in dem Zelt. Von draußen konnte ich den leisen Ruf einer Eule hören, der durch die Nacht hallte. Mia stieß mich in die Rippen. »Du bist so ein Weichei!«

»Und das sagt ausgerechnet das Mädchen, das Angst vorm Zelten hat!«

Sie kicherte. Ich zog sie näher, denn ich wollte jegliche Distanz, die zwischen uns lag, überwinden. Ich schob ihr das Haar aus dem Nacken und vergrub mein Gesicht darin. »Jetzt schuldest du mir aber eine peinliche Geschichte aus deiner Kindheit«, flüsterte ich ihr ins Ohr.

»All die peinlichen Geschichten sind noch in vollem Gange«, meinte sie.

»Es muss doch eine geben, die ich noch nicht kenne.«

Sie schwieg eine Weile. Dann sagte sie: »Schmetterlinge.«

»Schmetterlinge?«

»Ich hatte immer furchtbare Angst vor Schmetterlingen.«

»Was hast du bloß für ein Problem mit der Natur?«

Sie schüttelte sich vor Lachen. »Ich weiß«, kicherte sie. »Es gibt ja kaum eine friedlichere Kreatur als einen Schmetterling. Die leben ja eh nur höchstens zwei Wochen. Aber ich bin jedes Mal ausgetickt, wenn ich einem begegnet bin. Meine Eltern haben echt alles unternommen, um mir das auszutreiben: Sie haben mir Bücher über Schmetterlinge besorgt, sie haben mir Klamotten mit Schmetterlingen drauf gekauft, sie haben Poster von Schmetterlingen in mein Zimmer gehängt. Aber alles umsonst.«

»Bist du denn mal von einem Schwarm Schmetterlinge angegriffen worden?«, erkundigte ich mich.

»Nein«, meinte sie. »Gran hatte da eine Theorie, was meine Phobie anbelangte. Sie meinte, es läge daran, dass ich eines Tages auch eine Metamorphose würde durchmachen müssen, wie eine Raupe, die sich in einen Schmetterling verwandelt, und das machte mir Angst, und deshalb fürchtete ich mich so vor Schmetterlingen.«

»Das klingt ganz nach deiner Gran. Und wie hast du diese Angst dann bewältigt?«

»Ich weiß es nicht. Ich hab einfach irgendwann beschlossen, keine Angst mehr zu haben, und eines Tages war es dann weg.«

»So tun, als ob, und irgendwann wird es Normalität, klar.«

»Ja, irgendwie so.«

»Das könntest du doch auch mit dem Campen versuchen.«

»Muss ich das unbedingt?«

»Nö, aber ich bin echt froh, dass du mitgekommen bist.«

Sie hatte sich mir zugewandt. Es war stockfinster in dem Zelt, doch ihre Augen konnte ich leuchten sehen. »Ich auch. Aber müssen wir denn jetzt schlafen? Können wir nicht noch eine Weile so liegen?«

»Die ganze Nacht lang, wenn du das willst. Und dann flüstern wir uns im Dunkeln unsere Geheimnisse zu.«

»Okay.«

»Dann verrat mir doch noch eine von deinen irrationalen Ängsten.«

Mia packte mich an beiden Armen und drängte sich ganz dicht an meine Brust, so als wollte sie ihren Körper in meinem vergraben. »Ich habe Angst, dich zu verlieren«, sagte sie mit schwacher Stimme.

Ich schob sie von mir, sodass ich ihr Gesicht sehen konnte, und küsste sie auf die Stirn. »Ich hab doch gesagt: irrationale Ängste. Denn das wird niemals passieren.«

»Trotzdem macht es mir Angst«, meinte sie leise. Dann aber zählte sie ein paar Dinge auf, die ihr Furcht einflößten, und ich tat dasselbe, und wir flüsterten und erzählten uns Geschichten aus unserer Kindheit, bis tief in die Nacht hinein, so lange, bis Mia endlich vergaß, dass sie Angst hatte, und einschlief.

Ein paar Wochen später schon wurde es merklich kälter, und es war in diesem Winter, das mit Mias Unfall. Also war das letzten Endes das letzte Mal, dass ich campen ging. Doch selbst wenn es nicht so gewesen wäre, wäre ich immer noch der Ansicht, dass es der beste Ausflug meines Lebens war. Wann immer ich mich daran erinnere, stelle ich mir einfach unser Zelt vor, ein winziges Schiff, das in der Nacht leuchtet, und wie Mias und mein Flüstern wie Musik in die Nacht hinausdringt und über den vom Mond hell beschienenen See hallt.

16

Du gingst übers Wasser, ich blieb zurück,
So gut wie tot, doch du wolltest mehr.
Du sprengst alle Brücken, irre Terroristin,
winktest mir zu, warfst eine Kusshand hinterher,
Ich wollte dir folgen, doch merkte zu spät,
nichts als Leere unter mir.

»Bridge«, *Collateral Damage*, Song Nummer 4

Einzelne Lichtstrahlen brechen sich durch den nächtlichen Himmel Bahn. Schon bald wird die Sonne aufgehen und ein neuer Tag unweigerlich seinen Anfang nehmen. Der Tag, an dem ich nach London aufbrechen muss. Und Mia nach Tokio. Ich höre, wie die Uhr den Countdown in Gang setzt, ihr unaufhörliches Ticken einer Bombe gleich.

Wir stehen auf der Brooklyn Bridge, und obwohl Mia es nicht explizit gesagt hat, habe ich das Gefühl, dass dies unser letzter Stopp sein wird. Immerhin verlassen wir jetzt Manhattan – und das wird sicherlich kein Rundtrip werden wie unsere Fahrt auf der Staten-Island-Fähre. Außerdem hat Mia beschlossen – zumindest nehme ich das an –, dass nach ihren ganzen Geständnissen endlich ich wieder an der Reihe bin. Ungefähr auf der Hälfte der Brücke bleibt sie unvermittelt stehen und dreht sich zu mir.

»Sag mal, was ist eigentlich los mit dir und der Band?«, fragt sie.

Ein warmer Wind weht, und trotzdem ist mir plötzlich kalt. »Was meinst du damit, was soll mit uns los sein?«

Mia zuckt die Achseln. »Na, irgendwas stimmt doch da nicht. Das spüre ich. Du hast den ganzen Abend kaum ein Wort über sie verloren. Früher wart ihr unzertrennlich, und jetzt lebst du nicht mal mehr im selben Bundesstaat wie die anderen. Und warum seid ihr nicht gemeinsam nach London geflogen?«

»Ich hab's dir doch erklärt, das hat rein logistische Gründe.«

»Was war denn so wichtig, dass sie nicht noch einen Tag auf dich warten konnten?«

»Ich musste … hatte ein paar Sachen zu erledigen. Musste ins Studio und noch ein paar Gitarrenspuren aufnehmen.«

Mia beäugt mich skeptisch. »Aber ihr seid doch mit einem neuen Album auf Tour. Wieso nehmt ihr dann immer noch auf?«

»Eine Promoversion einer unserer Singles. Mehr davon«, sage ich und reibe stirnrunzelnd die Fingerkuppen aneinander, um ihr anzudeuten, dass es nur ums Geld geht.

»Aber warum seid ihr dann nicht gemeinsam im Studio?«

Ich schüttle den Kopf. »So läuft das doch längst nicht mehr. Und außerdem musste ich *Shuffle* ein Interview geben.«

»Ein Interview? Nicht mit der ganzen Band? Nur mit dir? Das verstehe ich nicht.«

Ich denke zurück an den gestrigen Tag. An Vanessa Le-Grande. Völlig unvermittelt muss ich an den Text zu »Bridge« denken, und ich frage mich, ob es wirklich eine so gute Idee ist, wenn ich mit Mia Hall über den dunklen Wassern des

East River darüber rede. Wenigstens haben wir jetzt nicht mehr Freitag den Dreizehnten.

»Klar. So läuft das heutzutage nun mal«, erkläre ich.

»Und warum wollen die nur mit dir reden? Was wollen die von dir wissen?«

Darüber will ich nun wirklich nicht sprechen. Aber Mia ist wie ein Bluthund, der Witterung aufgenommen hat, und ich kenne sie gut genug, um zu wissen, dass ich ihr entweder ein blutiges Stück Fleisch hinwerfen oder sie weiterschnüffeln lassen kann, bis sie den ganzen Haufen stinkender Leichen aufgespürt hat. Ich entscheide mich für das Ablenkmanöver.

»Also, der Teil ist tatsächlich mal interessant. Die Journalistin gestern hat mich über dich ausgefragt.«

»Wie bitte?« Mia wirbelt herum und starrt mich an.

»Sie hat mich in dem Interview auf dich angesprochen. Auf das mit uns. Damals, auf der Highschool.« Ich genieße Mias schockierten Gesichtsausdruck. Ich denke an das, was sie gesagt hat, darüber, dass ihr Leben in Oregon eine Ewigkeit her ist. *Nun, vielleicht ist es gar nicht mal* so *eine Ewigkeit!* »Das war das erste Mal, dass man mich etwas in dieser Richtung gefragt hat. Schon ein komischer Zufall, wenn man darüber nachdenkt.«

»Ich glaube schon lange nicht mehr an Zufälle.«

»Ich hab ihr nichts erzählt, aber sie hat irgendwie das Exemplar eines alten *Cougar*-Jahrbuches in die Finger bekommen. Das mit dem Bild drin – der Coole und die Streberin.«

Mia schüttelt ungläubig den Kopf. »Ach, *den* Spitznamen fand ich ja immer besonders toll.«

»Mach dir keine Gedanken. Ich hab nichts erzählt. Außerdem hab ich zur Sicherheit ihr Aufnahmegerät demoliert. Sämtliche Beweise sind also vernichtet.«

»Nein, nicht *alle* Beweise.« Sie starrt mich an. »Den *Cougar* gibt es ja noch. Ich bin mir sicher, dass Kim höchst erfreut sein wird, wenn sie erfährt, dass ihr Frühwerk womöglich in einem landesweiten Magazin gezeigt wird.« Sie schüttelt den Kopf und kichert. »Wenn Kim einen einmal vor die Linse gekriegt hat, dann gibt es kein Entkommen mehr. Es war also völlig umsonst, das Aufnahmegerät dieser Journalistin zu vernichten.«

»Ich weiß. Ich hab irgendwie die Kontrolle verloren. Sie war so eine unglaublich provokante Person, hat versucht, was aus mir rauszulocken, indem sie mir Komplimente machte, die in Wahrheit versteckte Beleidigungen waren.«

Mia nickt wissend. »Das passiert mir auch ständig. Diese Typen sind die Schlimmsten! ›Der Schostakowitsch, den Sie heute Abend gespielt haben, hat mich fasziniert. Viel zurückhaltender als der Bach‹«, sagt sie in hochnäsigem Ton. »Übersetzt heißt das: Der Schostakowitsch war echt scheiße.«

Ich kann mir nicht vorstellen, wie Schostakowitsch je scheiße klingen soll, aber ich werde ihr nicht widersprechen, wo wir uns doch ausnahmsweise mal einig sind.

»Und, was wollte sie über mich wissen?«

»Sie wollte einen fetten Artikel darüber schreiben, wie Shooting Star zu dem wurde, was wir sind, schätze ich. Deswegen hat sie sich bei uns daheim umgesehen und mit Leuten geredet, mit denen wir auf der Highschool waren. Und die haben ihr von uns erzählt. Von dem … wie wir zueinander standen. Und von dir, was passiert ist …« Ich lasse den Satz unvollendet. Ich blicke den Fluss hinab, einem vorbeifahrenden Kahn hinterher, der, dem Geruch nach zu urteilen, Müll geladen hat.

»Sie wollte wissen, was wirklich passiert ist?«, fragt Mia.

Ich kann nicht sagen, ob diese Frage rhetorisch gemeint ist. Deshalb zwinge ich mich dazu, fröhlich zu klingen. »Klar, das versuch ich ja selbst immer noch rauszufinden.«

Mir kommt es so vor, als wäre das das Ehrlichste, was ich den ganzen Abend lang von mir gegeben habe, doch die Art und Weise, wie ich es sage, verwandelt meine Worte in eine Lüge.

»Weißt du, mein Manager hat mich schon immer davor gewarnt, dass immer mehr Leute sich für den Unfall interessieren würden, je bekannter ich würde, aber ich hätte nie gedacht, dass die Verbindung zu dir mal ein Thema werden könnte. Na ja, anfangs hab ich das schon gedacht. Ich hab regelrecht darauf gewartet, dass jemand was rausfindet – über deine verflossenen Liebschaften –, aber ich schätze, ich war einfach nicht interessant genug im Vergleich zu deinen, äh, anderen Anhängseln.«

Sie denkt also, dass das der Grund ist, weshalb keiner dieser Schmierfinken sie belästigt hat? Weil sie nicht so interessant ist wie Bryn, von der sie mit ziemlicher Sicherheit gehört hat? Wenn sie wüsste, was die Band alles auf sich genommen hat, nur um ihren Namen da rauszuhalten, damit keiner die Wunde berührte, die bei mir sofort wieder aufriss, sobald man nur ihren Namen erwähnte. Wenn sie nur wüsste, dass wir in unseren Interviewverträgen ganze Absätze stehen haben, die vorschreiben, welche Themen angesprochen werden dürfen und welche nicht, und dass, obwohl sie selbst nicht explizit erwähnt wird, es dabei einzig und allein darum geht, sie nicht mit der Platte in Verbindung zu bringen. Um sie zu schützen. Und auch mich.

»Ich schätze, die Highschool ist längst Geschichte«, meint sie.

Geschichte? Hast du unsere dumme Schülerromanze echt schon auf den Schrotthaufen der Geschichte geworfen? Und wenn ja, warum schaff ich das dann nicht auch?

»Na ja, du und ich, das ist so gegensätzlich wie MTV und Lifetime«, sage ich so munter wie möglich. »Mit anderen Worten, ein gefundenes Fressen für die Haie.«

Sie seufzt. »Ach, na ja. Auch Haie brauchen was zu fressen.«

»Was soll das denn heißen?«

»Tja, ich möchte nicht unbedingt, dass meine Familienhistorie in alle Öffentlichkeit gezerrt wird, aber wenn das der Preis ist, den man dafür bezahlt, dass man das tun kann, was man liebt, dann bin ich, glaub ich, bereit, ihn zu zahlen.«

Und da wären wir wieder beim Thema. Die Vorstellung, dass die Musik das alles wert ist – ich würde ja wirklich *liebend gern* daran glauben. Aber ich kann es nicht. Ich bin mir nicht mal sicher, ob ich davon schon jemals überzeugt war. Es ist nämlich nicht die *Musik*, die mich jeden Tag wieder aufwachen und einen weiteren Atemzug machen lässt. Ich drehe mich von ihr weg und sehe auf das dunkle Wasser unter mir.

»Und was, wenn es gar nicht das ist, was du liebst?«, murmele ich, aber meine Stimme wird vom Wind und vom Verkehr geschluckt. Wenigstens habe ich es endlich mal laut ausgesprochen. Immerhin habe ich das geschafft.

Ich brauche eine Zigarette. Ich lehne mich gegen die Brüstung und blicke in Richtung Vororte, wo drei Brücken zu sehen sind. Mia stellt sich wieder neben mich, während ich versuche, das Feuerzeug anzumachen.

»Du solltest damit aufhören«, meint sie und berührt mich sanft an der Schulter.

Eine Sekunde lang denke ich, sie meint damit die Band. Denke, dass sie gehört hat, was ich vorher gesagt habe, und jetzt empfiehlt sie mir, Shooting Star den Rücken zu kehren, die ganze Musikindustrie hinter mir zu lassen. Ich warte ja schon ein Weilchen darauf, dass mir jemand den Tipp gibt, das Musikbusiness aufzugeben, aber keiner traut sich. Und dann fällt mir wieder ein, dass sie mir das heute schon mal gesagt hat mit dem Aufhören, kurz bevor sie selbst eine Kippe von mir geschnorrt hat. »Nicht so leicht«, sage ich.

»Quatsch«, erwidert Mia, und sie klingt dabei so rechthaberisch, dass sie mich an ihre Mutter Kat erinnert, die ihre Überzeugungen trug wie eine alte, abgewetzte Lederjacke, und die fluchen konnte, dass jeder Roadie sich neben ihr geschämt hätte. »Aufhören ist nicht schwer. Den *Entschluss* zu fassen, es zu tun, *das* ist schwer. Wenn man erst mal diese geistige Hürde genommen hat, dann ist der Rest ein Kinderspiel.«

»Echt? Hast du es so geschafft, mich aufzugeben?«

Und einfach so, ohne nachzudenken, ohne es mir vorher überlegt zu haben, ohne vorher tagelang mit mir selbst gerungen zu haben, ist es raus.

»Aha«, sagt sie, als würde sie sich an ein Publikum unterhalb der Brücke wenden. »Endlich hat er es also ausgesprochen.«

»Hätte ich das nicht tun sollen? Soll ich denn diese Nacht einfach so verstreichen lassen, ohne anzusprechen, was du getan hast?«

»*Nein*«, sagt sie sanft.

»Und warum dann? Warum bist du weg? Hatte es was mit den Stimmen zu tun?«

Sie schüttelt den Kopf. »Es waren nicht die Stimmen.«

»Was war es dann? Woran lag es?« Ich kann jetzt die Verzweiflung in meiner Stimme hören.

»Da gab es viele Gründe. Zum Beispiel, dass du in meiner Gegenwart nicht mehr du selbst sein konntest.«

»Was meinst du damit?«

»Du hast nicht mehr richtig mit mir geredet.«

»Das ist doch Blödsinn, Mia. Ich hab die ganze Zeit mit dir geredet!«

»Du hast mit mir gesprochen, aber irgendwie auch wieder nicht. Ich hab das bemerkt, dein heuchlerisches Gequatsche. Was du mir eigentlich hättest sagen wollen und was du dann tatsächlich gesagt hast.«

Ich denke an all die heuchlerischen Gespräche, die ich in meinem Leben geführt habe. Mit so ziemlich jedem. Hat es damals angefangen? »Na ja, es war nicht gerade leicht, mit dir zu reden«, feuere ich zurück. »Egal was ich sagte, immer war es das Falsche.«

Sie sieht mich mit einem traurigen Lächeln an. »Ich weiß. Das war nicht nur deine Schuld. Es lag an uns beiden. Wir waren beide schuld.«

Ich schüttle den Kopf. »Das stimmt doch nicht.«

»Stimmt schon. Aber du brauchst dich deswegen nicht schlecht zu fühlen. Alle um mich herum haben immer einen Eiertanz aufgeführt. Aber es hat schon wehgetan, dass selbst du nicht normal mit mir umgehen konntest. Ich meine, du hast mich ja so gut wie gar nicht mehr angeruhrt.«

Und als wolle sie diesen Punkt noch bekräftigen, legt sie mir die Finger an die Innenseite meines Handgelenks. Ich wäre nicht im Geringsten überrascht, wenn jetzt Rauchfahnen aufsteigen und sich die Abdrücke ihrer Finger in meine Haut brennen würden. Um nicht aus dem Gleichgewicht zu geraten, ziehe ich meinen Arm zurück.

»Du warst noch dabei, dich zu regenerieren«, lautet meine peinliche Antwort. »Und wenn ich mich recht entsinne, dann warst du es, die ausgetickt ist, als wir es versucht haben.«

»Ja, das eine Mal«, sagt sie. »Ein einziges Mal.«

»Ich wollte doch nur, dass mit dir wieder alles gut wird. Ich wollte dir nur helfen. Ich hätte *alles* für dich getan.«

Sie lässt ihr Kinn auf die Brust sinken. »Ja, ich weiß. Du wolltest mich retten.«

»Verdammt, Mia. Du sagst das ja so, als wäre es ein Verbrechen.«

Sie sieht auf zu mir. Da liegt immer noch Zuneigung in ihrem Blick, aber ich bemerke auch noch etwas anderes: eine gewisse Härte. Es zerstückelt meinen Zorn und setzt die Einzelteile zu einer neuen Form der Furcht zusammen.

»Du hast dich so sehr darum bemüht, mein Retter zu sein, dass du mich darüber völlig allein gelassen hast«, sagt sie. »Mir ist klar, dass du nur helfen wolltest, aber damals fühlte sich das irgendwie so an, als würdest du mich von dir stoßen, indem du, nur zu meinem Besten natürlich, alles von mir abzuschirmen versuchtest, und genau dadurch hast du mich noch mehr in die Opferrolle gedrängt. Ernesto meint, dass gute Absichten uns bisweilen so sehr einschränken können, dass wir das Gefühl haben, in einem Sarg eingenagelt zu sein.«

»Ernesto? Was zum Teufel weiß er denn darüber?«

Mia zieht mit den Zehenspitzen die Lücke zwischen den hölzernen Brettern der Fußgängerbrücke nach. »Eine ganze Menge, wenn du es genau wissen willst. Er hat seine Eltern verloren, als er acht war. Er wurde von seinen Großeltern großgezogen.«

Ich weiß, dass ich jetzt Mitleid empfinden sollte. Aber eine Welle der Wut schwappt über mich. »Was denn, seid ihr in einem *Club* oder so?«, frage ich, wobei meine Stimme sich überschlägt. »Eine Art Trauerclub, bei dem ich nicht mitmachen darf?«

Eigentlich erwarte ich, dass sie mir widerspricht. Oder dass ich als Mitglied anerkannt werde. Schließlich habe ich sie ja genauso verloren. Nur dass es selbst damals schon irgendwie anders war, als hätte es eine Barriere gegeben. Das ist eine Sache, die man beim Trauern nie erwarten würde. Dass es nämlich ein richtiger Wettbewerb sein kann. Denn ganz gleich, wie wichtig sie mir waren, egal, wie sehr die Leute mir immer wieder bestätigten, wie leid es ihnen doch tat, Denny, Kat und Teddy waren nicht meine Familie gewesen, und plötzlich hatte dieser Unterschied tatsächlich große Bedeutung erlangt.

Und offensichtlich zählt dieser Unterschied immer noch. Denn jetzt hält Mia kurz inne und denkt über meine Frage nach. »Vielleicht nicht unbedingt ein Trauerclub. Eher so was wie ein Club der Schuldigen. Schuldig, weil man zurückgeblieben ist.«

Ach, hör bloß auf, was von Schuld zu faseln! Schuldgefühle hab ich schon viel zu viele. Wie ich da so auf der Brücke stehe, fühle ich Tränen in mir hochsteigen. Ich kann sie nur zurückhalten, indem ich meinen Zorn wiederfinde, der mich so lange über

Wasser gehalten hat, und damit gegen sie ankämpfe. »Aber du hättest mir wenigstens erklären können, warum«, sage ich, und meine Stimme überschlägt sich und wird zu einem Brüllen. »Statt mich einfach so fallen zu lassen wie einen unbedeutenden One-Night-Stand, hättest du wenigstens den Anstand haben können, richtig mit mir Schluss zu machen. Statt mich einfach zu verlassen und mich drei Jahre im Unklaren zu lassen …«

»Ich hab es doch auch nicht geplant«, protestiert sie, jetzt ebenfalls lauter. »Ich bin doch nicht in dieses Flugzeug gestiegen in der Absicht, mit dir Schluss zu machen. Du hast mir *alles* bedeutet. Selbst dann noch, als es passiert war, konnte ich es selbst nicht glauben. Aber es war nun mal so. Dass ich hier war, weit weg von daheim, das machte alles so viel leichter. Ich hatte das auch nicht erwartet. Denn eigentlich hatte ich das Gefühl, ich könnte nicht mehr weiterleben. Und dann entpuppte sich das plötzlich als eine so große Erleichterung.«

Ich denke an all die Mädchen, deren Abgang ich überhaupt nicht hatte erwarten können. Mein ganzer Körper schien jedes Mal erleichtert aufzuatmen, wenn ich eine von ihnen endlich nicht mehr hören und riechen musste. Die meiste Zeit fällt auch Bryn in diese Kategorie. *So hat sich mein Abgang also für Mia angefühlt?*

»Ich hatte ja vor, es dir zu sagen«, fährt sie fort. Die Worte sprudeln jetzt nur so aus ihr heraus, dass sie kaum noch Luft kriegt. »Aber erst war ich selbst so durcheinander, ich wusste doch gar nicht, was da passierte, nur dass ich mich plötzlich besser *ohne* dich fühlte. Wie hätte ich *dir* das erklären sollen? Und dann verstrich die Zeit, und du hast mich nicht mehr angerufen und nicht mehr nachgefragt. Deswegen ging ich davon aus, dass du, *ausgerechnet du*, das verstanden hast. Ich weiß, dass ich mich echt feige verhalten habe. Aber ich dachte doch …« Mia kommt kurz aus dem Tritt, fängt sich jedoch schnell wieder. »Ich dachte, ich dürfte das. Und du würdest das verstehen. Immerhin sah es ganz danach aus. Du singst doch in einem deiner Songs: ›Du oder ich, sie stellt es mir frei. Und sie ist die einzig Überlebende.‹ Keine Ahnung. Als ich ›Roulette‹ das erste Mal hörte, war ich überzeugt, du hättest *tatsächlich* verstanden. Dass du zwar sauer warst, aber doch Bescheid wusstest. Und ich habe mich für *mich entschieden*, es ging nicht anders.«

»Ach, *das* ist also deine Entschuldigung dafür, dass du mich einfach ohne ein Wort hast sitzen lassen? Feige sein ist das Eine, Mia. Aber was du getan hast, nennt man pure Grausamkeit! Was bist du nur für ein Mensch geworden.«

»Vielleicht ging es für mich eine Weile einfach nicht anders«, heult sie. »Und es tut mir furchtbar leid. Ich weiß, dass ich dich hätte anrufen sollen. Dass ich dir alles hätte erklären müssen. Aber es war nicht leicht, an dich ranzukommen.«

»Ach, so ein Bockmist, Mia. Ich mag ja wirklich für viele Leute schwer zu erreichen sein, aber doch nicht für dich! Zwei Anrufe hätten genügt, und schon hättest du mich an der Strippe gehabt.«

»Es hat sich aber nicht so angefühlt«, meint sie. »Du warst ein solches …« Sie verstummt, ahmt eine Explosion nach, wie das an diesem Tag auch schon Vanessa LeGrande getan hatte. »… ein solches Phänomen. Kein normaler Mensch mehr.«

»Das ist nichts als ein Haufen Blödsinn, Mia, und das weißt du. Außerdem war das alles erst ein Jahr später. *Ein ganzes Jahr.* Ein Jahr, in dem ich ein Häuflein Elend war und mich im Haus meiner Eltern verkrochen habe, Mia. Oder hast du deren Nummer vielleicht auch vergessen?«

»Nein, natürlich nicht.« Mias Stimme klingt kraftlos. »Aber ich konnte dich am Anfang einfach nicht anrufen.«

»Warum nicht?«, schreie ich. »Warum konntest du es nicht?«

Mia sieht mir jetzt direkt ins Gesicht. Der Wind peitscht ihr Haar mal in die eine, mal in die andere Richtung, sodass sie aussieht wie eine mystische Zauberin, schön, mächtig und zugleich furchteinflößend. Sie schüttelt den Kopf und wendet sich wieder ab.

Oh nein! Wir waren schon so weit auf dieser Brücke. Sie kann dieses verdammte Ding von mir aus auch in die Luft sprengen, aber erst, wenn sie mir alles erklärt hat. Ich packe sie und drehe sie wieder zu mir. »Warum nicht? Erklär es mir. So viel bist du mir schuldig!«

Sie sieht mir direkt in die Augen. Sie zielt. Und dann drückt sie ab. »Weil ich dich gehasst habe.«

Der Wind, der Lärm, das alles verstummt für einen kurzen Augenblick, und alles, was ich höre, ist ein dumpfes Piepsen in den Ohren, so wie nach den Shows immer, oder wie wenn ein Herzfrequenzmonitor plötzlich den Stillstand anzeigt.

»Du hast mich gehasst? Warum denn?«

»Du hast mich dazu gebracht, zu bleiben.« Sie sagt das ganz leise, und fast ist es über den Wind und den Verkehrslärm hinweg nicht zu hören, denn ich bin mir nicht sicher, ob ich sie richtig verstanden habe. Dann aber wiederholt sie ihren Satz, dieses Mal lauter. »Du hast mich dazu gebracht, zu bleiben!«

Jetzt ist es also raus. Ein riesiges Loch klafft in meiner

Brust, und endlich habe ich die Bestätigung für das, was ich schon lange vermute.

Sie weiß es.

Die elektrischen Schwingungen in der Luft sind wie verändert; es ist fast so, als würde man die Ionen tanzen sehen. »Ich wache immer noch Morgen für Morgen auf und vergesse für eine Sekunde, dass meine Familie nicht mehr existiert«, erklärt sie mir. »Und dann fällt es mir wieder ein. Kannst du dir vorstellen, wie das ist? Das wieder und wieder zu erleben? Es wäre alles so viel leichter gewesen, wenn …« Und plötzlich beginnt ihre ruhige Fassade zu bröckeln, und sie fängt an zu weinen.

»Bitte.« Ich halte abwehrend die Hände hoch. »Bitte nicht …«

»Nein, du hast schon recht. Du musst es mich dir erklären lassen, Adam! Du musst es dir anhören. Es wäre leichter für mich gewesen, zu sterben. Es ist nicht so, dass ich jetzt gern tot wäre. Überhaupt nicht. Es gibt vieles in meinem Leben, worüber ich mich freue, worauf ich stolz sein kann, was ich liebe. Aber an manchen Tagen, und vor allem am Anfang, war das so. Da war es wirklich schwer für mich. Und ich konnte mich nicht gegen den Gedanken wehren, dass es so viel leichter gewesen wäre, einfach mit den anderen zu gehen. Aber du – du hast mich gebeten zu bleiben. Du hast mich *angefleht.* Du standest neben mir und machtest mir dieses Versprechen, hoch und heilig. Und ich kann gut verstehen, dass du wütend bist, aber du kannst mir nicht die Schuld geben. Du kannst mich doch nicht dafür hassen, dass ich dich beim Wort genommen habe.«

Mia heult jetzt wie ein Schlosshund. Und ich schäme mich zutiefst, weil ich sie so weit gebracht habe.

Doch plötzlich verstehe ich. Ich weiß jetzt, weshalb sie mich dort in dem Konzertsaal zu sich hat rufen lassen, weshalb sie hinter mir her ist, nachdem ich ihre Garderobe verlassen hatte. *Darum* also geht es in ihrer Abschiedstour in Wirklichkeit – Mia will die Trennung endlich perfekt machen, die sie vor drei Jahren begonnen hat.

Loslassen. Jeder spricht davon, als wäre es die einfachste Sache der Welt. Lockere einfach einen Finger nach dem anderen, bis die Hand sich öffnet. Doch meine Hand habe ich jetzt schon seit drei Jahren zur Faust geballt; sie ist richtiggehend erstarrt. Alles an mir scheint erstarrt. Und bald schließen sich bei mir sämtliche Schotten.

Ich starre hinab auf das Wasser. Vor einer Minute noch war die Oberfläche unbewegt und klar, doch jetzt fängt der Fluss an, sich zu öffnen, bildet Strudel, wird zu einem gefährlichen Whirlpool. Es ist dieser Strudel, der wieder einmal droht, mich bei lebendigem Leib zu verschlingen. Ich werde ertrinken darin, und keiner, *keiner* wird mir zur Seite stehen dort in der Finsternis.

Ich habe ihr die Schuld an allem gegeben, daran, dass sie mich verlassen hat, daran, dass sie ein Wrack aus mir gemacht hat. Und vielleicht war das der winzige Samen, aus dem dann nach und nach dieses schreckliche Gewächs von einer Pflanze geworden ist. Und *ich* bin derjenige, der diese Pflanze nährt. Ich wässere sie. Ich hege und pflege sie. Ich nasche von ihren giftigen Beeren. Ich lasse zu, dass sie ihre Tentakel um meinen Nacken schlingt und mir die Luft raubt, mich erstickt. Ich habe das getan. Ganz allein. Und mir allein habe ich das angetan.

Ich sehe hinaus auf den Fluss. Mir kommt es so vor, als wären die Wellen, die nach mir schnappen und versuchen, mich über das Geländer hinab in die Tiefe zu ziehen, hundertfünfzig Meter hoch.

»Ich halte das nicht länger aus!«, schreie ich, als die mordlüsternen Wellen kommen, um mich zu holen.

Noch einmal schreie ich. »Ich halte das nicht länger aus!« Ich brülle es den Wellen entgegen, und Liz und Fitzy und Mike und Aldous, den Labelleuten und Bryn und Vanessa und den Paparazzi und den Mädchen in ihren Collegesweatern und den Szeneleuten in der U-Bahn und allen, die ein Stück von mir wollen, obwohl doch gar nicht mehr genug von mir übrig ist. Doch vor allen Dingen brülle ich es mir selbst entgegen.

»ICH HALTE DAS NICHT LÄNGER AUS!«, schreie ich lauter als je zuvor in meinem Leben, so laut, dass mein Atem wahrscheinlich die Bäume in ganz Manhattan umsäbeln könnte. Zumindest scheint es mir so. Und während ich gegen die unsichtbaren Wellen und die nicht vorhandenen Strudel und die Dämonen, die nur allzu real sind und die ich selbst gerufen habe, ankämpfe, spüre ich plötzlich, wie sich etwas in meiner Brust öffnet, ein Gefühl, das so intensiv ist, dass es sich anfühlt, als würde mein Herz gleich zerspringen. Und ich lasse es einfach geschehen. Ich lasse es protestlos zu.

Als ich aufsehe, ist der Fluss wieder ein gewöhnlicher Fluss. Und meine Hände, die sich soeben noch an das Geländer geklammert haben, und zwar so fest, dass die Knöchel weiß hervorstachen, haben losgelassen.

Mia entfernt sich von mir, sie geht auf die andere Seite der Brücke zu. Ohne mich.

Ich habe verstanden.

Ich muss mein Versprechen einlösen. Sie gehen lassen. Ich muss sie wahrhaftig gehen lassen. Muss mich von uns beiden verabschieden.

17

Ich fing in meiner ersten Band Infinity 89 an zu spielen, als ich vierzehn war. Unseren ersten Auftritt hatten wir bei einer Privatparty in der Nähe des College-Campus. Alle drei Mitglieder der Band – ich an der Gitarre, mein Freund Nate am Bass und dessen älterer Bruder Jonah am Schlagzeug – waren echt grottenschlecht. Keiner von uns hatte viel Übung mit seinem Instrument gehabt, und nach dem Gig fanden wir heraus, dass Jonah den Gastgeber der Party bestochen hatte, damit er uns spielen ließ. Kaum einer weiß es, aber Adam Wildes erster Versuch, vor einem Publikum zu rocken, ist allein der Tatsache zu verdanken, dass Jonah Hamilton ein Fass Bier gespendet hat.

Und dieses Fass sollte letzten Endes auch das Beste an der ganzen Show sein. Wir waren dermaßen nervös, dass wir die Verstärker viel zu laut aufdrehten, nervtötende Rückkopplungen erzeugten, sodass die Nachbarn sich beschwerten, und dann kompensierten wir das Ganze, indem wir so leise spielten, dass wir nicht mal mehr unsere eigenen Instrumente hören konnten.

Was ich allerdings in den Pausen zwischendurch nur zu deutlich wahrnahm, war der Partylärm: Das Geräusch klirrender Bierflaschen, endloses Gelaber, das Lachen der Leute, und – ich schwöre es – in einem Hinterzimmer zogen sich doch tatsächlich ein paar Leute *American Idol* rein. Der Punkt ist der, dass ich all das nur hören konnte, weil unsere Band so kacke war, dass niemand sich die Mühe gab, uns überhaupt zuzuhören. Keiner wollte uns Beifall spenden oder gar zujubeln, so schlecht waren wir. Wir waren es den Leuten nicht einmal wert, uns auszubuhen. Wir wurden schlichtweg ignoriert. Als wir mit dem Spielen aufhörten, ging die Party einfach weiter, als wären wir nie aufgetreten.

Wir wurden besser. Nicht gut, aber immerhin besser. Aber wir wurden nie gut genug, um irgendwo anders aufzutreten als auf Privatpartys. Und dann ging Jonah aufs College, und Nate und ich hatten plötzlich keinen Drummer mehr, was definitiv das Ende von Infinity 89 bedeutete.

So begann mein kurzer Abstecher in die Welt der einsamen Singer-Songwriter. Ich zog in unserer Stadt von Café zu Café. Allerdings waren diese Kaffeehaustouren nicht wesentlich besser als die Privatpartys. Da es nur meine Gitarre und mich gab, musste ich den Lautsprecher nicht so laut aufdrehen, und die meiste Zeit zeigten die Leute im Publikum sich mir gegenüber respektvoll. Aber während ich spielte, wurde ich jedes Mal wieder von anderen Geräuschen abgelenkt: vom Zischen der Espressomaschine, von den gedämpften Unterhaltungen intellektueller Studenten, die sich über furchtbar wichtige Dinge unterhielten, vom Kichern der Mädchen. Nach den Auftritten wurde das Gekicher lauter, wenn die Mädchen auf mich zukamen, um sich mit mir zu unterhalten, um mich über die Dinge auszufragen, die mich inspirierten, um mir Mix-CDs zu schenken, die sie für mich gemacht hatten, und manchmal wollten sie mir auch ganz andere Sachen schenken.

Nur ein Mädchen war anders. Sie hatte drahtige, muskulöse Arme und einen grimmigen Ausdruck im Gesicht. Beim ersten Mal, als sie mich ansprach, sagte sie nur: »Du vergeudest es echt total.«

»Wieso denn, ich krieg die Drinks doch umsonst«, erwiderte ich darauf.

»Nein, so meine ich das nicht«, sagte sie und hob ihre Augenbrauen. »Du vergeudest dein Talent auf Akustiksets. Ich hab dich schon mal mit dieser schrecklichen Band spielen sehen. Da warst du echt gut, für das Jüngelchen, das du warst.«

»Ich schätze, dafür muss ich dir danken.«

»Schon gut. Ich bin nicht da, um dir was vorzuschleimen. Ich bin hier zum Rekrutieren.«

»Tut mir leid, ich bin Pazifist.«

»Wie witzig! Ich bin Lesbe, und zwar eine, die damit nicht hinterm Berg hält. Somit bin ich ebenso wenig für den Militärdienst geeignet wie du. Nein, hör zu, ich bin dabei, eine Band zu gründen. Ich finde, du bist ein überaus begabter Gitarrist, deshalb bin ich hier. Um einen Minderjährigen zu verführen, rein künstlerisch gesehen, versteht sich.«

Ich war nicht mal sechzehn Jahre alt und ein bisschen eingeschüchtert von ihrem forschen Auftreten, aber ich dachte mir: Warum nicht? »Wer ist noch in der Band?«

»Ich am Schlagzeug. Und du an der Gitarre.«

»Und?«

»Das sind doch schon mal die zwei wichtigsten Positionen, findest du nicht? Fantastische Schlagzeuger und singende Gitarristen wachsen nicht gerade auf Bäumen, nicht mal in Oregon. Mach dir keine Gedanken, die restlichen Mitglieder finde ich schon noch. Ich heiße übrigens Liz.« Sie hielt mir die Hand hin. Die war mit Schwielen überzogen, was fast immer der Fall ist, wenn jemand gut Schlagzeug spielt.

Innerhalb eines Monats hatte Liz auch noch Fitzy und Mike ins Boot geholt, und wir hatten uns Shooting Star getauft und damit angefangen, gemeinsam Songs zu schreiben. Einen Monat später spielten wir unseren ersten Gig. War wieder eine Privatparty, aber die war ganz anders als die, auf denen ich mit Infinity 89 aufgetreten war. Gleich von Anfang an war irgendetwas anders. Als ich den ersten Akkord anstimmte, fühlte es sich an, als würde jemand das Licht ausschalten. Alles wurde plötzlich still. Wir hatten die Aufmerksamkeit der Menge, und das blieb auch so. In den Pausen zwischen den Songs jubelten die Leute und wurden dann wieder still, weil sie sich auf den nächsten Song freuten. Mit der Zeit fingen sie sogar an, sich Songs zu wünschen. Nach einer Weile kannten sie die Songtexte so weit, dass sie mitsingen konnten, und das war ganz praktisch, wenn mir mal ein Textstück nicht einfiel.

Schon bald traten wir auch in größeren Clubs auf. Manchmal hörte ich im Hintergrund Geräusche von der Bar – das Klirren von Gläsern, wenn jemand beim Barmann einen Drink bestellte. Und zum ersten Mal hörte ich auch, wie die Leute meinen Namen riefen. »Adam!« – »Hier drüben, Adam!« Viele dieser Stimmen waren weibliche.

Doch die meisten Mädchen interessierten mich nicht. Denn zu diesem Zeitpunkt hatte ich mich in ein Mädchen verguckt, das nie bei unseren Gigs aufkreuzte, das ich jedoch bei uns in der Schule hatte Cello spielen sehen. Und als Mia dann meine Freundin wurde und zu allen meinen Auftritten kam – und zu meiner Überraschung schien ihr das tatsächlich Spaß zu machen, wenn auch nicht unbedingt die Auftritte, so doch wenigstens die Musik –, da lauschte ich in erster Linie ihrer Stimme. Ich wollte hören, wie sie meinen Namen rief, obwohl ich genau wusste, dass sie das niemals tun würde. Sie war eine recht zurückhaltende Begleiterin. Sie blieb lieber backstage und sah mir von dort aus ernst zu. Selbst wenn sie sich so weit entspannt hatte, dass sie sich die Show ganz normal im Publikum ansehen konnte, blieb sie recht ruhig. Und trotzdem lauschte ich dem Klang ihrer Stimme. Es schien nicht von Bedeutung, dass ich sie bei unseren Auftritten nie hörte. Schon allein auf ihre Stimme zu warten bereitete mir Freude.

Als die Band dann bekannter wurde und die Konzerte vor größerem Publikum stattfanden, wurden auch die Jubelschreie lauter. Und dann wurde plötzlich für eine Weile alles still. Es gab keine Musik mehr. Keine Band. Keine Fans. Keine Mia.

Als alles wieder von vorn begann – die Musik, die Gigs, die Menschenmassen –, da klang es irgendwie fremd. Schon bei dieser zweiwöchigen Tour gleich nach Erscheinen von *Collateral Damage* war mir klar, dass sich einiges verändert hatte, eben weil alles anders klang. Der Klangteppich hüllte uns ein, während wir spielten, so als spielten wir in einer Seifenblase, die aus nichts bestand als aus dem von uns produzierten Lärm. Und zwischen den Songs hörte man dieses Schreien und Kreischen. Bald schon, viel schneller, als ich mir das je hätte vorstellen können, traten wir in riesigen Hallen auf: in Arenen und Stadien, vor mehr als fünfzehntausend Fans.

Bei diesen großen Gigs gibt es immer so viele Leute und so viel Lärm, dass es schier unmöglich ist, eine einzelne Stimme auszumachen. Alles, was ich höre, ist, abgesehen von unseren eigenen Instrumenten, die jetzt aus den stärksten Lautsprechern dröhnen, die es gibt, dieses wilde Gekreische der Menge in dem Moment, während wir noch backstage sind, die Lichter aber bereits ausgehen. Und wenn wir dann erst auf der Bühne sind, schwillt das Kreischen der Menge zu einem rasenden Getose an, das einem Hurrikan gleichkommt; an manchen Abenden könnte ich schwören, dass ich den Atem aus diesen fünfzehntausend schreienden Mündern spüre.

Ich mag dieses Geräusch nicht. Mir gefällt nicht, welch monumentale Ausmaße es annimmt. Ein paar Gigs lang tauschten wir unsere Lautsprecher gegen In-Ear-Kopfhörer aus. Der Sound klang perfekt, so als befänden wir uns im Studio, und wir waren vom Gebrüll der Menge abgeschirmt. Aber irgendwie kam mir das dann sogar noch schlimmer vor. Ich fühle mich so schon genug von der Menge abgeschnitten, allein durch die Distanz, die zwischen uns liegt. Wir sind voneinander getrennt durch die Bühne und eine ganze Armee von Security-Leuten, die die Fans davon abhalten, zu uns hochzuspringen, um uns zu begrapschen oder von der Bühne zu springen wie früher. Schlimmer als das ist für mich allerdings, dass man keine einzelnen Stimmen mehr heraushören kann. Keine Ahnung. Vielleicht warte ich ja immer noch auf diese eine.

Aber immer wieder geschieht es während einer Show, wenn Mike oder ich gerade dabei sind, unsere Gitarren nachzustimmen, oder wenn einer von uns einen Schluck Wasser nimmt, dass ich kurz innehalte und versuche, aus der Menge eine Stimme herauszufiltern. Und hin und wieder gelingt mir das sogar. Dann höre ich, wie jemand nach einem bestimmten Song ruft oder *Ich liebe dich!* schreit. Es kommt auch vor, dass sie meinen Namen ruft.

Während ich jetzt hier auf der Brooklyn Bridge stehe, denke ich an all diese Stadionauftritte, an den Hurrikan-ähnlichen Lärm. Denn jetzt kann ich nichts anderes hören als das Brüllen in meinem Kopf, ein wortloses Heulen, während Mia verschwindet und ich verzweifelt versuche, das zuzulassen.

Aber da ist auch noch etwas anderes. Eine leise Stimme, die versucht, zu mir durchzudringen, die versucht, das tosende Nichts zu durchdringen. Und die Stimme wird lauter und lauter, und dieses Mal ist es *meine* Stimme, und sie stellt immer nur die eine Frage: *Woher weiß sie es?*

18

Geht es dir gut in deinem Leid?
Ruhst du in Frieden in Einsamkeit?
Es ist alles, was uns noch verbindet,
das Einzige, worin ich Trost noch finde.

»Blue«, *Collateral Damage*, Song Nummer 6

Mia ist weg.

Die Brücke wirkt wie ein Geisterschiff aus einem anderen Jahrhundert, selbst jetzt, da sie sich eindeutig mit Leuten aus dem einundzwanzigsten Jahrhundert füllt: mit frühmorgendlichen Joggern.

Und da bin ich, wieder einmal allein.

Aber ich stehe immer noch aufrecht. Ich atme immer noch. Und irgendwie geht es mir auch so weit ganz gut.

Doch immer noch ist da diese Frage: *Woher weiß sie es?* Denn ich habe nie jemandem erzählt, worum ich sie gebeten habe. Nicht den Krankenschwestern. Nicht ihren Großeltern. Nicht Kim. Und auch nicht Mia selbst. Woher weiß sie es also?

Wenn du bleibst, tue ich, was immer du willst. Ich verlasse die Band, gehe mit dir nach New York. Aber wenn du willst, dass ich aus deinem Leben verschwinde, dann tue ich auch das. Ich habe mit Liz geredet, und sie meinte, dass es vielleicht zu schmerzhaft für dich sein würde, in dein altes Leben zurückzukehren, dass es vielleicht leichter wäre, wenn du unsere Beziehung einfach hinter dir lassen würdest. Das wäre schlimm, aber ich würde es akzeptieren. Ich kann ertragen, dich so zu verlieren, wenn ich dich nur nicht hier und heute verlieren muss. Ich werde dich gehen lassen. Wenn du bleibst.

Das waren meine Worte. Und es ist immer mein Geheimnis gewesen. Meine Last. Meine Schande. Dass ich sie gebeten habe, zu bleiben. Dass sie auf mich gehört hat. Denn nachdem ich ihr dieses Versprechen gegeben und ihr ein Cellostück von Yo-Yo Ma vorgespielt hatte, da machte es tatsächlich den Anschein, als hätte sie mich verstanden. Sie drückte meine Hand, und ich glaubte, alles würde sein wie im Film, doch sie tat nichts weiter, als sie zu drücken. Sie blieb weiter ohne Bewusstsein. Allerdings stellte dieses Drücken sich als eine erste willentliche Muskelbewegung ihrerseits heraus, die gefolgt wurde von weiteren Bewegungen, bis sich ihre Augen öffneten und sie ein- oder zweimal blinzelte, und irgendwann blieben sie dann länger offen. Eine der Schwestern erklärte mir, dass Mias Gehirn so was wie ein kleines Vögelchen sei, das seinen Weg aus dem Ei zu picken versuche, und dass dieses Drücken ihrer Hand nur der Anfang gewesen sei, der Versuch, aufzutauchen, der noch einige Tage dauern sollte, bis sie endlich aufwachte und nach Wasser fragte.

Jedes Mal, wenn sie über den Unfall sprach, erklärte Mia, dass ihre Erinnerung an diese Woche vollkommen unscharf sei. Sie erinnerte sich an nichts. Und ich wollte ihr garantiert nichts von meinem Versprechen erzählen. Ein Versprechen, das ich am Ende auch noch gezwungen war, zu halten.

Doch sie *weiß davon.*

Kein Wunder, dass sie mich hasst.

Das Komische ist, dass es irgendwie eine Erleichterung ist. Ich habe es so satt, mit diesem Geheimnis durch die Gegend zu rennen. Ich habe es satt, mich schlecht zu fühlen dafür, dass ich sie gezwungen habe, weiterzuleben, und ich habe es satt, wütend zu sein darüber, dass sie ihr Leben ohne mich weitergeführt hat. Und ich habe es satt, mich wie ein Heuchler zu fühlen dafür, dass ich uns diesen ganzen Schlamassel eingebrockt habe.

Eine Weile bleibe ich auf der Brücke stehen, damit Mia entkommen kann, dann gehe ich die restlichen Schritte nach unten auf die Rampe zu. Unten auf der Straße habe ich Dutzende von Taxis vorbeifahren sehen. Deshalb bin ich mir ziemlich sicher, dass ich ein Taxi finden werde, das mich zurück ins Hotel bringt, auch wenn ich keinen Schimmer habe, wo ich mich gerade befinde. Doch als ich unten ankomme, stehe ich auf einem Platz, nicht an der Straße, auf der die Autos fahren. Ich spreche einen Jogger an, einen Typen mittleren Alters, der schnaubend von der Brücke runterkommt, und frage ihn, wo ich ein Taxi kriegen könnte. Er deutet mit dem Finger auf eine Reihe von städtischen Gebäuden. »Normalerweise gibt es da unter der Woche eine Schlange. Keine Ahnung, wie das am Wochenende so ist, aber ich bin mir ziemlich sicher, dass Sie da irgendwo ein Taxi kriegen.«

Er hat einen iPod umhängen und die Kopfhörer rausgenommen, um mit mir reden zu können, aber die Musik spielt immer noch. Gerade läuft Fugazi. Der Typ joggt doch tatsächlich zur Musik von Fugazi, ich höre das Ende von »Smallpox Champion«. Dann springt der Player weiter zum nächsten Song, »Wild Horses« von den Rolling Stones. Die Musik, das ist irgendwie, keine Ahnung, wie frisches Brot auf leeren Magen oder wie ein Holzfeuer an einem kalten Tag. Sie dringt aus den Kopfhörern und lockt mich.

Der Typ sieht mich weiter an. »Bist du nicht Adam Wilde? Von Shooting Star?«, fragt er. Überhaupt nicht wie ein Fan, eher neugierig.

Es kostet mich einiges an Anstrengung, nicht weiter auf die Musik zu achten, um ihm wieder meine Aufmerksamkeit zu schenken. »Ja, bin ich.« Ich strecke ihm die Hand hin.

»Ich will ja nicht aufdringlich sein«, meint er, nachdem wir uns die Hände geschüttelt haben, »aber wieso läufst du am Samstagmorgen um halb sieben hier auf der Brooklyn Bridge rum? Hast du dich verlaufen?«

»Nein, ich hab mich nicht verlaufen. Jedenfalls nicht mehr, ich bin wieder auf dem richtigen Weg.«

Mick Jagger jault vor sich hin, und ich muss mir regelrecht auf die Lippen beißen, um nicht spontan mitzusingen. Früher bin ich nirgendwo hingegangen, ohne Musik dabeizuhaben. Und dann war es plötzlich wie mit allem anderen auch, alles oder nichts. Jetzt aber will ich alles. Jetzt *brauche* ich es. »So verrückt es auch klingt, aber würdest du mir einen riesigen Gefallen tun?«, frage ich.

»Okaaay?«

»Kann ich mir deinen iPod ausleihen? Nur für einen Tag? Wenn du mir deinen Namen und deine Adresse gibst, dann lass ich ihn dir per Kurier bringen. Ich versprech dir, du hast ihn morgen zum Laufen wieder.«

Er schüttelt den Kopf und lacht. »Ein frühmorgendlicher Lauf pro Woche reicht mir, aber klar, du kannst ihn dir ausleihen. Die Klingel an meiner Tür funktioniert zwar nicht, aber du kannst ihn einfach zu Nick im Southside Café an der

Sixth Avenue in Brooklyn bringen lassen. Da bin ich jeden Morgen.«

»Nick. Southside Café. Sixth Avenue. Brooklyn. Ich werd's mir merken. Versprochen.«

»Ich vertrau dir«, sagt er und wickelt die Kopfhörer auf. »Aber ich befürchte, nach Shooting Star kannst du da drauf lange suchen.«

»Umso besser. Du hast ihn heute Abend wieder.«

»Mach dir keine Gedanken«, meint er. »Der Akku war noch voll, als ich aus dem Haus bin, also sollte er noch mindestens … eine Stunde reichen. Dieses Ding ist ein echter Dinosaurier.« Er kichert leise. Dann läuft er weiter und winkt mir im Laufen zu, ohne sich noch einmal zu mir umzudrehen.

Ich stöpsle den iPod ein; er ist echt uralt. Ich mache mir eine geistige Notiz, ihm einen neuen zu besorgen, wenn ich ihm den alten zurückgebe. Ich scrolle durch seine Titelliste – er hat alles da, von Charlie Parker über die Minutemen bis hin zu Yo La Tengo. Er hat unzählige Playlisten. Ich wähle eine Liste mit dem schlichten Titel »Good Songs«. Und als das Pianosolo am Anfang von »Challenger« von den New Pornographers ertönt, wird mir klar, dass ich da einen guten Fang gemacht habe. Dann kommt was von Andrew Bird, gefolgt von einem spitzenmäßigen Song von Billy Bragg zusammen mit Wilco, den ich schon seit Jahren nicht mehr gehört habe, anschließend läuft »Chicago« von Sufjan Stevens, das ich früher geliebt habe, irgendwann aber nicht mehr hören konnte, weil es mich zu sehr aufwühlte. Jetzt aber passt es gut. Wie ein kühles Bad nach fiebrigen Schweißausbrüchen hilft der Song mir jetzt, die vielen unbeantwortbaren Fragen zu verdrängen, von denen ich mich nicht länger quälen lassen will.

Ich drehe die Lautstärke voll auf, dass es selbst meine lärmerprobten Ohren fast wegbläst. Und zusammen mit dem morgendlichen Lärm von Downtown-Brooklyn – kreischende Metallgitter und dahintuckernde Busse –, ist das schon ordentlich laut. Als daher eine Stimme durch den Lärm dringt, hätte ich sie fast nicht gehört. Aber da ist sie, die Stimme, nach deren Klang ich mich all die Jahre gesehnt habe.

»Adam!«, schreit sie.

Erst kann ich es kaum glauben. Ich stelle den Song von Sufjan aus. Und sehe mich um. Da steht sie, direkt vor mir, ihr Gesicht tränenüberströmt. Sie sagt noch einmal meinen Namen. Für mich klingt es, als wäre es das erste Wort, das ich je gehört habe.

Ich habe losgelassen. Ich habe es wirklich und wahrhaftig getan. Aber da steht sie. Direkt vor mir.

»Ich dachte, ich hätte dich verloren. Ich bin zurück auf die Brücke und hab nach dir gesucht, aber ich konnte dich nirgends finden, und ich dachte, du wärst in Richtung Manhattan zurückgegangen, und ich hatte diesen dämlichen Einfall, mir ein Taxi zu nehmen und dich auf der anderen Seite abzupassen. Ich weiß, dass diese Aktion total egoistisch ist. Ich habe gehört, was du da auf der Brücke gesagt hast, aber wir können nicht einfach so auseinandergehen. Ich kann das nicht. Nicht noch einmal. Wir müssen uns auf andere Art voneinander verabschieden. Ich wette …«

»Mia?«, unterbreche ich sie. Meine Stimme ist ein Fragezeichen und eine zärtliche Geste zugleich. Ihr Redeschwall ist jäh unterbrochen. »Woher wusstest du es?«

Die Frage tritt wie aus dem Nichts hervor. Und dennoch scheint sie sofort zu wissen, wovon ich rede. »Oh, das«, sagt sie. »Das ist ein bisschen kompliziert.«

Langsam weiche ich von ihr zurück. Ich habe kein Recht, sie zu fragen, und sie ist ebenso wenig verpflichtet, mir zu antworten. »Schon okay. Es ist alles gut. *Mir* geht es jetzt gut.«

»Nein, Adam, hör auf«, meint Mia.

Ich schweige.

»Ich will es dir erzählen. Ich muss es dir erklären. Ich befürchte nur, ich brauch erst einen Kaffee, bevor ich dazu fähig bin.«

Sie führt mich stadtauswärts in ein historisches Viertel, in eine Bäckerei an einer Straße mit Kopfsteinpflaster. Die Fenster sind abgedunkelt, die Tür verschlossen, und allen Anzeichen nach ist der Laden zu. Doch Mia klopft, und innerhalb von einer Minute macht ein Mann mit einem wilden Haarschopf und Mehl im ungebändigten Bart die Tür auf und ruft Mia freudig ein *Bonjour* entgegen und küsst sie auf beide Wangen. Mia stellt mich Hassan vor, der sofort wieder in der Bäckerei verschwindet, die Tür aber offen lässt, sodass das warme Aroma von Butter und Vanille raus in die Morgenluft weht. Er kehrt mit zwei großen Bechern Kaffee und einer braunen Papiertüte zurück, die bereits dunkle Flecken von der Butter aufweist. Sie reicht mir einen Kaffee, und ich öffne den Deckel und sehe, dass er dampft und schwarz ist, so wie ich ihn liebe.

Es ist jetzt heller Morgen. Wir suchen uns eine Bank auf der Brooklyn-Heights-Promenade, noch einer von Mias Lieblingsplätzen in New York, wie sie mir verrät. Wir sitzen direkt am East River, wo Manhattan so nah ist, dass man es fast berühren kann. Schweigend sitzen wir nebeneinander wie zwei alte Freunde, trinken unseren Kaffee und essen Hassans noch warme Croissants. Und ich fühle mich gut dabei, ganz wie in alten Zeiten, dass ein Teil von mir am liebsten mit einer Zauberuhr die Zeit anhalten und ewig in diesem Moment verweilen würde. Nur dass es keine Zauberstoppuhren gibt und noch einige Fragen zu beantworten sind. Mia allerdings scheint es kein bisschen eilig zu haben. Sie nimmt einen Schluck, blickt hinaus auf die Stadt. Erst als sie ihren Kaffee zu Ende getrunken hat, wendet sie sich endlich wieder mir zu.

»Ich habe nicht gelogen, als ich sagte, ich würde mich an nichts erinnern, was den Unfall oder die Zeit danach betrifft«, fängt sie an. »Dann aber erinnerte ich mich plötzlich an Einzelheiten. Das war nicht wirklich ein Erinnern, eher war es so, dass ich Details hörte, die mir irgendwie vertraut vorkamen. Ich redete mir selbst ein, das läge daran, dass ich all diese Geschichten immer und immer wieder gehört hatte, doch so war es nicht. Nun spulen wir die Zeit vor, ungefähr um eineinhalb Jahre. Ich hab inzwischen meinen siebten oder achten Therapeuten.«

»Du bist also *echt* in Therapie?«

Sie wirft mir einen schiefen Blick zu. »Klar bin ich in Therapie. Ich hab meine Therapeuten gewechselt wie andere Leute ihre Unterwäsche. Und sie haben mir alle das Gleiche gesagt.«

»Und das wäre?«

»Dass ich *wütend* sei. Dass ich *wütend* sei, weil der Unfall passiert ist. Dass ich *wütend* sei, weil ich die einzige Überlebende bin. Dass ich wütend sei auf *dich*.« Sie sieht mich mit einem schiefen, entschuldigenden Grinsen an. »Alles andere ergab für mich ja Sinn, aber das mit *dir*, das habe ich nicht verstanden. Ich meine, warum sollte ich ausgerechnet auf dich sauer sein? Aber so war es. Ich konnte fühlen, wie …« Sie hält einen Moment inne. »… wie verärgert ich war«, vervollständigt sie den Satz. »Die Gründe waren nur allzu offensichtlich: Du hattest dich von mir zurückgezogen, der Unfall hatte uns beide verändert … Aber all das war keine Erklärung dafür, dass ich so *unfassbar* wütend war, als ich erst mal weg war von dir. Ich schätze, dass ich irgendwo tief drinnen immer wusste, dass du mich gebeten hattest, zu bleiben – lange bevor ich mich tatsächlich daran erinnerte. Kannst du das *irgendwie* nachvollziehen?«

Nein. Ja. Keine Ahnung. »All das ergibt für mich überhaupt keinen Sinn«, sage ich.

»Ich weiß. Aber ich war nun mal sauer auf dich. Ich wusste auch nicht, warum. Ich war auf die ganze Welt wütend. Dafür kannte ich den Grund. Ich hasste alle meine Therapeuten dafür, dass sie mir nicht helfen konnten. Ich war ein einziger Klumpen aus selbstzerstörerischer Wut, und keinem von ihnen ist irgendwas anderes eingefallen, als mir zu sagen, dass ich ein Klumpen aus selbstzerstörerischer Wut sei. Bis ich Nancy traf, hat mir keiner von ihnen annähernd so gut geholfen wie meine Profs an der Juilliard. Mir war ja klar, dass ich wütend war. Hätte mir bitte mal jemand erklären können, was ich mit dieser Wut *anstellen* sollte? Jedenfalls hat Ernesto mir dann eine Hypnotherapie empfohlen. Wahrscheinlich weil es ihm selbst geholfen hat, mit dem Rauchen aufzuhören.« Sie stupst mir mit dem Ellbogen in die Rippen.

Natürlich raucht Mr Perfect nicht. Und natürlich ist er

derjenige, der Mia dazu gebracht hat, die Gründe herauszufinden, weshalb sie mich hasst.

»Ich bin ein gewisses Risiko eingegangen«, fährt Mia fort. »Bei einer Hypnose kommen gern verborgene Erinnerungen zum Vorschein. So manches traumatische Erlebnis ist einfach zu viel für unser Bewusstsein. Es kann damit nicht umgehen, und deshalb muss man sich durch eine Hintertür ranpirschen. Ich hab mich also widerstrebend ein paar Sitzungen unterzogen. War alles ganz anders, als ich erwartet hatte. Kein schwingendes Amulett, kein Metronom. Es erinnerte mich eher an eine von diesen geführten Reisen durch die Vorstellung, wie wir sie manchmal in den Musik-Camps machen. Zunächst ist gar nichts passiert, und dann bin ich den Sommer über nach Vermont und hab ganz damit aufgehört. Ein paar Wochen später hatte ich dann plötzlich diese Anfälle. Ganz spontan. Zum Beispiel glaubte ich mich auf einmal an eine Operation zu erinnern, konnte eine bestimmte Musik hören, die die Ärzte im Operationssaal laufen hatten. Ich hab schon darüber nachgedacht, ob ich sie nicht hätte anrufen sollen, um zu fragen, ob meine Erinnerung der Wahrheit entspricht, aber es war inzwischen so viel Zeit vergangen, dass ich Zweifel hatte, dass sie sich erinnern würden. Außerdem … mein Dad hat immer gesagt, dass, als ich geboren wurde, ich ihm schon so vertraut vorkam, dass er vollkommen überwältigt war von dem Gefühl, mich schon ein Leben lang zu kennen. Das war witzig, wenn man bedenkt, wie wenig ich ihm oder Mom ähnelte. Doch als ich anfing, mich an Dinge zu erinnern, da war ich überzeugt, dass das alles echt war und diese Erinnerungen wirklich meine eigenen Erinnerungen darstellten. Ich hab die einzelnen Puzzleteile allerdings erst zusammenfügen können, als ich an einem bestimmten Cellostück arbeitete – wenn ich spiele, scheinen mich immer die meisten Erinnerungen zu überkommen –, und zwar Gershwins ›Andante con moto e poco rubato‹.«

Ich öffne den Mund, um etwas zu erwidern, doch ich bringe erst mal keinen Ton raus. »Das hab ich dir mal vorgespielt«, sage ich endlich.

»Ich weiß.« Sie scheint nicht überrascht von meiner Bestätigung.

Ich lehne mich vor, stecke den Kopf zwischen die Knie und atme ein paarmal tief durch. Ich spüre, wie Mia mir sanft die Hand in den Nacken legt.

»Adam?« Ihre Stimme klingt zaghaft. »Da ist noch mehr. Und das wird jetzt ein bisschen unheimlich rüberkommen. Auf gewisse Weise ergibt es für mich einen Sinn, dass mein Gehirn irgendwie die Ereignisse aufgezeichnet hat, die um mich herum geschehen sind, während ich im Koma lag. Aber da sind auch noch andere Dinge, andere Erinnerungen …«

»Welche denn zum Beispiel?« Meine Stimme ist nichts als ein Flüstern.

»Das Meiste ist irgendwie verschwommen, aber ich erinnere mich ziemlich deutlich an Dinge, die ich gar nicht wissen kann, weil ich sie nicht miterlebt habe. Da ist besonders diese eine Erinnerung. Darin kommst du vor. Es ist dunkel draußen. Und du stehst vor dem Krankenhauseingang im Flutlicht und wartest darauf, mich besuchen zu dürfen. Du hast deine Lederjacke an und siehst hoch zu meinem Fenster. So als würdest du nach mir suchen. Ist das wirklich so gewesen?«

Mia hebt mein Kinn an, um mir in die Augen sehen zu können, und dieses Mal scheint sie wirklich die Bestätigung zu wollen, dass es wahr ist. Ich würde ihr ja gern versichern, dass sie recht hat, aber ich habe gänzlich die Fähigkeit verloren, zu sprechen. Allerdings scheint mein Gesichtsausdruck allein ihr das zu bestätigen, was sie vermutet. Sie nickt leicht mit dem Kopf. »Wie? Sag mir, Adam, wie ist das möglich? Woher könnte ich das wissen?«

Ich kann nicht sagen, ob diese Frage rein rhetorisch gemeint ist oder ob sie wirklich denkt, ich könne sie von ihren metaphysischen Qualen befreien. Doch ich bin sowieso nicht fähig, ihr eine Antwort zu geben, weil ich nämlich inzwischen heule. Ich merke selbst nichts davon, bis ich das Salz auf den Lippen schmecke. Ich kann mich nicht erinnern, wann ich das letzte Mal geweint habe, aber in dem Moment, in dem ich mich der Peinlichkeit hingebe, zu schluchzen und zu heulen wie ein Baby, da öffnen sich die Schleusentore noch ein Stück weiter, und ich flenne jetzt hemmungslos, und das vor Mia. Vor der ganzen verdammten Welt, um genau zu sein.

19

Das erste Mal, dass ich Mia Hall sah, war vor sechs Jahren. An unserer Highschool gab es diesen künstlerischen Zweig, und wenn man sich für Musik als Wahlfach entschied, dann konnte man Musikunterricht nehmen oder sich wahlweise für selbstständige Übungsstunden im schuleigenen Studio eintragen. Mia und ich haben beide die selbstständigen Übungsstunden gewählt.

Ich hatte sie ein paarmal auf ihrem Cello spielen sehen, aber sie nie wirklich registriert. Ich meine, sie war schon süß und so, aber nicht ganz mein Typ. Sie war eine klassische Musikerin. Und ich war Rocker. Wie Hund und Katze waren wir quasi.

Ich habe sie nicht ernsthaft bemerkt bis zu dem Tag, als ich sie einmal *nicht* spielen sah. Sie saß einfach nur so in einer der schallgeschützten Kabinen, hatte ihr Cello gegen ihr Knie gelehnt, und ihren Bogen hielt sie ein paar Zentimeter über den Saiten. Ihre Augen waren geschlossen, die Brauen leicht gerunzelt. Sie saß so still, dass es schon den Anschein hatte, als hätte sie sich für eine Weile aus ihrem Körper zurückgezogen, um Urlaub zu machen. Und obwohl sie absolut regungslos dasaß, obwohl ihre Augen geschlossen waren, wurde mir in dem Moment klar, dass sie irgendeiner Musik lauschte, dass sie in der Stille nach Noten griff, wie ein Eichhörnchen, das Eicheln für den Winter sammelt, ehe sie sich daranmachen würde, die Noten zu spielen. Ich stand dort, plötzlich wie gefesselt von ihr, bis sie aufzuwachen schien und mit dieser unglaublich intensiven Konzentration zu spielen begann. Als sie mich schließlich ansah, machte ich mich schnell vom Acker.

Von da an war ich irgendwie fasziniert von ihr und von ihrer offensichtlichen Fähigkeit, Musik in der Stille zu hören. Damals wollte ich das auch gern können. Deshalb habe ich ihr immer öfter beim Spielen zugehört, und obwohl ich mir selbst einzureden versuchte, dass mein Interesse an ihr allein darauf basierte, dass sie eine derart hingebungsvolle Musikerin war, mir nicht unähnlich, war es in Wirklichkeit so, dass ich unbedingt verstehen wollte, was sie aus der Stille heraushörte.

Die ganze Zeit, die wir zusammen waren, habe ich das, glaube ich, nie so recht begriffen. Aber als ich erst mal mit ihr zusammen war, brauchte ich das auch gar nicht mehr. Wir waren beide wie besessen von der Musik, jeder auf seine eigene Weise. Wenn wir jeweils die Besessenheit des anderen nicht ganz verstanden, so war das nicht von Bedeutung, denn immerhin verstanden wir jeder unsere eigene.

Ich kann mich noch ganz genau an den Moment erinnern, von dem Mia da spricht. Kim und ich waren zusammen in Sarahs pinkfarbenem Dodge Dart ins Krankenhaus gefahren. Ich kann mich nicht entsinnen, wann ich Liz' Freundin gebeten hatte, mir ihr Auto zu leihen. Ich kann mich auch nicht daran erinnern, den Wagen je gefahren zu haben. Weder weiß ich, wie ich das Auto hoch auf den Hügel gelenkt habe, auf dem das Krankenhaus steht, noch weiß ich, woher ich den Weg kannte. Kurze Zeit vorher war ich noch in einer Halle im Zentrum von Portland zum Soundcheck für die an diesem

Abend geplante Show gewesen, als plötzlich Kim aufgetaucht war, um mir die schrecklichen Neuigkeiten mitzuteilen. Und ehe ich es mich versah, stand ich auch schon dort draußen vor dem Krankenhaus.

Das, woran Mia sich da erinnert, war im Grunde der erste lichte Moment nach einer Phase, in der ich alles nur verschwommen wahrnahm wie in einer Petrischale, in der Zeit zwischen dem Eintreffen der Nachricht und meiner Ankunft an der Unfallstation. Kim und ich hatten gerade den Wagen geparkt, und ich war vor ihr aus der Parkgarage rausmarschiert. Ich brauchte ein paar Sekunden, um meine Kräfte zu sammeln, um mich gegen das zu wappnen, was ich gleich sehen würde. Und ich erinnere mich, wie ich vor dem riesigen Krankenhausgebäude stand und mir vorstellte, dass Mia irgendwo da drinnen war. Und in dem Moment klopfte mir vor Panik das Herz bis zum Hals, als ich mir vorstellte, sie könnte in der Zeit, die Kim gebraucht hatte, mich zu holen, gestorben sein. Doch dann hatte mich plötzlich eine Welle erfasst, zwar keine Welle der Hoffnung, auch nicht der Erleichterung, aber irgendwie wusste ich, dass Mia noch da war. Und das hatte dafür ausgereicht, dass ich durch die Tür nach drinnen ging.

Man sagt ja immer, dass es für alles einen Grund gibt, aber ich weiß nicht, ob ich davon überzeugt bin. Ich glaube kaum, dass ich jemals einen Sinn darin sehen könnte, was Kat, Denny und Teddy an jenem Tag zugestoßen ist. Es dauerte eine halbe Ewigkeit, bis ich Mia endlich sehen konnte. Die Krankenschwestern wollten mich nicht zu ihr auf die Intensivstation lassen, weshalb Kim und ich uns einen Plan ausdachten, wie wir uns doch würden reinschleichen können. Ich glaube nicht, dass mir das damals klar war, aber seltsamerweise schien ich das irgendwie hinauszögern zu wollen. Ich musste erst Kräfte sammeln. Ich wollte doch nicht vor ihren Augen zusammenbrechen. Ich schätze, ein Teil von mir wusste, dass Mia das selbst tief im Koma bemerken würde.

Natürlich bin ich dann trotz allem in ihrer Gegenwart zusammengebrochen. Als ich sie nämlich das erste Mal so sah, da hätte ich fast gekotzt. Ihre Haut wirkte bleich wie ein Taschentuch. Ihre Augen waren verbunden. Überall an ihrem Körper waren Schläuche befestigt, die diverse Flüssigkeiten und Blut in sie hineinpumpten und irgendein grässlich aussehendes Zeug aus ihr herauslaufen ließen. Ich schäme mich, es zuzugeben, aber als ich das Zimmer betrat, da wollte ich auf der Stelle wieder kehrtmachen und wegrennen.

Doch ich konnte es nicht. Ich hätte es auch nie getan. Deshalb konzentrierte ich mich auf den Teil von Mia, der ihr immer noch entfernt ähnelte – ihre Hände. An ihre Fingerkuppen waren Monitore angeschlossen, doch ihre Hände sahen immer noch so aus wie früher. Ich berührte die Fingerspitzen ihrer linken Hand, die sich abgenutzt, aber weich anfühlten wie altes Leder. Ich strich mit den Fingern über die knubbeligen Schwielen an ihrem Daumen. Ihre Hände waren eiskalt, so wie immer. Deshalb wärmte ich sie ihr, ebenfalls wie immer.

Und während ich ihre Hände so wärmte, dachte ich darüber nach, was für ein Glück es doch war, dass sie so aussahen, als wären sie in Ordnung. Denn ohne Hände gäbe es für sie keine Musik, und ohne die Musik wäre ihr wirklich nichts mehr geblieben. Ich erinnere mich noch, wie ich dachte, dass Mia sich darüber ebenfalls würde klar werden müssen. Dass man sie daran erinnern musste, dass da immer noch die Musik war, zu der sie zurückkehren konnte. Dann rannte ich aus der Intensivstation, obwohl ein Teil von mir befürchtete, ich könnte sie nie wiedersehen, solange sie noch lebte, doch irgendetwas sagte mir, dass ich diese eine Sache erledigen musste. Als ich zurückkam, spielte ich ihr ein Stück von Yo-Yo Ma vor.

Und das war auch der Moment, als ich ihr mein Versprechen gab. Das Versprechen, das sie mich hat einlösen lassen. Ich habe das Richtige getan. Das weiß ich jetzt. Ich muss es schon immer gewusst haben, doch es war schwer, das in meinem Zorn zu akzeptieren. Und es ist in Ordnung, wenn sie jetzt sauer ist. Es ist sogar in Ordnung, wenn sie mich hasst. Klar, es war egoistisch von mir, sie darum zu bitten, auch wenn es sich letzten Endes als das Beste herausstellte, was ich je in meinem Egoismus getan hatte. Etwas, das ich auch weiterhin würde tun müssen.

Doch ich würde es jederzeit wieder tun. Das immerhin ist mir jetzt klar. Ich würde ihr dieses Versprechen wieder und wieder geben und sie wieder und wieder freiwillig verlieren, nur damit sie spielen kann wie am vergangenen Abend oder damit ich sie im morgendlichen Sonnenschein sehen darf. Und auch sonst würde ich es wieder genauso machen. Allein um die Gewissheit zu haben, dass sie irgendwo dort draußen ist. Und zwar am Leben.

Mia sieht mir dabei zu, wie ich hier auf dieser Promenade die Fassung verliere. Sie wird Zeugin, wie die Risse sich immer weiter öffnen, wie die Lava daraus hervortritt, wie diese megamäßige Explosion vor sich geht, die, wie mir scheint, in ihren Augen Schmerz zutage treten lässt.

Doch ich weine nicht, weil es wehtut. Ich weine aus reiner Dankbarkeit.

20

Kann mich bitte jemand wecken, wenn das alles vorüber ist,
wenn die Stille den Abend vergoldet.
Legt mich auf ein Bett von Klee,
oh, ich brauche Hilfe bei dieser Last.

»Hush«, *Collateral Damage*, Song Nummer 13

Als ich mich wieder im Griff habe und einigermaßen ruhig bin, fühlen meine Knochen sich an, als bestünden sie aus totem Holz. Ich lasse den Blick sinken. Ich habe gerade einen riesigen Becher irrsinnig starken Kaffee getrunken, und er könnte genauso gut randvoll mit Schlaftabletten gewesen sein. Ich könnte mich direkt hier auf dieser Bank schlafen legen. Ich drehe mich zu Mia und erkläre ihr, dass ich schlafen müsse.

»Ich wohne ein paar Blocks von hier«, meint sie. »Du kannst bei mir pennen.«

Ich bin total alle und so was von schlapp, weil ich geheult habe. So habe ich mich nicht mehr gefühlt, seit ich ein Kind war, ein überaus sensibles Kind, das so lange anlässlich irgendeiner Ungerechtigkeit schreien konnte, bis alles hinausgeschrien war und meine Mutter mich ins Bett steckte. Ich stelle mir Mia vor, wie sie mich in ein Kinderbett legt und mir die Buzz-Lightyear-Bettdecke bis unters Kinn hochzieht.

Es ist jetzt mitten am Vormittag. Die Leute sind wach und auf den Beinen. Während wir so nebeneinanderher gehen, verlassen wir die ruhige Wohngegend und kommen in eine geschäftige Straße mit Läden, Boutiquen und Cafés voller Szeneleute, die diese Läden und Cafés üblicherweise frequentieren. Aber ich kümmere mich nicht um irgendeine Verkleidung – keine Sonnenbrille, keine Mütze. Ich versuche erst gar nicht, mich zu verstecken. Mia schlängelt sich durch die zunehmenden Menschenmassen und biegt dann in eine Seitenstraße mit viel Grün und einer Reihe von Altbauten und Backsteinhäusern ein. Vor einem kleineren Backsteingebäude bleibt sie stehen. »*Home sweet home.* Hier wohne ich zur Untermiete, bei einer professionellen Violinistin, die bei den Wiener Philharmonikern spielt. Ich wohne jetzt schon sensationelle neun Monate hier, ein echter Rekord!«

Ich folge ihr in das schmalste Haus hinein, das ich je gesehen habe. Das Erdgeschoss besteht aus nur einem Wohnzimmer und einer Küche, von der aus eine gläserne Schiebetür raus auf einen Garten führt, der ungefähr doppelt so lang ist wie das Haus selbst. Es gibt eine weiße Couchgarnitur, und Mia deutet mir an, ich solle mich doch hinlegen. Ich schleudere die Schuhe von mir und mach es mir gemütlich. Sofort versinke ich tief in den plüschigen Kissen. Mia hebt meinen Kopf, schiebt ein Kissen darunter und deckt mich mit einer weichen Decke zu, die sie mir hochzieht und feststeckt, genau wie ich es mir vorgestellt habe.

Ich versuche, ihre Fußtritte auf der Treppe zu hören, die hoch in ihr Schlafzimmer führen muss, doch stattdessen spüre ich, wie die Polster ein wenig federn, als sich Mia am anderen Ende der Couch niederlässt. Sie strampelt ein paarmal mit den Beinen. Ihre Füße ruhen nur wenige Zentimeter neben meinen. Dann stößt sie ein langgezogenes Seufzen aus, und ihr Atem verlangsamt sich und wird gleichmäßig. Sie schläft. Und innerhalb weniger Minuten bin auch ich eingeschlafen.

Als ich aufwache, ist die Wohnung hell erleuchtet. Ich fühle mich so frisch, dass ich schon einen Moment lang befürchte, mindestens zehn Stunden geschlafen und meinen Flug verpasst zu haben. Doch ein flüchtiger Blick auf die Küchenuhr verrät mir, dass es erst kurz vor zwei ist und immer noch Samstag. Ich habe nur ein paar Stunden gepennt, und um fünf muss ich Aldous am Flughafen treffen.

Mia schläft noch immer; sie atmet tief und schnarcht fast ein bisschen. Eine Weile beobachte ich sie. Sie sieht so friedlich aus und so vertraut. Schon bevor ich unter starker Schlaflosigkeit zu leiden begann, hatte ich abends immer Probleme mit dem Einschlafen, wohingegen Mia nur fünf Minuten in einem Buch lesen musste, und schon drehte sie sich zur Seite und war weg. Eine Haarsträhne ist ihr ins Gesicht gefallen, die nun mit jedem Atemzug von ihrem Mund angesaugt wird. Ohne darüber nachzudenken, beuge ich mich vor und schiebe die Strähne weg, wobei meine Finger zufällig ihre Lippen berühren. Es fühlt sich ganz natürlich an, so sehr, dass es scheint, als wären die letzten drei Jahre nie vergangen. Fast schon bin ich versucht, ihre Wangen, ihr Kinn, ihre Stirn zu streicheln.

Fast. Aber doch nicht ganz. Es ist so, als würde ich Mia durch ein Prismenglas betrachten, denn sie ist zwar zum größten Teil das Mädchen, das ich einmal kannte, aber irgendwas ist anders. Deshalb ist die Vorstellung, ich könnte die schlafende Mia berühren, nicht süß oder romantisch. Es käme einfach nur gewöhnlichem Stalking gleich.

Ich richte mich auf und dehne meine Glieder. Schon bin ich drauf und dran, sie zu wecken – doch irgendwie bringe ich es nicht über mich. Stattdessen wandere ich ziellos durch das Haus. Ich war so neben mir, als wir es vor ein paar Stunden betraten, dass ich es gar nicht richtig wahrgenommen habe. Und jetzt, als ich es mir so anschaue, fällt mir auf, dass es komischerweise aussieht wie das Haus, in dem Mia aufgewachsen ist. Da ist die gleiche kunterbunt zusammengewürfelte Sammlung von Bildern an der Wand – ein Elvis auf Samt, ein Poster von 1955, auf dem für das Finale der Baseballliga zwischen den Brooklyn Dodgers und den New York Yankees geworben wird –, und es ist ähnlich dekoriert, wie zum Beispiel mit der Chilischoten-Lichterkette, die den Türrahmen ziert.

Und Fotos, überall Fotos, an den Wänden, auf jeder freien Fläche auf Schränken und Regalen. Hunderte von Fotos von ihrer Familie, darunter auch diejenigen, die früher bei ihnen zu Hause an der Wand hingen. Da ist das Hochzeitsfoto von Kat und Denny, ein Schnappschuss von Denny mit nietenbesetzter Lederjacke, wie er die kleine Mia an einer Hand festhält, ein Foto von der achtjährigen Mia, die sich mit einem breiten Grinsen im Gesicht an ihrem Cello festklammert, Mia und Kat, die Teddy mit hochrotem Gesicht kurz nach seiner Geburt auf dem Arm halten. Da ist sogar dieses herzzerreißende Bild, auf dem Mia Teddy etwas vorliest, das Foto, das ich mir im Haus ihrer Großeltern nie habe anschauen können, das mir aber komischerweise hier in Mias Wohnung nicht mehr so viel ausmacht.

Ich durchquere die winzige Küche, wo eine ganze Galerie

an Aufnahmen hängt, von ihren Großeltern, die vor einer Vielzahl an Orchestergräben sitzen, von Mias Tanten und Onkeln und Cousins und Cousinen, die durch die Berge Oregons wandern oder einander mit Biergläsern in der Hand zuprosten. Da ist ein wildes Durcheinander von Schnappschüssen von Henry und Willow und Trixie und dem kleinen Jungen, der Theo sein muss. Es gibt Fotos von Kim und Mia von der Highschool und welche, auf denen sie auf dem Empire State Building stehen und posieren – und all diese Aufnahmen rufen mir auf erschütternde Weise in Erinnerung, dass ihre Beziehung nicht in die Brüche gegangen ist, dass sie immer noch eine gemeinsame Geschichte haben, von der ich nichts weiß. Da ist noch ein Foto von Kim, auf dem sie eine Splitterschutzweste trägt, und ihr Haar ist völlig zerzaust und offen und weht im Wind.

Da sind Fotos von Musikern in eleganter Abendkleidung mit Champagnerflöten in der Hand. Ein Mann mit leuchtenden Augen und einem lockigen Haarschopf im Smoking, der einen Taktstock in der Hand hält, ist auf einem Bild zu sehen, und auf einem anderen ist derselbe Typ abgelichtet, wie er eine Gruppe genervt wirkender Kids dirigiert, und dann noch einmal er, neben einer wunderschönen Farbigen, die ein nicht ganz so genervtes Kind küsst. Der Typ muss Ernesto sein.

Ich spaziere raus in den Garten, um die gewohnte Zigarette nach dem Aufwachen zu rauchen. Ich durchsuche meine Taschen, doch finde ich nichts als meine Brieftasche, meine Sonnenbrille, den geborgten iPod und das übliche Sortiment an Plektren, die in allen meinen Taschen zu finden sind. Dann fällt mir ein, dass ich die Zigaretten wahrscheinlich auf der Brücke verloren habe. Nichts zu rauchen. Keine Pillen mehr.

Ich schätze, heute ist der richtige Tag, um mit all meinen schlechten Angewohnheiten Schluss zu machen.

Ich gehe wieder nach drinnen und sehe mich noch ein wenig um. Das Haus sieht ganz anders aus, als ich es erwartet hätte. So viel, wie sie von Umzügen gesprochen hat, hätte ich gedacht, ihre Bude müsse voller Umzugskisten sein, etwas Unpersönliches und Aseptisches haben. Und ganz gleich, was sie auch über Geister gesagt hat – ich hätte niemals erwartet, dass sie es sich tatsächlich mit all diesen Gespenstern gemütlich gemacht hat.

Nur nicht mit meinem Geist. Es gab kein einziges Foto von mir, obwohl Kat mich auf so vielen Familienfotos mit draufhaben wollte. Sie hatte sogar ein Bild von Mia, Teddy und mir in Halloween-Kostümen über dem Kamin bei ihnen daheim aufgehängt, ein echter Ehrenplatz im Hause der Familie Hall. Aber hier war nichts zu sehen. Keiner von diesen doofen Schnappschüssen, die Mia und ich immer gemacht haben, die, auf denen wir uns küssen oder Grimassen ziehen, während einer von uns beiden die Kamera hochhält. Ich habe diese Fotos immer geliebt. Auf denen war ständig die Hälfte eines Kopfes abgeschnitten, oder ein Finger verdeckte alles, doch irgendwie schienen sie stets ein kleines Stück Wirklichkeit festzuhalten.

Ich bin nicht verletzt oder so. Wäre es noch früher am Abend, wäre ich wahrscheinlich beleidigt. Aber jetzt habe ich verstanden. Welchen Platz ich auch immer in Mias Leben, in ihrem Herzen eingenommen haben mag, an jenem Tag im Krankenhaus vor dreieinhalb Jahren hat sich das alles unwiderruflich verändert. Abschluss. Ich hasse dieses Wort. Die Seelenklempner stehen drauf. Bryn steht voll drauf. Sie meint immer, dass ich die Sache mit Mia nie zum *Abschluss* gebracht habe. »Mehr als fünf Millionen Menschen haben sich meinen Abschluss gekauft und angehört«, lautet meine Standardantwort.

Jetzt stehe ich hier in der Stille dieses Hauses, während draußen im Garten die Vögel zwitschern, und habe das Gefühl, dass ich das Konzept des Abschlusses allmählich zu verstehen beginne. Das ist kein dramatischer Vorher-Nachher-Akt. Es handelt sich eher um diese Art von melancholischem Gefühl, das einem am Ende eines wahnsinnig tollen Urlaubes überkommt, wenn etwas ganz Besonderes zu Ende geht und man selbst darüber traurig ist, obwohl man es auch wieder nicht allzu sehr bedauern kann, weil es ja immerhin total super war, solange es andauerte … Und, hey, es wird ja noch weitere Urlaube geben, man wird andere tolle Dinge erleben. Nur dass ich sie nicht mit Mia teilen werde – oder mit Bryn.

Ich werfe einen kurzen Blick auf die Uhr. Ich muss nach Manhattan zurück, meine Sachen packen, die wichtigsten Mails beantworten, die sich mit Sicherheit inzwischen angesammelt haben, und dann nichts wie ab zum Flughafen. Ich muss mir ein Taxi rufen, das mich von hier wegbringt, aber vorher muss ich Mia aufwecken und mich anständig von ihr verabschieden.

Ich beschließe, erst mal einen Kaffee zu kochen. Der Geruch allein hat sie früher aufgeweckt. An den Tagen, an denen ich bei ihr übernachtete, wachte ich manchmal früh auf und hing dann mit Teddy ab. Wenn ich sie dann lange genug hatte schlafen lassen, nahm ich die Espressokanne immer direkt mit in ihr Zimmer und ließ den Kaffeeduft sich ausbreiten, bis

Mia mit ganz kleinen, sanften Augen den Kopf vom Kissen hob.

Ich gehe in die Küche, wo ich mich instinktiv zurechtfinde, als wäre es meine eigene, und als hätte ich hier schon unzählige Male Kaffee gekocht. Die Edelstahl-Espressokanne steht in dem Küchenschrank oberhalb des Spülbeckens. Der Kaffee selbst findet sich in einem Glas oben auf dem Kühlschrank. Ich löffle das aromatische dunkle Pulver in die entsprechende Kammer der Espressokanne, dann fülle ich Wasser ein und stelle das Ganze auf den Herd. Nach einigem Zischen liegt wundervoller Kaffeeduft in der Luft. Ich stelle mir vor, wie die Duftwolke wie in einem Zeichentrickfilm zu Mia rüberzieht und sie anstupst, um sie aufzuwecken.

Und siehe da, noch ehe der Kaffee in der Kanne durchgelaufen ist, reckt sie sich auch schon auf der Couch und schnappt nach Luft, wie sie das beim Aufwachen immer tut. Als sie mich in ihrer Küche sieht, wirkt sie für einen kurzen Augenblick verwirrt. Ich könnte nicht sagen, ob es daran liegt, dass ich dort eifrig hantiere wie eine Hausfrau, oder ob es allein meiner Anwesenheit zuzuschreiben ist. Dann fällt mir wieder ein, was sie über ihr tägliches Erwachen und die Erinnerung an ihren Verlust erzählt hat. »Denkst du jetzt wieder daran?«, frage ich sie tatsächlich laut. Ja, ich spreche es laut aus. Weil ich es wirklich wissen will und weil sie mich gebeten hat, mich danach zu erkundigen.

»Nein«, meint sie. »Nicht heute Morgen.« Sie gähnt und streckt sich ein weiteres Mal. »Ich dachte schon, ich hätte das mit gestern Nacht nur geträumt, bis ich den Kaffee gerochen hab.«

»Tut mir leid«, murmele ich.

Während sie die Decke von sich strampelt, lächelt sie. »Denkst du wirklich, ich könnte meine Familie leichter vergessen, wenn du sie nicht erwähnst?«

»Nein«, muss ich zugeben. »Wohl nicht.«

»Und wie du sehen kannst, versuche ich auch gar nicht, sie zu vergessen.« Mia zeigt auf die vielen Fotos.

»Die hab ich mir schon angeschaut. Ganz schön eindrucksvoll, diese Galerie, die du da hast. Von jedem gibt es Fotos.«

»Danke. Sie leisten mir Gesellschaft.«

Ich sehe mir die Bilder nochmal an und stelle mir vor, dass eines Tages Fotos von Mias Kindern noch mehr von diesen Rahmen füllen werden. Sie wird eine ganz neue, eigene Familie haben, eine Generation, die weiterexistieren wird, ohne dass ich Teil von ihrem Leben sein darf.

»Ich weiß, dass das nur Fotos sind«, fährt sie fort, »doch an manchen Tagen helfen sie mir morgens wirklich, aus dem Bett zu kommen. Na ja, sie und der Kaffee.«

Ach ja, der Kaffee. Ich gehe in die Küche, wo ich die Schränke öffne, in denen ich die Tassen vermute. Ich bin ein wenig erstaunt, dass sie immer noch die Keramiktassen aus den Fünfzigern und Sechzigern hat, die ich schon so oft benutzt habe. Ich bin verblüfft, dass sie sie von Wohnheim zu Wohnheim mitgeschleift hat, sie von Wohnung zu Wohnung mit hat umziehen lassen. Ich suche nach meiner Lieblingstasse von damals, die mit den tanzenden Kaffeekannen, und als ich sie finde, bin ich überglücklich. Irgendwie ist es fast so, als hinge mein Foto doch auch hier an der Wand. Ein kleiner Teil von mir ist immer noch da, auch wenn der größere Part nicht mehr hier sein kann.

Ich schenke mir eine Tasse Kaffee ein, dann eine für Mia.

Für sie gebe ich einen Schuss Kaffeesahne hinein, so wie sie ihn gern trinkt.

»Ich mag die Fotos«, sage ich. »Viel zu gucken.«

Mia nickt und pustet in ihre Tasse.

»Und ich vermisse sie genau wie du«, füge ich noch hinzu. »Jeden Tag.«

Nun sieht sie doch überrascht aus. Nicht weil ich sie vermisse, aber ich schätze, weil ich es endlich offen zugebe. Sie nickt feierlich. »Ich weiß«, sagt sie schließlich.

Sie geht durch das Zimmer, wobei sie ihre Finger leicht an den Bilderrahmen entlangwandern lässt. »Ich hab bald keinen Platz mehr«, meint sie. »Einige von Kims neueren Fotos musste ich schon im Bad aufhängen. Hast du in letzter Zeit mal mit ihr geredet?«

Sie muss doch Bescheid wissen, was ich Kim angetan habe. »Nein.«

»Echt nicht? Dann weißt du also nichts über *le scandale*?«

Ich schüttle den Kopf.

»Sie ist letztes Jahr vom College abgegangen. Als der Krieg in Afghanistan begann, hat Kim beschlossen, alles hinzuwerfen und Fotografin zu werden, und da man am besten in der Praxis lernt, hat sie ihre Kameras genommen und ist abgedüst. Dann hat sie angefangen, ihre Aufnahmen an Associated Press und an die *New York Times* zu verkaufen. Sie ist in einer von diesen Burkas rumgerannt und hat ihre Fotoausrüstung darunter versteckt, und wenn sie ein Foto schießen wollte, hat sie den Schleier einfach schnell hochgehoben.«

»Ich wette, das hat Mrs Schein gut gefallen.« Kims Mom war bekanntermaßen eine richtige Glucke. Das Letzte, was ich von ihr gehört habe, war, dass sie total ausgerastet ist, weil Kim eine Schule am anderen Ende des Landes besuchen wollte, aber Kim meinte dazu nur, gerade die große Entfernung sei ja der Grund für ihren Entschluss gewesen.

Mia lacht. »Erst hat Kim ihrer Familie erzählt, sie wolle nur ein Semester Auszeit nehmen, aber auf einmal hat sie totalen Erfolg, weshalb sie ganz offiziell abgegangen ist, woraufhin Mrs Schein ebenso offiziell einen Nervenzusammenbruch erlitt. Und dann kommt noch erschwerend hinzu, dass Kim, ein nettes jüdisches Mädchen, sich ausgerechnet in einem ziemlich muslimischen Land rumtreiben muss.« Mia pustet noch einmal in ihren Kaffee und nimmt einen Schluck. »Auf der anderen Seite kriegt Kim ihre Arbeiten in der *New York Times* unter, und sie hat gerade erst eine Dokumentation für *National Geographic* an Land gezogen, sodass Mrs Schein auch wieder einiges hat, womit sie angeben kann.«

»Schwer für eine Mutter, da zu widerstehen«, sage ich.

»Sie ist ein großer Fan von Shooting Star, wusstest du das?«

»Wer, Mrs Schein? Ich dachte immer, die würde eher auf Hip-Hop stehen.«

Mia grinst. »Nein. Sie fährt voll auf Death Metal ab. Hardcore. Ich meine natürlich *Kim.* Sie hat euch spielen sehen, in Bangkok. Sie meinte, ihr habt einfach weitergespielt, als es anfing zu regnen.«

»Sie war bei der Show damals? Ich wünschte, sie wäre zu uns in den Backstage-Bereich gekommen und hätte kurz Hallo gesagt«, erkläre ich, obwohl mir klar ist, weshalb sie das nicht getan hat. Und trotzdem, immerhin ist sie zu unserem Gig gekommen. Also muss sie mir wenigstens ein kleines bisschen verziehen haben.

»Das hab ich auch gesagt. Aber sie musste gleich danach wieder weg. Sie sollte sich eigentlich ein wenig erholen in Bangkok, doch dann stellte sich raus, dass dieser Regen, der während eures Auftritts fiel, anderswo zu einem regelrechten Zyklon anwuchs, und darüber sollte sie eine Fotostory machen. Sie ist mittlerweile eine echt abgebrühte Kriegsberichterstatterin.«

Ich stelle mir vor, wie Kim aufständische Talibanrebellen verfolgt und fliegenden Bäumen ausweicht. Komischerweise ist das ganz leicht. »Schon witzig«, fange ich an.

»Was ist witzig?«, unterbricht Mia mich.

»Dass Kim jetzt Kriegsreporterin ist. Voll das Danger Girl.«

»Ja, echt zum Schreien komisch.«

»So mein ich das doch nicht. Überleg doch mal: Kim. Du. Ich. Wir alle stammen aus diesem Kaff in Oregon, und jetzt schau uns an. Wir alle drei sind irgendwie, na ja, voll die Extreme. Du musst doch zugeben, das ist schon erstaunlich.«

»Das ist überhaupt nicht komisch«, protestiert Mia und kippt Cornflakes in eine Schale. »Wir wurden alle im selben Schmelztiegel geformt. Jetzt komm, iss ein paar Cornflakes.«

Ich habe keinen Hunger. Ich glaube nicht, dass ich auch nur ein einziges Cornflake essen könnte, doch ich setze mich trotzdem, denn soeben habe ich mir offenbar meinen Platz am Tisch der Familie Hall zurückerobert.

Zeit hat Gewicht, und gerade in diesem Augenblick spüre ich das mehr denn je. Es ist schon fast drei. Ein weiterer Tag ist zur Hälfte geschafft, und am Abend werde ich aufbrechen und auf Tour gehen. Ich höre das Ticken der antiken Uhr an der

Wand. Bevor ich mich aufraffen kann, wieder etwas zu sagen, lasse ich noch ein paar Minuten verstreichen.

»Wir müssen beide unsere Flüge erwischen. Ich sollte jetzt langsam los«, sage ich. Meine Stimme klingt weit weg, doch komischerweise bin ich völlig ruhig. »Kriegt man hier in der Gegend ein Taxi?«

»Nein, wir pendeln von hier mit dem Floß nach Manhattan«, witzelt sie. »Du kannst dir eins bestellen«, meint sie dann kurz darauf.

Ich erhebe mich, gehe in die Küche und nehme das Telefon von der Küchenablage. »Wie lautet die Nummer?«, erkundige ich mich.

»Sieben-eins-acht«, fängt Mia an. Dann unterbricht sie sich. »Moment.«

Erst denke ich, sie muss über die Nummer nachdenken, doch dann bemerke ich, wie sie mich unsicher und gleichzeitig flehentlich ansieht.

»Da ist noch etwas«, meint sie mit einem Zögern in der Stimme. »Ich hab da was, das eigentlich dir gehört.«

»Mein Wipers-T-Shirt?«

Sie schüttelt den Kopf. »Das existiert längst nicht mehr, tut mir leid. Komm. Es ist oben.«

Ich folge ihr die knarrenden Stufen hoch. Oben kann ich vom schmalen Flur aus zu meiner Rechten ihr Schlafzimmer mit den Dachschrägen sehen. Links befindet sich eine geschlossene Tür. In der Ecke erkenne ich einen Wandschrank mit einem Keypad. Mia gibt einen Code ein, woraufhin die Tür sich öffnet.

Als ich erkenne, was sie da aus dem Schränkchen holt, rutscht mir beinahe ein beiläufiges *Oh, klar, meine Gitarre* heraus. Doch dann stockt mir der Atem, als mir bewusst wird, was das eigentlich *bedeutet:* Hier in Mias Haus in Brooklyn sehe ich tatsächlich meine alte E-Gitarre, meine geliebte Les Paul Junior. Die Gitarre, die ich mir von meinem Verdienst beim Pizzaservice in einem Pfandleihhaus gekauft habe, als ich noch ein Teenie war. Mit dieser Gitarre habe ich all unsere Songs aufgenommen, einschließlich der Nummern auf *Collateral Damage.* Die Gitarre, die ich für einen wohltätigen Zweck versteigern ließ, was ich anschließend sehr bereut habe.

Sie steckt immer noch in ihrem alten Koffer, mit meinen Fugazi- und K-Records-Aufklebern drauf, und sogar die Aufkleber der Band von Mias Dad sind noch da. Alles ist, wie es war, der Gurt, die Delle, die daher stammt, dass ich sie mal von der Bühne habe runterfallen lassen. Selbst der Staub riecht irgendwie vertraut.

Ich kann es kaum glauben; deshalb dauert es ein paar Sekunden, ehe ich es vollkommen begriffen habe. Das hier ist *meine* Gitarre. *Mia* hat sie. Mia war es, die meine Gitarre gekauft hat, zu einem horrenden Preis vermutlich, und das bedeutet, dass sie wusste, dass meine Gitarre zur Auktion stand. Ich sehe mich um. Neben den ganzen Notenblättern und dem Cellozubehör liegt da ein Stapel Magazine, von deren Covern mein Gesicht grinst. Und auf einmal erinnere ich mich an etwas auf der Brücke: Als Mia sich dafür rechtfertigen wollte, dass sie mich verlassen hat, da hat sie aus dem Song »Roulette« zitiert.

Plötzlich kommt es mir so vor, als hätte ich die ganze Nacht Ohrstöpsel getragen, die endlich rausgefallen sind, und alles, was vorher noch gedämpft klang, ist nun klar und deutlich zu hören. Leider ist es aber auch viel zu laut und nicht ganz harmonisch.

Mia hat meine Gitarre. Die Sache ist ganz einfach, und trotzdem hätte ich nicht überraschter sein können, wenn Teddy plötzlich aus dem Schrank gesprungen wäre. Mir ist schwindelig. Ich muss mich setzen. Mia steht direkt vor mir und hält die Gitarre am Steg fest. Sie hält sie mir hin.

»Du?«, ist alles, was ich keuchend hervorbringe.

»Klar ich«, erwidert sie schüchtern, aber sanft. »Wer denn sonst?«

Mein Gehirn hat sich von meinem Körper verabschiedet. Meine sprachlichen Fähigkeiten sind momentan auf das Wesentliche reduziert. »Aber … warum?«

»Irgendjemand musste sie ja wohl vor dem Hard Rock Café retten, oder?«, meint Mia lachend. Doch das Zittern in ihrer Stimme ist nicht zu überhören.

»Aber …«, wie ein Ertrinkender klammere ich mich an die rettenden Worte. »… du hast doch gesagt, dass du mich *gehasst* hättest.«

Mia stößt ein tiefes, langgezogenes Seufzen aus. »Ich weiß. Ich musste doch irgendjemanden hassen, und du warst derjenige, den ich am meisten liebte; deswegen fiel die Wahl auf dich.«

Sie hält mir wieder die Gitarre hin und bedeutet mir, sie endlich zu nehmen. Sie will, dass ich sie nehme, aber ich könnte im Moment nicht mal einen Wattebausch halten.

Sie starrt mich weiter an, hält sie mir weiter hin.

»Und was ist mit Ernesto?«

Ein Ausdruck der Verwunderung tritt auf ihr Gesicht, gefolgt von einem amüsierten Grinsen. »Er ist mein Mentor,

Adam. Er ist *verheiratet.*« Sie blickt eine Sekunde lang zu Boden. Als sie wieder aufschaut, hat sich ihr Ausdruck erneut verändert. »Und außerdem, was geht dich das eigentlich an?«

Geh doch zurück zu deinem Geist, höre ich Bryn mich anbrüllen. Doch sie liegt völlig daneben. Bryn ist diejenige, die mit einem Geist gelebt hat – dem Geist des Mannes, der nie aufgehört hat, eine andere zu lieben.

»Es hätte nie eine Bryn gegeben, wenn du nicht beschlossen hättest, mich hassen zu müssen«, erwidere ich jetzt.

Mia lässt sich nicht beirren. »Ich hasse dich nicht. Ich glaube nicht, dass ich das jemals getan habe. Es war nur Wut. Und als ich mich dieser Wut einmal gestellt hatte, als ich sie verstanden hatte, da verschwand sie wieder.« Sie blickt zu Boden, atmet tief durch, und als sie ausatmet, kommt es einem Tornado gleich. »Mir ist klar, dass du so was wie eine Entschuldigung erwarten kannst; ich versuche schon die ganze Nacht, es hinter mich zu bringen, aber diese Worte – Verzeihung, Entschuldigung –, sie scheinen mir irgendwie nicht angemessen für das, was du eigentlich verdient hättest.« Sie schüttelt den Kopf. »Ich weiß, dass das, was ich dir angetan habe, alles andere als in Ordnung war, doch damals hatte ich das Gefühl, dass ich nicht anders würde weiterleben können. Keine Ahnung, ob das einen Sinn ergibt, aber es war nun mal so. Wenn es dich irgendwie tröstet: Nachdem es mir nicht mehr notwendig schien, dich zu hassen, nachdem es sich plötzlich als kapitaler Fehler entpuppte, da blieb mir nichts als schmerzliche Reue, und ich vermisste dich so sehr. Doch ich konnte dich nur noch aus der Ferne beobachten, konnte dir zusehen, wie du deine Träume verwirklichtest und wie du dieses scheinbar so perfekte Leben führtest.«

»Es ist *kein bisschen* perfekt«, sage ich.

»Inzwischen hab ich das auch kapiert, doch woher hätte ich das denn wissen sollen? Du warst so unglaublich weit weg von mir. Das hatte ich akzeptiert. Ich hatte akzeptiert, dass das die Strafe war für das, was ich getan hatte. Und dann …«, sie lässt den Satz unvollendet.

»Was dann?«

Sie schnappt nach Luft und zieht eine Grimasse. »Und dann taucht Adam Wilde plötzlich am wichtigsten Abend meiner Karriere in der Carnegie Hall auf, was mir ganz und gar nicht wie ein Zufall vorkam. Es fühlte sich eher an wie ein Geschenk. Ein Geschenk von ihnen. Anlässlich meines allerersten Auftritts haben sie mir ein Cello geschenkt. Und anlässlich dieses Konzerts haben sie mir dich wiedergegeben.«

Sämtliche Haare an meinem Körper haben sich aufgerichtet, ein Frösteln läuft mir über den Rücken.

Schnell wischt sie sich mit dem Handrücken die Tränen aus den Augen und atmet tief durch. »Hier, nimmst du jetzt endlich dieses Ding oder nicht? Ich hab sie schon seit einer ganzen Weile nicht mehr gestimmt.«

Früher habe ich mir ganz ähnliche Szenen erträumt. Mia, auferstanden von den Untoten, steht direkt vor mir, und sie lebt, tritt wieder in mein Leben. Aber in meinen Träumen lief alles immer so glatt, dass mir klar war, dass sie unmöglich echt sein konnten, und ich konnte es jedes Mal gar nicht mehr erwarten, dass endlich der Wecker klingelte. Deshalb lausche ich auch jetzt, in der Erwartung, dass jeden Moment der Wecker schrillt. Doch nichts dergleichen passiert. Als ich meine Finger um den Hals der Gitarre schließe, merke ich, wie echt sich das Holz und die Saiten anfühlen, und schon bin ich zurück auf dem Boden der Realität. Ich bin plötzlich hellwach. Und sie ist immer noch da.

Sie sieht mich an, sieht die Gitarre an, dann das Cello und die Uhr auf dem Fensterbrett. Da wird mir klar, was sie möchte, nämlich dasselbe, das ich mir schon seit Jahren wünsche. Doch ich kann nicht glauben, dass sie mich nach all dieser Zeit, ausgerechnet jetzt, da uns auch noch die Zeit davonrennt, darum bittet. Trotzdem deute ich ein leichtes Nicken an. Sie stöpselt die Gitarre ein, wirft mir das Kabel zu und dreht den Verstärker auf.

»Kannst du mir mal ein A geben?«, bitte ich sie. Mia zupft an der A-Saite ihres Cellos. Ich stimme die Saite und schlage einen A-Moll-Akkord an. Und als der Ton von der Wand widerhallt, da fühle ich, wie mir die elektrische Spannung über den Rücken flattert wie schon ganz lange nicht mehr.

Ich sehe Mia an. Sie sitzt mir gegenüber, das Cello zwischen die Knie geklemmt. Ihre Augen sind geschlossen, weshalb ich weiß, dass sie es wieder tut; sie lauscht nach etwas in der Stille. Und auf einmal scheint Mia gehört zu haben, was sie hören musste. Die Augen sind offen und auf mich gerichtet, so als hätten sie mich die ganze Zeit angeschaut. Sie nimmt den Bogen zur Hand und deutet mit leicht geneigtem Kopf auf meine Gitarre. »Bist du bereit?«, fragt sie.

Da sind so viele Dinge, die ich ihr gern sagen möchte, und in erster Linie ist es das, dass ich schon die ganze Zeit bereit bin. Doch stattdessen drehe ich den Verstärker auf, angle ein Plektron aus der Tasche und sage einfach nur Ja.

21

Es kommt mir vor, als hätten wir stundenlang gespielt, tagelang, jahrelang. Vielleicht waren es auch nur ein paar Sekunden. Ich könnte es nicht genau sagen. Erst spielen wir schneller, dann werden wir wieder langsamer, wir bringen unsere Instrumente zum Kreischen. Wir werden ernst. Wir lachen. Wir werden still. Dann wieder laut. Mein Herz hämmert, der Groove geht mir ins Blut, mein ganzer Körper vibriert, als mir wieder ins Bewusstsein kommt: Ein *Konzert* bedeutet nicht, wie eine Zielscheibe vor Tausenden von Fremden zu stehen. Es bedeutet, mit anderen zusammenzukommen. Es bedeutet Harmonie.

Als wir endlich eine Pause einlegen, bin ich schweißgebadet, und Mia keucht schwer, als hätte sie gerade einen kilometerlangen Sprint hingelegt. Schweigend sitzen wir da, während unser keuchender Atem sich langsam wieder beruhigt und unsere Herzschläge sich normalisieren. Ich sehe auf die Uhr. Es ist schon nach fünf. Mia folgt meinem Blick. Sie legt den Bogen zur Seite.

»Was jetzt?«, fragt sie.

»Schubert? Die Ramones?«, frage ich zurück, obwohl ich genau weiß, dass sie normalerweise keine Musikwünsche erfüllt. Doch ich kann mir nichts anderes vorstellen, als weiterzuspielen, denn zum ersten Mal seit Langem ist da nichts, was ich lieber täte. Und ich habe Angst vor dem, was kommt, wenn die Musik vorbei ist.

Mia deutet auf die Digitaluhr, die auf dem Fensterbrett bedrohlich blinkt. »Ich glaub nicht, dass du deinen Flieger noch kriegst.«

Ich zucke die Achseln. Macht ja nichts, heute Abend gehen noch mindestens zehn weitere Flüge nach London. »Und du, schaffst du deinen?«

»Ich *will* meinen gar nicht kriegen«, sagt sie schüchtern. »Ich hab noch einen freien Tag, bevor ich mit den Auftritten beginne. Ich kann auch morgen noch fliegen.«

Plötzlich stelle ich mir Aldous vor, wie er in der Virgin-Departure-Lounge auf und ab geht und sich fragt, wo zum Teufel ich bleibe, während er auf meinem Handy anruft, das immer noch auf dem Nachttisch im Hotel liegt. Ich denke an Bryn, die dort in L.A. ist und keine Ahnung hat, dass hier in New York soeben ein Erdbeben stattfindet, das einen gewaltigen Tsunami in ihre Richtung schicken wird. Und mir wird klar, dass ich in erster Linie an das Hier und Jetzt denken sollte, bevor ich über die Zukunft nachsinne. »Ich muss ein paar Telefonate führen«, sage ich zu Mia. »Ich muss meinen Manager anrufen, er wartet auf mich … und Bryn.«

»Oh, klar, natürlich«, sagt sie. Sie wirkt plötzlich enttäuscht, während sie sich anschickt aufzustehen, und fast hätte sie in der Hektik das Cello umgeschmissen. »Das Telefon ist unten. Ich sollte auch mit Tokio telefonieren. Aber da ist es jetzt wohl mitten in der Nacht. Ich schreib besser eine E-Mail und ruf später an. Und meine Reiseagentur …«

»Mia«, unterbreche ich sie.

»Was denn?«

»Wir werden schon eine Lösung finden.«

»Meinst du?« Sie wirkt nicht ganz so überzeugt.

Ich nicke, auch wenn mein eigenes Herz wie wild rast und die Puzzleteile mir im Kopf herumschwirren. Mia drückt mir das schnurlose Telefon in die Hand. Ich gehe raus in den Garten, wo ich ungestört bin. Das Licht des Nachmittags verbreitet eine unglaublich friedliche Stimmung, verstärkt durch das unaufhörliche Zirpen der Zikaden. Aldous ist schon beim ersten Klingeln dran, und sobald ich seine Stimme vernehme und ihm wortreich versichere, dass ich in Ordnung bin, nimmt auf meinen Lippen der Plan Gestalt an, so als hätte ich ihn mir lange, lange vorher überlegt. Ich erkläre Aldous, dass ich nicht nach London komme, zumindest nicht jetzt, dass ich kein Musikvideo drehe oder irgendwelche Interviews gebe, dass ich aber pünktlich zum Start unserer Europatournee in England sein und kein einziges Konzert ausfallen lassen werde. Den Rest des Plans, der gerade in diesem Moment Formen annimmt – und ein Teil davon muss schon gestern Nacht dort auf der Brücke entstanden sein, wenn auch nur schemenhaft –, behalte ich allerdings für mich, was Aldous nicht entgeht, wie ich befürchte.

Ich kann Aldous nicht sehen, daher weiß ich nicht, ob er zwinkert oder zusammenzuckt oder überrascht guckt, aber er lässt sich nichts anmerken. »Du wirst also allen deinen Tourverpflichtungen nachkommen?«, fasst er noch einmal zusammen.

»Jep.«

»Und was soll ich dem Rest der Band mitteilen?«

»Sie können das Video ohne mich drehen, wenn sie wollen. Ich treff sie dann auf dem Guildford Festival«, sage ich. Das Guildford ist eins der größeren Musikfestivals in England, auf dem wir als Headliner auftreten, gleich zu Beginn der Tour. »Ich erklär ihnen dann alles.«

»Und wo bist du in der Zwischenzeit zu erreichen? Falls jemand was von dir braucht?«

»Sag bitte allen, dass sie nichts von mir zu brauchen haben«, erwidere ich.

Der nächste Anruf fällt mir schon viel schwerer. Ich wünschte, ich hätte mir nicht ausgerechnet den heutigen Tag ausgesucht, um mit dem Rauchen aufzuhören. Ich versuche es mit tiefen Atemzügen, wie die Ärzte es mir gezeigt haben, und dann wähle ich einfach die Nummer. Eine Reise von tausend Meilen beginnt mit zehn Ziffern, heißt es nicht so?

»Dacht ich mir schon, dass du das bist«, sagt Bryn, als sie meine Stimme hört. »Hast du wieder mal dein Telefon verloren? Wo steckst du?«

»Ich bin immer noch in New York. Genauer gesagt in Brooklyn.« Ich mache eine kurze Pause. »Mit Mia.«

Bleierne Stille liegt in der Leitung, deshalb fülle ich diese Stille mit einem Monolog, der – was bewirken soll? Ich weiß es nicht: Vielleicht ist es der Versuch, die vergangene Nacht als Unfall abzutun, oder das Eingeständnis, dass es zwischen uns nie so richtig gut gelaufen ist, nie so, wie sie es sich immer gewünscht hat, und dass ich deshalb echt ein mieser Freund war für sie. Ich wünsche ihr noch viel Glück mit dem nächsten Kerl.

»Klar, darüber brauchst du dir keine Sorgen zu machen«, sagt sie mit einem gequälten Lachen, das nicht recht überzeugend rüberkommt. Eine lange Pause entsteht. Ich warte auf eine Schimpftirade ihrerseits, auf Anschuldigungen – all die Dinge, die jetzt eigentlich kommen sollten. Doch sie sagt keinen Ton.

»Bist du noch dran?«, frage ich.

»Ja, ich denke nach.«

»Worüber denn?«

»Ich überlege gerade, ob es mir lieber wäre, wenn sie damals gestorben wäre.«

»Himmelherrgott, Bryn!«

»Ach, halt die Klappe! *Du* brauchst dich gar nicht aufzuregen. Nicht jetzt. Und die Antwort lautet übrigens Nein. Ich bin froh, dass sie überlebt hat.« Sie hält kurz inne. »Bei dir bin ich mir allerdings nicht so sicher.« Dann legt sie auf.

Ich stehe da, den Hörer immer noch ans Ohr gepresst, und lasse mir Bryns letzte Worte durch den Kopf gehen. Ob da wohl ein kleines bisschen Vergebung in diesen feindseligen Worten mitschwang? Keine Ahnung, ob das wichtig ist, denn als ich jetzt die kühle Luft rieche, spüre ich, wie mich ein Gefühl der Befreiung und der Erleichterung überkommt.

Nach einer Weile sehe ich hoch. Mia steht an der Schiebetür und wartet auf eine Entwarnung. Ich winke ihr schwach zu, woraufhin sie langsam auf die gepflasterte Veranda zugeht, auf der ich immer noch mit dem Telefon in der Hand stehe. Sie greift nach dem Hörer, so als wäre er ein Staffelstab, den ich nun abgeben soll. »Alles in Ordnung?«, erkundigt sie sich.

»Ich bin wohl ab jetzt von meinen früheren Verpflichtungen entbunden, könnte man sagen.«

»Die Tour?« Sie klingt überrascht.

Ich schüttle den Kopf. »Nicht die Tour. Aber der ganze Mist, den ich davor hätte erledigen müssen. Und meine anderen … äh … Verpflichtungen.«

»Oh.«

Wir stehen beide eine Zeit lang bloß da und grinsen wie blöd, während wir uns beide am Telefon festklammern. Endlich gebe ich auf und entwinde es sanft ihrem Griff. Ich lege das Telefon auf einen Tisch, doch ihre Hand lasse ich nicht los.

Ich streife mit dem Daumen über die Schwielen an ihrem Daumen, hin und her über ihre Knöchel und ihr Handgelenk. Es kommt mir so vor, als wäre das ganz natürlich und zugleich ein riesiges Privileg. Das ist *Mia*, die ich hier berühre. Und sie *lässt es zu*. Nein, sie lässt es nicht einfach nur zu, sie schließt sogar die Augen und genießt meine Berührung.

»Geschieht das hier wirklich? Darf ich echt diese Hand halten?«, frage ich und hebe sie an meine stoppelige Wange.

Mias Lächeln ist wie geschmolzene Schokolade, wie ein verdammt geiles Gitarrensolo … Es ist überhaupt das Beste auf der ganzen Welt. *»Mmmm«*, brummt sie als Antwort.

Ich ziehe sie an mich. Tausend Sonnen steigend strahlend aus meiner Brust empor. »Und darf ich auch *das hier* tun?« Und mit dieser Frage schlinge ich meine Arme um sie und tanze mit ihr engumschlungen durch den Garten.

Ihr Gesicht strahlt jetzt über und über. »Ja, du darfst«, flüstert sie.

Ich lasse meine Hände an ihren Armen auf und ab gleiten. Ich drehe sie um die Pflanztöpfe herum, die voller duftender Blumen sind. Ich vergrabe mein Gesicht in ihrem Haar und sauge ihren Duft auf, den Duft des nächtlichen New York, der sich dort festgekrallt hat. Ich folge ihrem Blick nach oben gen Himmel.

»Glaubst du, dass sie uns zusehen?«, frage ich, während ich ganz sanft die Narbe an ihrer Schulter küsse. Brennende Pfeile rauschen herab und dringen in jeden Winkel meines Körpers.

»Wen meinst du?«, erkundigt sich Mia. Sie beugt sich zu mir, fröstelt leicht.

»Deine Familie. Du denkst doch, dass sie dich beobachten. Glaubst du, dass sie das hier jetzt sehen können?« Ich schlinge ihr den Arm um die Hüfte und küsse sie direkt hinterm Ohr. Früher hat sie das fast verrückt gemacht, und so heftig wie sie jetzt einatmet und mir die Nägel in die Seiten krallt, gefällt es ihr immer noch. Mir fällt auf, dass meine Fragen ein kleines bisschen unheimlich sind, aber es fühlt sich nicht so an. Gestern Nacht hat mich der Gedanke, ihre Familie könnte Bescheid wissen über alles, was ich tue, irgendwie beschämt, aber jetzt, na ja, es ist zwar nicht so, dass ich unbedingt möchte, dass sie es *sehen*, aber ich will zumindest, dass sie darüber, über uns, *Bescheid wissen*.

»Ich stell mir lieber vor, dass sie mir meine Privatsphäre lassen«, meint sie und öffnet sich den Küssen, die ich auf ihrer Wange platziere, wie eine Sonnenblume. »Aber meine Nachbarn können das mit Sicherheit beobachten.« Sie fährt mir mit den Fingern durchs Haar, sodass es sich anfühlt, als hätte sie einen Stromstoß über meine Kopfhaut gejagt. Nie hätte ich gedacht, dass ein Stromstoß sich so gut anfühlen könnte.

»Hallo, Nachbarn«, sage ich, während ich mit den Fingern ganz langsam und zärtlich um ihr Schlüsselbein kreise.

Ihre Hände gleiten unter mein T-Shirt, mein dreckiges, stinkendes schwarzes, zum Glück glückbringendes Glücks-T-Shirt. Ihre Berührungen sind nicht mehr ganz so sanft. Sie wird fordernder, sendet mir mit den Fingerkuppen eine drängende Botschaft im Morsecode. »Wenn wir so weitermachen, dann kriegen meine Nachbarn aber ganz schön was zu sehen«, flüstert sie mir zu.

»Wir sind doch beide von Berufs wegen darstellende Künstler«, erwidere ich und lasse meine Hände unter ihr Hemd und dann den langen Oberkörper rauf und wieder runter gleiten. Unser beider Haut drängt sich aneinander, als handle es sich dabei um zwei Magneten, die schon lange nach ihrem Gegenstück suchen.

Ich wandere mit dem Finger über ihren Nacken, ihre Wange entlang und nehme dann ihr Kinn in die Hand. Ich rühre mich nicht mehr. Wir stehen einen Augenblick so da, starren uns gegenseitig an, genießen den Moment. Und dann prallen wir plötzlich aufeinander. Mias Beine heben vom Boden ab, schlingen sich um meine Hüften, ihre Hände vergraben sich in meinem Haar, meine Hände in ihre verkrallt. Und unsere Lippen. Sie scheinen nicht genug Haut, nicht genug Speichel, nicht genug Zeit zur Verfügung zu haben, um all die verlorenen Jahre nachzuholen, als sie nun aufeinandertreffen. Wir küssen uns. Wir stehen unter Hochspannung. Wahrscheinlich flackern gerade in diesem Moment die Lichter in ganz Manhattan, weil wir einen Kurzschluss erzeugen.

»Nach drinnen!«, drängt Mia, halb im Befehlston, halb flehentlich. Ihre Beine sind immer noch um meine Hüften geschlungen. Ich trage sie rein in ihr winziges Zuhause und lege sie auf die Couch, auf der wir vor ein paar Stunden noch getrennt voneinander und doch zusammen geschlafen haben.

Dieses Mal allerdings sind wir hellwach. Und so richtig zusammen.

Wir schlafen ein, wachen aber mitten in der Nacht auf, vom Heißhunger geweckt. Wir bestellen uns was zu essen und nehmen es mit hoch ins Bett, wo wir es verschlingen. All das kommt mir vor wie ein Traum, wobei das Unglaublichste ist, dass ich im Morgengrauen erwache. Neben Mia. Ich sehe ihren schlafenden Körper da liegen und bin plötzlich so glücklich wie noch nie. Ich ziehe sie an mich und schlafe wieder ein.

Als ich jedoch ein paar Stunden später erneut aufwache, sitzt Mia mit angewinkelten Beinen in einem Sessel am Fenster, eingehüllt in eine alte Decke, die ihre Gran gehäkelt hat. Sie sieht bezaubernd aus. Die Furcht, die mich in dem Moment wie eine Granate mitten in die Eingeweide trifft, ist fast so schlimm wie alles, was ich mit ihr bisher durchgemacht habe. Und das will wirklich etwas heißen. Alles, was ich denken kann, ist: *Ich kann dich kein zweites Mal verlieren. Denn dieses Mal würde es mich umbringen, garantiert.*

»Was ist los, stimmt was nicht?«, frage ich, bevor ich nicht mehr den Mut habe, es zu tun, und stattdessen etwas völlig Bescheuertes mache, wie zum Beispiel abhauen, bevor mein Herz völlig in Flammen steht.

»Ich hab bloß gerade an die Highschool denken müssen«, meint Mia traurig.

»Na, da würde ja echt jeder schlechte Laune kriegen.«

Mia geht nicht darauf ein. Sie verzieht keine Miene. Kraftlos sackt sie in ihrem Sessel zusammen. »Ich hab mir überlegt, dass wir wieder einmal in derselben Situation sind. Wie damals, als ich auf die Juilliard ging und du dich aufmachtest, um dahin zu kommen, wo du jetzt bist.« Sie sieht zu Boden, wickelt sich einen Faden der Decke um den Finger, bis die Kuppe ganz weiß wird. »Nur dass wir damals mehr Zeit hatten, uns darüber Gedanken zu machen. Und jetzt haben wir gerade mal einen Tag, vielmehr *hatten* wir einen Tag. Die vergangene Nacht war einfach unglaublich, aber es war nun mal nur eine Nacht. Ich muss in etwa sieben Stunden nach Japan aufbrechen. Und du hast deine Band. Und die Tour.« Sie presst sich die Handballen auf die Augen.

»Mia, hör sofort auf damit!« Meine Stimme hallt von den Schlafzimmerwänden wider. »Wir sind doch nicht mehr in der Highschool!«

Sie sieht mich an, und eine unausgesprochene Frage schwebt zwischen uns im Raum.

»Sieh mal, meine Tour fängt doch erst in einer Woche an.«

Ein Funken Hoffnung scheint aufzuflackern.

»Und weißt du was? Ich dachte vorhin schon, dass ich total Lust auf Sushi hätte.«

Ihr Lächeln wirkt traurig und voller Reue, nicht gerade das, was ich mir erhofft hatte. »Du würdest mit mir nach Japan kommen?«, fragt sie ungläubig.

»Ich bin schon so gut wie da.«

»Das wäre schön. Aber was dann? – Ich meine, mir ist klar, dass wir eine Lösung finden könnten, aber ich werde so viel unterwegs sein und …«

Wie ist es nur möglich, dass es so schwer für sie ist, es zu begreifen, wo es doch für mich ganz klar auf der Hand liegt? »Ich komme einfach immer als deine Begleitung mit zu den Konzerten«, erkläre ich ihr. »Als dein Groupie. Dein Roadie. Dein Was-auch-immer. Wo auch immer du hingehst, ich komme mit dir. Sofern du es willst. Wenn nicht, verstehe ich das auch.«

»Nein, ich will es ja genauso. Glaub mir, ich will es. Aber wie soll das funktionieren? Bei deinem Terminplan? Mit der Band?«

Ich zögere kurz. Wenn ich es jetzt laut ausspreche, dann

wird es ein für alle Mal zur Realität. »Es gibt keine Band mehr. Zumindest nicht für mich. Ich hör damit auf. Nach dieser Tour steige ich aus.«

»Nein!« Mia schüttelt so heftig den Kopf, dass die langen Haarsträhnen gegen die Wand klatschen. Diesen entschlossenen Gesichtsausdruck von ihr kenne ich nur allzu gut, und mein Magen verkrampft sich. »Das kannst du doch nicht für mich auf dich nehmen«, sagt sie, ihre Stimme jetzt weicher. »Ich will nicht schon wieder einen Freifahrtschein.«

»Einen Freifahrtschein?«

»Die letzten drei Jahre hat jeder, außer vielleicht die Leute an der Juilliard, mir immer und überall grünes Licht gegeben. Noch schlimmer, ich hab mir ja sogar selbst freie Fahrt gewährt, und das hat mich ganz und gar nicht weitergebracht. Ich will nicht mehr so sein, diese Person, der alles zufliegt, die sich nur nehmen muss, was sie braucht. Ich habe schon viel zu viel von dir angenommen. Ich werde nicht zulassen, dass du das, was du am meisten liebst, wegwirfst, nur damit du dich um mich kümmern kannst und mir mein Gepäck hinterherträgst.«

»Genau das ist der Punkt«, murmele ich. »Ich habe meine Liebe zur Musik verloren.«

»Ja, meinetwegen«, stöhnt Mia gequält.

»Nein, das Leben selbst ist schuld«, erwidere ich. »Ich werde immer Musik machen. Vielleicht geh ich sogar irgendwann wieder ins Studio und nehm was auf, aber im Augenblick brauch ich nichts dringender als eine Auszeit, um mich zu erinnern, warum ich ursprünglich mal mit der Musik angefangen habe. Ich verlasse die Band, ganz gleich was kommt. Damit hast du nichts zu tun. Und was das Kümmern anbelangt, so bin allenfalls *ich* derjenige, der jemanden braucht, der sich um mich kümmert. *Ich* bin derjenige, dem man bei seiner schweren Last tragen helfen muss.«

Ich versuche, es wie einen Witz klingen zu lassen, aber Mia hat mich schon immer durchschaut, wenn ich solchen Mist von mir gegeben habe; und in den letzten vierundzwanzig Stunden hat sie das wieder mal bewiesen.

Sie sieht mich mit ihren Laseraugen durchdringend an. »Weißt du, genau darüber habe ich in den vergangenen Jahren oft nachgedacht«, sagt sie mit erstickter Stimme. »Darüber, wer denn damals eigentlich für *dich* da war. Wer *deine* Hand gehalten hat, während du um all das getrauert hast, was *du* verloren hast.«

Mias Worte treten eine Lawine in mir los, und plötzlich ist mein Gesicht wieder tränenüberströmt. Himmel, ich hab drei ganze Jahre nicht geheult, und jetzt heule ich schon das zweite Mal innerhalb von zwei Tagen.

»Jetzt ist es an mir, endlich einmal für dich da zu sein«, flüstert sie und kommt zurück zu mir, um mich mit ihrer Decke einzuhüllen, während ich ein weiteres Mal völlig die Fassung verliere. Sie hält mich fest, bis ich mich wieder meines Y-Chromosoms besinne. Dann sieht sie mich direkt an, ein leicht distanzierter Ausdruck im Gesicht. »Dein Festival fängt nächsten Samstag an, stimmt's?«, erkundigt sie sich.

Ich nicke zustimmend.

»Ich habe zwei Auftritte in Japan und dann noch einen in Korea am Donnerstag. Also könnte ich am Freitag schon wieder weg, und wenn man in Richtung Westen fliegt, gewinnt man ja sowieso einen Tag. Ich hab erst wieder eine Woche später einen Termin in Chicago. Wir könnten also direkt von Seoul nach London fliegen.«

»Was sagst du da?«

Sie wirkt so schüchtern, als sie die nächste, die entscheidende Frage stellt, als bestünde tatsächlich der Hauch einer Chance, dass ich Nein sagen könnte, als wäre es nicht genau das, was ich mir immer gewünscht habe.

»Kann ich mit dir zu dem Festival kommen?«

22

»Wieso darf ich eigentlich nie zu irgendwelchen Konzerten?«, fragte Teddy.

Wir saßen alle um den Tisch versammelt, Mia, Kat, Denny, Teddy und ich. Ich konnte echt nichts dafür. Denny kochte nun mal tausendmal besser als meine Mutter.

»Was meinst du, kleiner Mann?«, erkundigte sich Denny und schaufelte eine Ladung Kartoffelbrei auf Teddys Teller, gleich neben den gegrillten Lachs und den Spinat, den Teddy – ohne Erfolg – versucht hatte, zu verweigern.

»Ich hab mir die alten Fotoalben angesehen. Mia durfte ständig auf Konzerte mit. Schon als sie noch ein Baby war. Und ich war noch auf keinem einzigen. Dabei bin ich fast acht.«

»Du bist erst vor fünf Monaten sieben geworden«, lachte Kat ihn aus.

»Trotzdem. Mia durfte auf Konzerte, da konnte sie noch nicht mal laufen. Das ist nicht fair!«

»Und wer hat behauptet, dass das Leben fair ist?«, fragte Kat mit hochgezogenen Augenbrauen. »Bestimmt nicht ich. Ich bin überzeugt, dass die Schule des Lebens einen abhärtet.«

Teddy wandte sich einem einfacheren Opfer zu. »Dad?«

»Mia durfte mit auf die Konzerte, weil ich da aufgetreten bin, Teddy. Wir waren als Familie zusammen da.«

»Außerdem gehst du ja *doch* auf Konzerte«, meinte Mia. »Du kommst doch ab und an zu meinen Proben.«

Teddy sah ebenso angewidert drein wie in dem Moment, in

dem Denny ihm den Spinat serviert hatte. »Das zählt nicht. Ich will zu lauten Konzerten gehen und die Schalldämpfer tragen.« Mit den Schalldämpfern meinte er ein Paar riesige Kopfhörer, die Mia früher als Kind immer getragen hat, wenn Denny sie mit zu den Gigs seiner Band nahm. Er hatte in einer Punkband gespielt, einer sehr lauten Punkband, um genau zu sein.

»Die Schalldämpfer sind längst im Ruhestand, tut mir leid«, meinte Denny. Mias Dad hatte die Band vor langer Zeit verlassen. Inzwischen war er Lehrer an einer Mittelschule, der gern Retroanzüge trug und Pfeife rauchte.

»Du könntest zu einer von meinen Shows kommen«, schlug ich vor und spießte ein Stück Lachs mit der Gabel auf.

Alle am Tisch hörten auf zu essen und sahen mich an, wobei die erwachsenen Mitglieder der Familie Hall mir alle ganz unterschiedlich missbilligende Blicke zuwarfen. Denny schaute nur müde auf das Hornissennest, in das ich soeben gestochen hatte. Kat wirkte genervt angesichts der Tatsache, dass man ihre elterliche Autorität untergrub. Und Mia – die, aus welchem Grund auch immer, diese gewaltige Mauer zwischen ihrer Familie und meiner Band errichtet hatte –, durchbohrte mich mit ihrem Blick. Nur Teddy, der inzwischen auf seinem Stuhl kniete und wild klatschte, war noch auf meiner Seite.

»Teddy darf nicht so lange aufbleiben«, sagte Kat.

»Aber ihr habt Mia doch auch so lange aufbleiben lassen, als sie noch klein war«, protestierte Teddy.

»*Wir* können nicht so lange aufbleiben«, erwiderte Denny erschöpft.

»Außerdem finde ich nicht, dass es angebracht ist«, schnaubte Mia wütend.

Sofort spürte ich das vertraute Gefühl der Wut im Bauch. Denn das war eine Sache, die ich nie verstanden hatte. Auf der einen Seite stellte die Musik etwas dar, das Mia und mich verband, und dass ich eher der rockige Typ war, musste doch etwas damit zu tun haben, dass sie auf mich stand. Wir beide wussten, dass das, was wir im Haus ihrer Eltern gefunden hatten – immerhin hingen wir die ganze Zeit hier ab –, es für uns zu einem himmlischen Flecken Erde machte. Doch sie hatte ihrer Familie verboten, zu meinen Shows zu kommen. In dem ganzen Jahr, in dem wir nun ein Paar waren, waren sie nicht ein einziges Mal aufgetaucht. Obwohl Denny und Kat Andeutungen gemacht hatten, dass sie gern mal kommen würden, fand Mia immer wieder Entschuldigungen und Begründungen dafür, dass dieses oder jenes Konzert nicht zum richtigen Zeitpunkt stattfand.

»Angebracht? Sagtest du gerade, es sei nicht ›angebracht‹, dass Teddy auf eines meiner Konzerte geht?«, hakte ich nach, bemüht, meine Stimme ruhig klingen zu lassen.

»Ja, das habe ich gesagt.« Sie hätte nicht angriffslustiger oder schnippischer klingen können.

Kat und Denny warfen sich gegenseitig Blicke zu. Ganz gleich, wie genervt sie gerade noch gewesen waren, jetzt hatten sie jedenfalls nur noch Mitleid mit mir. Sie konnten genau nachvollziehen, wie Mias ablehnende Haltung sich anfühlen musste.

»Okay, erstens bist du erst sechzehn. Du bist keine ältliche Bibliothekarin. Deshalb dürftest du ein Wort wie ›angebracht‹ überhaupt nicht benutzen. Und zweitens, warum zum Teufel sollte es denn nicht angebracht sein?«

»In Ordnung, Teddy«, sagte Kat und schnappte sich Teddys

Teller mit dem Abendessen. »Du darfst im Wohnzimmer vor dem Fernseher weiteressen.«

»Auf keinen Fall! Ich will mir das hier ansehen!«

»Wie wär's mit Sponge Bob?«, schlug Denny vor und zerrte ihn am Ellbogen.

»Ach, übrigens«, sagte ich, an Denny und Kat gewandt. »Die Show, an die ich eigentlich dachte, ist dieses große Festival am Strand nächsten Monat. Das findet tagsüber statt, und zwar am Wochenende, und noch dazu draußen. Es wäre also keineswegs zu laut. Deshalb dachte ich, dass es gerade richtig wäre für Teddy. Eigentlich genau das Richtige für euch alle.«

Kats Züge wurden weicher. Sie nickte. »Das klingt wirklich gut.« Dann hob sie ihre Hände in Richtung Mia, so als wolle sie damit sagen: *Aber du hast ja offensichtlich Wichtigeres vor.*

Die drei schlurften raus aus der Küche. Mia war tief in ihrem Stuhl zusammengesunken und wirkte schuldbewusst, aber irgendwie auch so, als würde sie um nichts in der Welt auch nur einen einzigen Zentimeter nachgeben.

»Was ist dein Problem?«, verlangte ich von ihr zu wissen. »Was hast du für ein Problem mit deiner Familie und der Band? Findest du uns denn echt so scheiße?«

»Nein, natürlich nicht!«

»Ärgert es dich, dass dein Dad und ich uns dauernd über Musik unterhalten?«

»Nein, dieses Rockmusik-Gelabere ist mir egal.«

»Was ist es dann, Mia?«

In ihren Augenwinkeln sammelten sich winzige rebellische Tränen, die sie verärgert wegwischte.

»Was? Was ist los, verdammt?«, fragte ich ein wenig sanfter. Mia vergoss normalerweise keine Krokodilstränen, genau genommen weinte sie sonst gar nicht.

Sie schüttelte den Kopf. Ihre Lippen blieben versiegelt.

»Sag es mir doch einfach. Kann doch nicht viel schlimmer sein als das, was ich denke, nämlich dass du dich für Shooting Star schämst, weil wir so beschissen sind.«

Sie schüttelte erneut den Kopf. »Du weißt, dass das nicht stimmt. Es ist nur«, sie hielt inne, so als würde sie über eine wichtige Entscheidung nachdenken. Dann seufzte sie. »Die Band. Wenn du mit der Band zusammen bist, muss ich dich eh schon mit allen teilen. Und da will ich dann nicht auch noch meine Familie mit dabeihaben.« Dann brach sie zusammen und fing an zu heulen.

Mein Ärger war wie weggefegt. »Ach, du«, sagte ich zärtlich und küsste sie auf die Stirn. »Du musst mich doch mit niemandem teilen. Ich gehöre doch dir.«

Mia gab letzten Endes doch nach. Ihre ganze Familie kam mit auf das Festival. Das Wochenende war einfach fantastisch, zwanzig Bands aus dem Nordwesten traten auf, und es fiel kein Tropfen Regen. Das Ganze endete legendär und brachte letztendlich eine Live-CD hervor und eine Reihe von Festivals, die sich bis zum heutigen Tage gehalten haben.

Teddy bestand darauf, den Schalldämpfer zu tragen, weshalb Kat eine ganze Stunde grummelnd damit verbrachte, Kisten im Keller zu durchwühlen, bis sie ihn endlich gefunden hatte.

Mia hing normalerweise gern hinter der Bühne ab, doch als Shooting Star auftrat, stand sie direkt vor der Bühne, in sicherem Abstand zum Moshpit, und tanzte dort den ganzen Gig über mit Teddy.

23

Erst inspizierst du mich,
dann sezierst du mich,
dann negierst du mich.
Ich warte auf den Tag,
da du mich auferstehen lässt.

»Animate«, *Collateral Damage*, Song Nummer 1

Als unser Flieger in London landet, schüttet es aus allen Wolken, weshalb wir uns beide gleich wie zu Hause fühlen. Um siebzehn Uhr sind wir endlich in der Innenstadt angekommen. Wir sollen an diesem Abend in Guildford sein. Am Tag darauf spielen wir. Dann beginnt endlich der Countdown bis zum Tag der endgültigen Freiheit. Mia und ich haben einen Plan gemacht für die nächsten drei Monate, während wir beide auf Tour sind, mit gemeinsamen freien Tagen hier und da, an denen wir uns sehen können. Es wird nicht gerade eine Freude werden, doch im Vergleich zu den vergangenen drei Jahren kommt es mir immer noch vor wie der Himmel auf Erden.

Es ist nach acht, als wir endlich im Hotel ankommen. Ich habe Aldous gebeten, mir ein Zimmer im selben Hotel wie für den Rest der Band zu buchen, nicht nur für dieses Festival, sondern für die gesamte Tour. Was auch immer sie davon halten, dass ich Shooting Star verlassen will, wird sich nicht ändern lassen, indem ich zwei Meilen von ihnen entfernt übernachte. Ich habe weder Aldous noch irgendwem was von Mia erzählt, und wie durch ein Wunder haben wir es bis jetzt geschafft, dass ihr Name nicht in den Klatschblättern aufgetaucht ist. Offensichtlich hat keiner mitgekriegt, dass ich die letzte Woche mit ihr in Asien war. Alle waren viel zu sehr damit beschäftigt, sich um Bryns neueste Liebschaft, einen australischen Schauspieler, zu kümmern.

An der Rezeption erwartet mich eine Nachricht, dass die Band ein privates Abendessen im Atrium gibt und dass ich mich zu ihnen gesellen soll. Plötzlich fühle ich mich, als würde ich zu meiner eigenen Hinrichtung geführt, und nach dem Fünfzehn-Stunden-Trip von Seoul nach London würde ich nichts lieber tun, als erst mal ausgiebig zu duschen. Doch Mia legt mir die Hand auf die Schulter und meint: »Nein, ich finde, du solltest hingehen.«

»Kommst du mit?« Ich fühle mich schlecht, weil ich sie frage. Sie hat gerade erst drei unglaublich anstrengende und begeistert aufgenommene Konzerte gegeben dort in Japan und Korea und ist dann einmal um die halbe Welt geflogen, um direkt in meinem persönlichen Psychodrama zu landen. Aber für mich ist das alles einfach um einiges erträglicher, wenn sie dabei ist.

»Bist du dir sicher?«, fragt sie. »Ich will mich nicht aufdrängen.«

»Glaub mir, wenn sich hier jemand aufdrängt, dann bin ich das.«

Der Portier schnappt sich unser Gepäck, um es auf unser

Zimmer zu bringen, und der Concierge begleitet uns durch die Lobby. Das Hotel war vor langer Zeit mal ein Schloss, das inzwischen von Rockern und einem Haufen anderer Musiker belagert wird, die mir zunicken und Begrüßungen zurufen, doch ich bin im Moment zu nervös, um darauf zu reagieren. Der Concierge führt uns in einen schwach beleuchteten Innenhof. Die ganze Band ist da, und man hat ein riesiges Büfett aufgebaut, mit dem traditionellen englischen Rostbraten.

Liz dreht sich als Erste um. Seit der Tour zu *Collateral Damage* sind die Dinge zwischen uns nicht mehr so, wie sie mal waren, doch der Blick, den sie mir jetzt zuwirft, ist schwer zu beschreiben: Fast so, als wäre ich die größte Enttäuschung in ihrem Leben, doch sie steht darüber, spielt es herunter, benimmt sich bemüht normal, als wäre ich einer ihrer Fans, einer von diesen klettigen Typen, einer von den vielen Leuten, die etwas von ihr wollen, was sie nicht verpflichtet ist zu geben. »Adam«, sagt sie mit einem höflichen Nicken.

»Liz«, fange ich vorsichtig an.

»Hey, Arschloch! Schön, dass du dich endlich zu uns gesellst!« Fitzys Stimme klingt gleichzeitig sarkastisch und erfreut, mich zu sehen, so als könne er sich einfach nicht entscheiden, was er von mir halten soll.

Mike sagt keinen Ton. Er ignoriert mich einfach.

Und dann fühle ich, wie Mias Schulter mich streift, als sie hinter mir hervortritt. »Hi, Leute«, sagt sie.

Liz' Gesicht wirkt für einen Moment völlig ausdruckslos. So als würde sie nicht wissen, wer Mia ist. Dann sieht sie verängstigt aus, als hätte sie einen Geist gesehen. Und schließlich fängt die Unterlippe meiner starken, toughen Kampflesben-Drummerin an zu zittern, und ihre ausdruckslose Fassade beginnt zu bröckeln. »Mia?«, fragt sie, wobei ihr schon die ersten Tränen über die Wangen rinnen, ehe sie meine Freundin fest umarmt.

Als sie sie wieder losgelassen hat, hält Liz Mia auf Armeslänge von sich und sieht sie an. Dann sieht sie mich an und wieder zurück zu Mia. »Mia?«, ruft sie, gleichsam fragend, obwohl sie die Antwort bereits mitliefert. Dann wendet sie sich mir zu. Und wenn sie mir auch nicht unbedingt gleich verzeiht, so versteht sie mich doch immerhin.

Der Regen begleitet uns noch den ganzen nächsten Tag. »Ein wunderschöner englischer Sommer, den wir da erleben dürfen«, witzeln alle. Ich habe es mir zur Angewohnheit gemacht, dass ich mich bei dieser Sorte Megafestivals verbarrikadiere, aber als mir einfällt, dass das vielleicht das letzte Festival für lange Zeit sein könnte, zumindest als aktiv Beteiligter, da schleiche ich mich auf das Festivalgelände, höre mir ein paar Bands auf den Nebenbühnen an, unterhalte mich ein bisschen mit alten Freunden und Bekannten und rede sogar mit ein paar Musikjournalisten. Ich gebe mir alle Mühe, die bevorstehende Auflösung der Band nicht zu erwähnen. Das kommt schon noch früh genug raus, und ich will es den anderen überlassen, wann sie die Neuigkeiten publik machen wollen. Wenn man mich zu meiner neuen mysteriösen Geliebten befragt, dann sage ich nichts als »kein Kommentar«. Ich weiß, dass das alles noch früh genug ans Licht der Öffentlichkeit dringen wird, und auch wenn ich Mia den ganzen Zirkus ersparen will, ist es mir eigentlich gleich, wenn die ganze Welt davon erfährt, dass wir ein Paar sind.

Als sich unser Gig um neun Uhr nähert, hat sich der Regen zu einem leichten Nieseln abgeschwächt, das im Dämmerlicht des Spätsommerabends zu tanzen scheint. Die Festivalbesucher haben sich mit dem Matsch längst abgefunden. Der Schlamm ist überall, und die Leute wälzen sich darin, als wären wir hier auf dem Woodstock-Festival oder so.

Vor dem Auftritt war die Band noch etwas nervös. So ist das nun mal auf Festivals. Da steht mehr auf dem Spiel als bei normalen Konzerten, sogar mehr als bei Stadionshows – bei Festivals sind wesentlich mehr Leute, aber vor allem sind unter den Zuschauern auch Musikerkollegen. Heute Abend aber bin ich vollkommen ruhig. Ich habe alles aufs Spiel gesetzt. Nun habe ich nichts mehr zu verlieren. Vielleicht habe ich es aber auch längst verloren und wiedergefunden, und was auch immer ich sonst noch zu verlieren habe, hat nichts mit dem zu tun, was auf dieser Bühne geschieht. Und das erklärt vielleicht auch, dass ich hier oben riesigen Spaß habe, die neuen Songs auf meiner alten Les Paul Junior locker runterspiele, der Gitarre, die ein weiteres Stück verlorener Geschichte darstellt. Liz musste zweimal hinsehen, als ich sie aus dem Koffer hervorholte. »Ich dachte, du wärst das Ding längst los«, meinte sie.

»Ja, dachte ich auch«, hatte ich erwidert. Ich warf Mia ein verschwörerisches Lächeln zu.

Wir jagen durch das neue Album und streuen dann ein paar Leckerbissen von *Collateral Damage* dazwischen, und ehe ich es mich versehe, sind wir schon fast am Ende unseres Sets angekommen. Ich werfe einen Blick auf die Setlist, die vor mir auf dem Boden der Bühne mit Tesa festgeklebt ist. Dort hat Liz in Blockschrift den Titel des letzten Songs vor der unumgänglichen Zugabe hingekritzelt. »Animate«. Unsere Hymne, so hat unser früherer Produzent Gus Allen den Song immer genannt. Der existenziellste, angstvollste Song auf dem ganzen *Collateral-Damage*-Album, wie die Kritiker einhellig verkündeten. Vielleicht der größte Hit, den wir je geschrieben haben. Absoluter Publikumsliebling bei allen Touren, wegen des Refrains, bei dem die Leute gern mitsingen.

Er ist eigentlich auch einer der wenigen Songs, bei dem wir so was wie eine Produktion gemacht haben, mit einem Streicherpart, der direkt über die anderen Spuren gelegt wurde, obwohl wir bei der Liveversion keine Violinen dabeihaben. Als wir also loslegen, höre ich nicht das aufgeregte Jaulen und Grölen der Menge, sondern Mias Cellospiel in meinem Kopf. Eine Sekunde lang stelle ich mir vor, wie es wäre, wir beide anonym in irgendeinem Hotelzimmer, wie wir ein bisschen rumprobieren, sie auf dem Cello, ich auf der Gitarre, und wie wir dann diesen Song spielen, den ich für sie geschrieben habe. Und verdammt, ja, dieser Gedanke macht mich wirklich unheimlich glücklich.

Ich gebe alles, als ich den Song jetzt singe. Dann sind wir beim Refrain angekommen: *Hass mich. Zerstör mich. Vernichte mich. Erweck mich. Erweck mich. Willst du, willst du, willst du mich nicht wiedererwecken?*

Auf dem Album wird der Refrain unzählige Male wiederholt, ein wütendes Brüllen, voller Schmerz ob eines Verlustes, und es ist schon zur Tradition geworden, dass ich bei Liveshows irgendwann aufhöre zu singen, das Mikro in Richtung Publikum halte und die Fans weitermachen lasse. Also richte ich das Mikro jetzt nach dort unten in die Menge, die in der Sekunde total durchdreht, meinen Song singt und meine flehenden Worte im Chor mitgrölt.

Ich lasse sie machen und gehe selbst ein bisschen auf der Bühne spazieren. Der Rest der Band kriegt mit, was sich da tut, also spielen sie einfach stur den Refrain weiter. Als ich mich dem seitlichen Bühnenrand nähere, sehe ich sie plötzlich da stehen, dort, wo sie sich immer schon am wohlsten gefühlt hat. In absehbarer Zukunft wird *sie* wohl zu denjenigen gehören, die hier draußen im Rampenlicht stehen, und ich werde derjenige sein, der von der Seite aus zusieht, und ich habe das Gefühl, dass es gut ist so.

Das Publikum singt weiter, gibt alles, und ich schrammle kurz und gehe weiter, bis ich nah genug bin, um ihre Augen erkennen zu können. Und dann fange ich wieder an, den Refrain zu singen. Und dabei sehe ich sie an. Und sie lächelt zurück, sodass es mir fast so vorkommt, als wären wir die einzigen Menschen hier, zumindest die einzigen, die wissen, was los ist. Nämlich dass der Song, den wir alle zusammen singen, in diesem Augenblick neu geschrieben wird. Kein wütendes Flehen mehr, das man hinausschreit ins Nichts. Genau hier, auf dieser Bühne, vor achtzigtausend Menschen, wird dieser Song zu etwas anderem.

Zu einem neuen Versprechen zwischen uns.

Danksagung

Normalerweise dankt man als Autorin an dieser Stelle ja den Lektoren und Agenten separat. Wenn ich allerdings auf meine Karriere als Schriftstellerin zurückblicke, dann sehe ich mich immer genau zwischen meiner Lektorin Julie Strauss-Gabel und meiner Agentin Sarah Burnes. Diese beiden unglaublich intelligenten Kämpferinnen für die Sache des Buches sind beide so wichtig für den Schaffensprozess bei meiner Arbeit, dass es schwer ist, zu sagen, wer von beiden wichtiger wäre. Sarah steht mir mit Rat und Tat zur Seite, setzt sich für mich ein und hilft mir, den Durchblick zu bewahren. Und Julie hat vor allem die große Gabe, mir den Schlüssel zu meinen Storys in die Hand zu geben. Die beiden sind für mich wie zwei unverzichtbare Säulen.

Doch wie man so schön sagt, braucht man im Grunde ein ganzes Dorf an Leuten. Und in Julies Fall leben in diesem Dorf die vielen, vielen engagierten Mitarbeiter der Penguin Young Readers Group. Um ein paar Bäume zu retten, will ich ein wenig Papier sparen und mich auf das Wesentliche beschränken, deshalb nur Folgendes: Ich bin den Dutzenden Leuten in Herstellung, Vertrieb und Marketing zutiefst dankbar, und zwar Tag für Tag aufs Neue. Ein großes Dankeschön geht an Don Weisberg, Lauri Hornik, Lisa Yoskowitz und Allison Verost, die für mich zu gleichen Teilen Pressereferentin, Therapeutin und gute Freundin ist.

In Sarahs Dorf leben die Leute von der Gernert Company,

Rebecca Gardner, Logan Garrison, Will Roberts und die wunderbare Courtney Gatewood, die wirklich bemerkenswert nett ist für jemanden, der eigentlich nach der Weltherrschaft strebt.

Mein Dorf in Deutschland umfasst Silvia Kuttny-Walser, Nicola Bartels und alle Leute im Team von Blanvalet. Ich danke euch für eure Hilfsbereitschaft.

Danke auch Alisa Weilerstein für ihre Inspiration und dafür, dass sie mir ihre wertvolle Zeit geopfert hat, um mir zu erklären, wie die Karriere einer jungen professionellen Cellistin aussehen könnte. Ich danke Lynn Eastes, Mitarbeiterin an der Oregon Health & Science University und Therapeutin für Traumabewältigung, dafür, dass sie mir erklärt hat, wie Mias Heilungsprozess ausgesehen haben könnte. Ich danke Sean Smith, dass er mir Einblick gegeben hat in die Filmindustrie (und in eine ganze Menge anderer Dinge). Alles, was ich auf Basis ihrer Instruktionen richtig dargestellt habe, verdanke ich diesen Leuten. Und alles, was falsch sein sollte, habe ich allein selbst zu verantworten.

Ich bedanke mich bei all denen, die das Buch in den unterschiedlichsten Stadien probegelesen haben: Jana Banin, Tamara Glenny, Marjorie Ingall, Tamar Schamhart und Courtney Sheinmel – sie haben mir genau die richtige Mischung aus Ermutigung und Kritik angedeihen lassen.

Ich danke auch meinem anderen Dorf – meiner eigenen Nachbarschaft –, dafür, dass sie mir die Kinder abgenommen haben und auch sonst immer für mich da waren. Isabel Kyriacou und Gretchen Sonju, ich bin euch zu ewigem Dank verpflichtet!

Der Familie Christie danke ich für ihre endlose Geduld und ihre Großzügigkeit.

Danke, Greg und Diane Rios, dafür, dass ihr diesen Weg mit uns gegangen seid.

Und ein Dankeschön meiner Familie, den Formans, den Schamharts und den Tuckers, für euren ständigen Jubel und Applaus. Und ein besonderes Dankeschön an meine Schwester dafür, dass sie meine Bücher ungefähr an die Hälfte der Leute in Seattle verkauft hat.

Ich danke meinen Töchtern: Denbele, die sich in den Kreis unserer Familie gesellte, während ich mit dem Schreiben dieses Buches beschäftigt war. Wenn sie sich je gewundert haben sollte, warum ihre Mom gelegentlich von einem verängstigten zwanzigjährigen Typen besessen war, dann hoffe ich, dass das ihr überschwängliches Wesen nicht bremsen wird. Willa, die mich unwissentlich mit so vielen fiktionalen Bandnamen/Filmtiteln/Namen von Personen versorgte, wie das nur eine Vier- bzw. Fünfjährige zustande bringt. Ich sollte womöglich dein Taschengeld aufstocken.

Nicht zuletzt danke ich meinem Mann Nick für die bisweilen recht harten Worte der Kritik, die mich immer wieder dazu zwingen, noch besser zu werden. Für deine großartigen Playlists, die mein Leben mit Musik füllen (und damit auch mit Büchern). Dafür, dass du mich mit all diesen schönen kleinen Details versorgst, die eine Band ausmachen. Und ich danke dir auch, weil du der Grund bist, weshalb ich immer wieder Liebesgeschichten schreibe, in denen Gitarristen vorkommen.

Und zu guter Letzt danke ich allen Buchhändlerinnen und Buchhändlern, Bibliothekarinnen und Bibliothekaren, Lehrerinnen und Lehrern, Bloggerinnen und Bloggern – ihr erweckt die Bücher zum Leben!